TEMPÊTE DE FUREUR

ESCOUADE SEVER

TOME 6

A.R. KNIGHT

[1]

PRÉSENTATIONS

Le système miné à outrance n'avait pas grand-chose pour le recommander. Leur cible, Aurum Trois, apparut nettement sur le pare-brise du *Prisa*. Une étoile bleue lointaine projetait sa lumière au-delà du vaisseau de l'Escouade Sever alors qu'il s'approchait, illuminant la surface jaune-brune de la planète. Des lignes plus sombres et floues se déplaçaient le long du sol, comme des taches vivantes défilant sur du papier.

— D'immenses tempêtes, nota Eponi, assise dans le fauteuil du pilote. Jamais amusant de courir là-dedans.

— Ni de se battre, répliqua Aurora, dans le siège du copilote à côté d'Eponi.

Toutes deux avaient leurs tasses de café pleines à ras bord, se réveillant pour le premier jour qui compterait vraiment depuis des mois. Leurs combinaisons — celle d'Eponi d'un or doux, celle d'Aurora d'un rouge sang — les moulaient, permettant un accès rapide à l'armure de combat. Le bras gauche d'Eponi n'avait plus son plâtre, l'os cassé s'étant ressoudé. La main gauche de la pilote tambourinait sur sa cuisse, anxieuse.

Des nerfs rouillés. Le prix d'une vacation.

Pas que Sever ait eu beaucoup d'options. Bien qu'Aurora ait peut-être voulu poursuivre l'agent Vana jusqu'à ce monde, Sever avait quitté Gillane Quatre meurtrie et épuisée. Les combattants avaient à peine dormi, fonctionnant à l'adrénaline et à tout ce qui pouvait les maintenir opérationnels pendant des jours. Brûlures au laser, commotions, coupures de couteau et pire encore nécessitaient des soins.

Mais après plus de cent jours passés à récupérer, réparer et réaligner son escouade sur sa mission et sa place dans une galaxie qui voyait désormais Sever comme un groupe à détenir ou à détruire, Aurora estimait qu'ils avaient assez attendu.

Plus important encore, Deepak, l'amiral de DefenseCorp et peut-être plus qu'un ami pour Aurora, avait envoyé le message disant qu'il était temps.

Vana, l'agent de DefenseCorp qui orchestrait un programme de conception d'armures de combat quasi invisibles couplées à des soldats génétiquement améliorés, avait décidé de défendre ses revendications et de rassembler les dirigeants de DefenseCorp en un seul endroit. Là, selon Deepak, Vana convaincrait les leaders de l'immense entreprise galactique d'adhérer au plan, créant une nouvelle force qui ne se contenterait pas de gérer des contrats d'aide, mais imposerait un voile de fer sur la civilisation.

Après tout, qui pourrait combattre un ennemi pouvant être n'importe où ?

— On aurait pu rester, dit Sai, le père et maître d'armes attitré de Sever. Sa voix venait de l'intercom du *Prisa*, flottant depuis la tourelle droite du vaisseau. Le salaire était plutôt bon.

La station, un point central indépendant dans un grand amas d'astéroïdes, avait offert à Sever un contrat permanent pour assurer la sécurité. Bien qu'Aurora n'aurait pas été contre l'idée de tabasser des mineurs ivres pour un salaire régulier à la frange de la galaxie, elle avait déjà joué ce rôle une fois et avait vu DefenseCorp débarquer et leur voler le travail.

— Combien de temps tu penses qu'on aurait tenu avant que les nouveaux jouets de Vana nous le prennent ? intervint Rovo, l'expert en communications de l'escouade et troisième occupant du cockpit, parlant pour Aurora. On se serait ennuyés, et puis on serait morts.

Rovo avait ses propres motivations pour s'en prendre à Vana. Comme tous les membres de Sever. Ce sentiment lancinant et brûlant ne plaisait pas à Aurora : la vengeance n'était normalement pas un problème, car les ennemis d'Aurora avaient tendance à mourir bien avant de devenir une source d'agacement persistante. Vana, cependant, continuait à s'échapper, à tordre les combats pour qu'ils ne soient pas de simples échanges de tirs au laser jusqu'à ce qu'un camp gise fumant sur le sol. Comme des blocs s'empilant en une tour exaspérante, Aurora avait passé le temps de récupération sur la station à assembler toutes les raisons pour lesquelles elle devait réduire Vana en cendres.

Et maintenant, ils étaient arrivés.

— Dis-moi que j'ai des hallucinations, dit Eponi, hochant la tête vers la vitre.

De nouvelles imperfections traversaient la surface de la planète à mesure que le *Prisa* approchait. Ce qui avait ressemblé à des taches, des traînées normales sur un paysage vu de loin, apparaissait maintenant plus nettement. Les lignes floues devenaient des bords droits associés aux machines créées par l'homme. Une ou deux auraient pu signifier les propres forces de Vana, mais à mesure que le

Prisa s'approchait, ces points continuaient d'apparaître et de grossir.

— Ils n'ont pas seulement amené leurs personnes, dit Aurora, ne voulant pas y croire. Ils ont vraiment amené leurs commandements aussi.

— Ça va brûler beaucoup de contrats, ajouta Rovo, comme si le dire ici convaincrait tous ces amiraux de remonter dans leurs vaisseaux et de rentrer chez eux.

— DefenseCorp doit perdre tellement d'argent pour ça, acquiesça Eponi. Regarde tous ces croiseurs. Je ne comprends pas ?

Aurora réfléchit dans le silence, formulant à la fois une réponse et une inspiration : — Ils sont là parce qu'ils veulent leur part. Vana fait la pub des combinaisons *et* d'une amélioration génétique. Tu ne peux pas faire prendre une dose à tes soldats s'ils sont à l'autre bout de la galaxie. Mais ça signifie aussi qu'on a le public qu'on recherche.

— Les amiraux ? demanda Rovo. On ne savait pas déjà qu'ils seraient là ?

— Pas eux. Tous les soldats. Le personnel. Les pilotes et les mécaniciens. Si on peut leur montrer ce que Vana prévoit, ce que ce virus va vraiment faire, DefenseCorp ne pourra pas le cacher à autant de gens. Pas comme ils l'ont fait avec Dynas.

Cette planète, avec ses expériences secrètes, avait échappé à l'attention de la galaxie. Sever avait été envoyée dans une mission de sauvetage bâclée sur ce monde supposément vide, pour y découvrir un projet putride qui transformait ses sujets en nourriture pour une maladie vorace. Une nourriture en colère et destructrice, mais de la nourriture quand même.

Ce n'est qu'avec un froid intense que Sever avait pu éradiquer la maladie avant qu'elle ne les réclame tous.

— Je crois que tu oublies une étape, capitaine, dit Eponi. On va apparaître sur un paquet de capteurs dans quelques minutes, et j'imagine qu'ils ne vont pas être amicaux.

— Tu veux dire que les gens ne nous aiment pas ? demanda Rovo.

— Je croyais que tout le monde adorait le capitaine, dit Sai.

Aurora grimaça. Le sarcasme de Sai avait quelque chose de vrai. Le nom d'Aurora, le nom de l'escouade Sever, serait connu de beaucoup dans cet essaim devant eux. Lorsque le *Prisa* apparaîtrait sur leurs scanners, tous ces croiseurs, ces frégates, ces chasseurs comprendraient qui pilotait le vaisseau. Quand ils le feraient, toutes les missions où Sever s'était enfoncée dans le cœur de l'ennemi pour sauver les biens et les fesses de DefenseCorp pourraient valoir quelque chose.

Ou, alors que le système de surveillance du *Prisa* émettait un bip strident, peut-être pas.

— On dirait que la fête est finie, les enfants, lança Eponi. On reçoit des signaux hostiles. Verrouillages de missiles, télémètres radar, tout le bazar. Dernière chance de faire demi-tour, Aurora.

— Tu connais déjà la réponse.

— On plonge, armes au poing, confirma Eponi. C'est ce que j'aime dans cet équipage. Peu importe à quel point la situation semble désespérée, on continue de tirer jusqu'à ce que les probabilités changent.

— Il y a une devise là-dedans quelque part, dit Sai. Eponi, quelle est notre allocation ?

— Tu auras juste assez pour t'amuser, répondit Eponi. Les moteurs et les boucliers prennent tout le reste. Ce n'est pas un combat, c'est un sprint.

Aurora s'adossa à son siège, regardant tous les vaisseaux

disposés autour du monde choisi par Vana. Eponi orienta le *Prisa* vers le nœud le plus lâche qui leur donnerait quand même une trajectoire directe vers la surface. La pilote avait amplement le choix : ce n'était pas une flotte DefenseCorp cohérente s'attendant à une attaque, mais un ragoût d'officiers, chaque commandant individuel décidant où garer son vaisseau pendant qu'ils descendaient sur la planète.

Hmm. Aurora pourrait peut-être utiliser ça.

— Eponi, donne-moi un canal de diffusion, dit Aurora.

— Envie de faire un discours ?

— Quelque chose comme ça.

La console d'Aurora émit un bip, faisant basculer le petit écran sur une large liste de cibles vertes. Aurora pouvait appuyer sur les noms des vaisseaux pour les retirer de la transmission, mais elle n'allait pas faire de favoritisme.

Le café était devenu tiède, mais le liquide apaisait sa gorge nerveuse. Aurora pouvait mener mille soldats dans la gueule de l'ennemi sans sourciller, mais prononcer un discours audacieux à des milliers, peut-être des millions ? Non merci.

Les choses qu'elle faisait pour l'escouade Sever.

— Appel aux vaisseaux de DefenseCorp, commença Aurora, laissant ce début standard la mettre en condition pour la suite. Ici l'escouade Sever et sa commandante, nous vous informons que nous traversons votre périmètre en route vers la surface. Un souffle. Voici le jeu. Malgré ce que vos systèmes pourraient vous indiquer, on nous a accordé un passage unique. Tirez sur nous, et vous tirerez sur vous-mêmes.

Des mots audacieux, des mots ridicules. Une affirmation que tout officier compétent balayerait d'un souffle et ordonnerait à ses soldats de tirer dans la foulée.

Sauf que chaque vaisseau se concentrant sur le *Prisa* en

ce moment avait ses remplaçants aux commandes. Des leaders qui n'avaient pas tous les détails, qui n'avaient ni le rang ni la responsabilité de décider si un vaisseau solitaire en approche devait être un ami ou un ennemi.

— Ça marche ? demanda Aurora dans le silence.

— On est toujours verrouillés, répondit Eponi, mais personne n'a encore appuyé sur la gâchette.

— Une voix de miel, je l'ai toujours dit, ajouta Rovo. Tout le monde te fait confiance.

Aurora quitta la diffusion, regarda les scanners. Le *Prisa* gagnait de la vitesse alors qu'Eponi profitait de l'hésitation, détournant plus d'énergie des armes du vaisseau pour alimenter ses moteurs affamés. Les scanners affichaient de longues frégates ovales oranges, des points rouges de chasseurs, et de gros cercles de croiseurs. La masse dérivait vers la trajectoire d'entrée du *Prisa*, mais ils gardaient tous leurs distances les uns des autres aussi. Pas de stratégie coordonnée.

— Regardez tout ça, dit Eponi. Le *Nautilus* vole toujours seul. On a oublié pour qui on travaille.

— Pour qui on travaillait, corrigea Aurora, mais elle ne pouvait nier ce spectacle.

À l'extérieur, les feux de position maintenant visibles, les coques formant l'arsenal de DefenseCorp envahissaient la vue sous tous les angles. D'énormes moteurs bien plus grands que ceux du *Prisa* s'illuminaient dans des lueurs allant du jaune doux au bleu vif et fougueux. Les coques métalliques passaient au-dessus et en dessous, et Aurora pouvait distinguer des tourelles pivotantes se déplaçant pour suivre le vaisseau de Sever alors qu'il passait.

— Amis à gauche, dit Gregor, la propre masse vivante de Sever. Coincé dans la tourelle gauche du *Prisa*, Gregor était devenu plus silencieux depuis Gillane Quatre, choisissant d'utiliser ses mots limités avec soin, comme si chacun risquait de trahir une émotion, une fissure dans l'armure de l'homme. Tir ?

— Gardez les doigts loin des gâchettes, dit Aurora, bien qu'elle luttât pour cacher un tressaillement quand les amis de Gregor, un trio de chasseurs, passèrent en trombe devant le cockpit. L'engin en forme de vague, un bord fin débordant de canons, s'assurait que le *Prisa* sache qu'il mourrait de mille façons si quoi que ce soit changeait. On n'aide rien en engageant le combat ici.

Tous ces officiers dont Aurora avait entendu parler seraient en train de vérifier, d'essayer de confirmer, auprès de leurs commandants. Vana elle-même en aurait probablement vent bientôt. L'un d'eux reviendrait, ordonnerait la destruction de Sever.

Le mystère serait de savoir quand.

— Est-ce que Deepak vient ? demanda Rovo.

— En quoi est-ce pertinent maintenant ? répliqua Aurora.

— Ce ne l'est pas, je suppose, mais on vole ici, dit Rovo. Il n'y a pas grand-chose que je puisse faire, alors, euh, j'ai pensé que je poserais une question ?

Aurora lança un sourcil levé par-dessus son épaule au bleu. Eponi, cependant, semblait concentrée à garder le *Prisa* sur sa trajectoire — indiquée par une flèche verte translucide menant à travers la flotte et vers la surface d'Aurum Trois — et ni Sai ni Gregor n'avaient de nouvelle mise à jour à venir.

— Je ne sais pas, donna Aurora la seule réponse qu'elle avait.

La conversation avait été douloureuse. Le parc sur Gillane Quatre, quand Deepak avait dit que Sever serait toujours des cibles à moins d'un miracle. Aurora ne craignait pas qu'on lui tire dessus, mais sous l'avertissement de Deepak se cachait une seconde vérité plus dure : eux deux avaient, dans le court laps de temps entre l'insurrection du *Nautilus* et les combats sur Gillane Quatre, ravivé des braises persistantes. Ces étincelles s'étaient éteintes dans ce parc, et depuis lors Deepak n'avait envoyé que des conseils froids.

— Tu devrais peut-être voir s'il est près, dit Rovo. Parce que si ça se passe comme on l'espère, je parie qu'on n'aura pas beaucoup d'amis dans ce groupe.

— Il sait où nous sommes, dit Aurora.

— Bien, intervint Eponi. Ces verrouillages commencent à chauffer—

— Missiles tirés ! cria Sai. Eponi, donne-moi de la puissance ou on est finis !

Aurora se pencha en avant, passant au scanner alors qu'Eponi faisait faire un tonneau au vaisseau, s'orientant vers la planète. Aurora aurait aimé prendre l'une des tourelles, aurait aimé pouvoir faire quelque chose au-delà de regarder la mort venir pour son vaisseau et son équipage.

Mais Aurora devrait attendre qu'ils atterrissent.

Alors, alors elle aurait son compte.

2

JEUX DE TIR

Il fallait bien l'admettre, cette mort imminente gâchait considérablement la vue spectaculaire. Depuis le pare-brise de sa tourelle, Sai admirait les vaisseaux agglutinés, leurs masses se mêlant de façon stratégiquement terrible mais photographiquement magnifique, tandis que des officiers mal assortis et des pilotes ennuyés manœuvraient pour se positionner. D'immenses croiseurs, plus grands que le *Nautilus*, repoussaient les plus petites frégates et les groupes de corvettes comme un caillou ridant la surface de l'eau. Des lumières de toutes les couleurs diffusaient leurs intentions, créant des halos pointillés dans l'obscurité.

Toute cette scène devint chaotique lorsque les explosions blanches incandescentes éclatèrent contre ces magnifiques vaisseaux. Les fusées s'allumèrent, les mèches ordonnant aux batteries de se déchaîner et de foncer vers Sever et leur vaisseau.

La première salve jaillit d'une corvette proche, un engin à peine plus grand que le *Prisa*, mais hérissé d'armes. En forme de pièce de monnaie, les lance-missiles de la corvette formaient une couronne sur sa face supérieure, chacun crachant un petit projectile à tour de rôle. La vitesse du vaisseau laissait les bouffées de fumée derrière lui, signe nuageux que l'attaque était en cours.

Sai tapota la console près de ses mains, passant les paramètres de la tourelle en tir dispersé. La corvette approchait de son côté et, après avoir crié l'alerte d'arrivée dans le communicateur, Sai fit pivoter la tourelle et appuya sur la gâchette, espérant qu'Eponi lui avait laissé assez d'énergie pour s'amuser.

La pilote ne déçut pas Sai, et la tourelle du *Prisa* explosa comme un feu d'artifice bon marché. Une lumière ardente jaillit dans toutes les directions de la tourelle, les miroirs de focalisation dans les canons tournant à une vitesse vertigineuse pour envoyer des rafales sur un large champ. Elles seraient bien trop faibles pour percer la coque d'un vaisseau, et ne feraient pas grand-chose contre les boucliers à moins qu'Eponi ne vole assez près pour que Sai puisse embrasser la cible. Mais contre un missile fin comme du papier ?

Si les fusées crachaient de la fumée blanche au lancement, ces choses explosaient de façon incandescente. Chaque missile était conçu avec des objectifs différents en tête, du bleu crépitant pour neutraliser l'électronique au rouge rosé pour la chaleur en passant par le jaune ensoleillé pour les ondes sonores. DefenseCorp comptait sur le fait de submerger toute résistance par une attaque variée, et Sai cochait mentalement chaque couleur de sa liste.

Douze roquettes dans une salve, et Sai ne respira que lorsqu'il vit douze explosions. Les missiles avaient fait ce que font les missiles et avaient foncé droit sur le *Prisa*, droit dans les rafales de tirs dispersés.

— Comme au bon vieux temps, lança Gregor sur le

canal privé de tourelle à tourelle, destiné à garder les artilleurs synchronisés sans déranger le pilote.

— Le décor est un peu différent.

Sai et Gregor, ainsi qu'Aurora, occupaient généralement les positions de tir sur tous les vaisseaux de débarquement plongeant vers les zones de guerre. À eux deux, ils avaient abattu plus de missiles que Sai ne pouvait en compter. L'expérience empêchait la peur qui vous serre les fesses de briser la concentration de Sai.

Ce qui ne voulait pas dire qu'il ne demanderait pas quelque chose de fort ce soir-là.

En supposant qu'il y ait encore un soir après tout ça.

Eponi poussa le *Prisa* en avant, sprintant vers l'atmosphère de la planète. Sai guettait d'autres missiles, mais la corvette changea d'avis et retint ses lanceurs d'une deuxième salve.

— Ils ont peur ? demanda Sai.

— Ils changent de tactique, répondit Gregor. Chasseurs, des deux côtés.

Repassant la tourelle en mode de tir standard, Sai fronça les sourcils devant l'énergie qui lui restait. Eponi avait le *Prisa* dirigeant sa puissance vers les moteurs, avec un peu de reste pour les boucliers, laissant une maigre concession pour Gregor et Sai.

— Eponi, dit Sai sur le canal général du vaisseau, si tu veux qu'on joue la défense, il va falloir nous donner un peu plus.

— Pas possible, rétorqua Eponi, comme si Sai et Gregor demandaient des bonbons.

— On ne tire pas sur les vaisseaux de DefenseCorp, trancha Aurora, son ton d'acier ne tolérant aucune contestation.

Mais la capitaine n'était pas dans le siège de Sai, n'avait

pas la vue de Sai fixant six chasseurs s'alignant pour des passes qui, ensemble, réduiraient le *Prisa* en cendres brûlantes.

— Aurora, on s'apprête à attaquer les plus hauts gradés de DefenseCorp sur une planète qu'ils contrôlent, dit Sai, osant cette contestation parce que personne d'autre ne le pouvait. Personne n'avait servi plus longtemps avec Aurora, personne ne comprenait mieux qu'elle sa façon de penser. Ils vont déjà être assez furieux contre nous comme ça.

— On ne le fait pas. Distrais-les. Déroute-les. Une fois dans l'atmosphère, on sera au sol avant qu'ils puissent nous causer des dégâts.

Avant qu'Aurora n'ait fini de parler, les premiers lasers jaillirent des chasseurs vers le *Prisa*. Eponi fit brusquement virer le vaisseau dans une nouvelle manœuvre, l'une d'une série sans fin qui ne semblait jamais se répéter. Les premiers tirs s'écrasèrent contre les boucliers du *Prisa*, se dissipant contre la barrière d'énergie. Les rayons suivants brûlèrent l'espace, ne touchant strictement rien.

Le sifflement admiratif de Gregor passa dans le communicateur tandis qu'Eponi inversait la montée, coupant net juste au moment où les chasseurs poussaient pour suivre son premier mouvement. Sai ne pouvait qu'être d'accord avec l'homme au marteau : le pilotage aiguisé d'Eponi leur faisait gagner des secondes, et dans un jeu qui se jouait à la minute près, cela pouvait faire toute la différence.

— Rencontres rapprochées ? dit Sai, utilisant le canal des tourelles.

— Seule option, acquiesça Gregor.

Les doigts sur les gâchettes, Sai obéit à l'ordre trompeur d'Aurora. Il tira, envoyant des rayons jaunes vers les chasseurs. Il visa délibérément à côté de leur trajectoire pour que les tirs ratent leur cible. Les chasseurs réagirent, quittant leur ligne de tir droite pour effectuer des figures et des plongeons. La formation se brisa tandis que Sai et Gregor envoyaient leur feu inoffensif dans les interstices entre les ennemis, là où les chasseurs avaient été plutôt que là où ils allaient. Tant que les lasers de Sai n'atteignaient pas un bouclier ou ne rebondissaient pas sur une coque, les chasseurs ne sauraient pas qu'ils n'étaient pas réellement en danger.

— Ils vont nous prendre pour les pires artilleurs de tous les temps, dit Sai en traçant une piste brûlante à travers l'échappement ionique bleu de sa cible.

Le rire de Gregor résonna, insouciant et rempli d'une joie maniaque. Cet homme n'avait jamais trouvé de bataille qu'il n'aimait pas, quels que soient les enjeux ou les chances. C'était peut-être une liberté qui venait de l'absence d'attaches, car Sai n'avait jamais entendu Gregor parler de famille ou d'être cher. N'ayant rien à perdre, Gregor savourait tout cela.

La console clignotait, attirant l'attention de Sai. Le *Prisa* entrait dans l'atmosphère, et le système avertissait Sai que ses tirs pourraient être légèrement déviés par l'air dense. Pas que Sai ait besoin de la console pour le lui dire : la réapparition soudaine de la gravité le faisait tomber vers le haut, pressé contre ses harnais. Le sang lui monta à la tête, pour refluer aussitôt qu'Eponi fit rouler le *Prisa* dans une meilleure position.

— Désolée pour ça, dit Eponi. Les choses sont un peu folles en ce moment.

Mais pas aussi folles qu'elles auraient pu l'être. Le bluff de Gregor et Sai avait rendu les chasseurs prudents, avec des approches lentes et sous des angles étranges. Les pilotes n'avaient aucun moyen de savoir que les tourelles du *Prisa* avaient à peu près autant d'énergie létale que les regards furieux de Sai, et ils volaient avec précaution. Pourquoi prendre des risques quand la cible semblait plonger droit dans un piège mortel ?

— On dirait qu'on leur a fait peur, dit Sai.

— Un peu trop, répondit Gregor.

À travers le pare-brise de Sai, l'espace noir vira au violet et à l'orange, des flammes léchant l'extérieur alors que le *Prisa* pénétrait dans l'atmosphère de la planète. Le vaisseau tremblait et tanguait, sa structure s'ajustant sous l'effet du poids, de la chaleur et de toutes les lois de la physique. Sai relâcha la pression sur la tourelle — de toute façon, il ne pouvait pas viser avec tous ces soubresauts — et observa les chasseurs qui gardaient leurs distances.

Bon sang, ces pilotes étaient des lâches pour rester si loin en arrière.

— Je reçois un appel entrant, dit Aurora. Restez silencieux.

Sai inclina la tête, surpris. Aurora aurait pu garder la transmission privée, ou simplement la diffuser dans le cockpit. Si elle voulait la diffuser sur le canal ouvert, cela devait être de quelqu'un d'important.

— Aurora, j'espérais vraiment que nous ne nous reverrions jamais, dit une voix qui tordit les entrailles plutôt calmes de Sai en nœuds de colère. Vana, l'agent de Defense-Corp derrière toute cette pagaille. Pourtant, il semble que tu sois venue gâcher ma fête.

Sai imagina le visage de Vana dans ces flammes vacillantes à l'extérieur de sa fenêtre. Cette femme avait brièvement pris Sai en otage, sur Gillane Quatre. Le spadassin avait passé une nuit dans sa terrible garde, endurant ses demandes incessantes pour qu'il abandonne l'escouade Sever et change de camp. Quand il avait refusé,

Vana avait plutôt cherché ses faiblesses, avait tenté de découvrir ce que Sai craignait le plus.

Cette nuit-là, pour la première fois de sa vie, Sai avait refusé de penser ou de dire quoi que ce soit sur sa famille. Les agents savaient lire un visage, lire dans les yeux, et si Sai révélait le secret de son cœur, il savait que Vana les trouverait. Elle traverserait toute la galaxie pour entraîner sa femme et ses enfants dans ses expériences.

Le pire de tout, c'est que Vana ne rirait pas en le faisant. Elle ne promettrait pas une révolution audacieuse comme Renard, son partenaire mort. Elle ne ricanerait pas comme Anaskya, la scientifique derrière la maladie que Vana cherchait à propager, qui était obsédée par chaque opportunité de tester ses jouets sur de nouveaux sujets.

Non, Vana tuerait la famille de Sai parce que cela lui rendrait plus difficile de continuer. Un calcul, fait pour améliorer la position de Vana, rien de plus.

— Exactement, répondit Aurora. Pourquoi ne pas nous faciliter la tâche et venir nous dire bonjour ?

— Malheureusement, je suis occupée, dit Vana. Vous avez peut-être remarqué que j'ai des invités. Ils préféreraient que vous ne gâchiez pas notre événement, mais j'ai une meilleure idée.

— Dois-je demander ?

— Oh, ne vous embêtez pas, dit Vana. Je suis sûre que vous comprenez qu'une démonstration est bien plus spectaculaire qu'un discours. Je vais ouvrir une baie pour vous. S'il vous plaît, volez prudemment.

La transmission se coupa. Dehors, les flammes s'éteignirent, remplacées par un ciel épais et bronzé. Le pare-brise captait une poussière dorée, ses particules s'accrochant dans les fissures et bourgeonnant sur le verre. Sai se rassit dans la tourelle, laissant ses mains se détendre.

— Elle fait une erreur, dit Gregor à tout le vaisseau. Nous laisser atterrir est une mauvaise tactique.

— Nous ne sommes pas l'objectif, répondit Aurora. Elle a besoin que DefenseCorp se range derrière elle. Quelle meilleure façon de le faire que d'écraser l'une de leurs escouades d'élite ?

— Sur Helix, j'ai découpé ces monstres infectés, dit Sai. Ils n'étaient pas si terribles. Les agents sur Gillane Quatre non plus. Je pense qu'on peut y arriver.

— Les nombres, Sai, intervint Rovo. Ton katana a beau être tranchant, regarde cette chose. C'est énorme. Elle doit en avoir des milliers là-dedans.

Sai se pencha en avant, essayant de regarder plus bas mais ne voyant rien que de la poussière. Il jeta un coup d'œil à sa console, le scanner montrant que les chasseurs s'étaient complètement retirés. Pas de menaces, donc.

— Je ne peux rien voir d'ici, dit Sai. On dirait qu'ils arrêtent aussi la poursuite. Ça vous dérange si on échange ?

— Échange avec Rovo, dit Aurora.

Un mouvement intelligent, et le bleu n'objecta pas. Alors que le *Prisa* descendait de plus en plus bas, Rovo apparut dans le nid de la tourelle de Sai, et les deux échangèrent leurs places. Passant par l'étroit couloir menant à la moitié arrière du *Prisa* en forme de colonne vertébrale, Sai grimpa par la petite porte dans la chambre centrale du vaisseau. Même s'ils se dirigeaient vers un piège mortel, Sai ne put s'empêcher de sourire en voyant ce que Sever avait fait à son vaisseau.

Au cours des cent jours passés sur la station périphérique, Eponi et Rovo, bientôt suivis par les trois autres, avaient ajouté leurs propres touches au *Prisa*. Ce qui avait été un mélange de métal efficace arborait maintenant des souvenirs, des slogans peints pour chaque membre de Sever, et leurs noms gravés. Sous celui de Sai se trouvaient aussi ceux de sa famille, gravés à jamais sur le mur du fond.

Des escaliers à sa droite et droit devant menaient respectivement vers le bas et le haut, vers la rampe d'embarquement et les quartiers de l'équipage. Sai n'emprunta ni l'un ni l'autre, allant plutôt à droite pour rejoindre Eponi et Aurora dans le cockpit.

Aucun des deux n'avait besoin de préciser leur destination. Aucun n'avait besoin de pointer du doigt une tache sur l'immense désert brun doré en contrebas. S'étalant sur le sol comme une araignée industrielle, leur cible scintillait dans la lumière bleutée du jour. Une structure incurvée, recouverte de panneaux solaires, trônait au centre, avec ce qui semblait être des tunnels en pente plongeant dans la terre tout autour. Ces tunnels remontaient à la surface dans toutes les directions, se déversant dans des champs aplatis couverts de filets miroitants, des bâtiments modulaires qui donnaient l'impression que quelqu'un avait laissé tomber des blocs d'acier brillants là où ils étaient, et là où aurait dû se trouver la tête de l'araignée, une vaste zone d'atterrissage avec des dizaines de vaisseaux de débarquement.

Vana ne se contentait pas de jouer avec quelques combinaisons et quelques agents contaminés. Elle avait construit une usine pour doter DefenseCorp d'une toute nouvelle armée.

3

LES CONDAMNÉS

Bien qu'il appréciât de cracher du feu dans l'espace depuis sa tourelle, Gregor savourait la montée d'adrénaline lorsque son armure assistée s'enclenchait. La combinaison, recouverte de plaques absorbant l'énergie, tissée d'un maillage capable d'encaisser un coup et de transmettre l'énergie cinétique absorbée aux bottes propulseurs de l'armure, coûtait une somme que Gregor et son marteau rembourseraient en réduisant les forces de Vana en miettes.

Le grand homme se tenait au centre du *Prisa*, appréciant les bottes verrouillables de l'armure assistée qui le fixaient au sol. La plongée d'atterrissage d'Eponi faisait courber le vaisseau à gauche et à droite, en faisant une cible difficile. Vana ne semblait pas leur tirer dessus, mais Aurora avait quand même ordonné ces manœuvres d'évitement : ce ne serait pas hors du caractère de Vana de piéger Sever dans une approche placide pour ensuite les pulvériser d'un tir soudain.

À côté de lui, Sai, abandonnant également sa tourelle, revêtait sa propre armure. Le duo, Gregor avec son marteau et Sai avec son katana de diamant, mènerait l'assaut hors du *Prisa* et dans le bourbier que Vana leur avait préparé. Les deux ne s'accordaient pas parfaitement — le marteau et le katana avaient tous deux une longueur qui risquait de s'entrechoquer lors de leurs mouvements — mais ils se sépareraient dans des directions opposées, nettoyant toute racaille embusquée comme des vagues mortelles balayant le sable envahissant.

Aurora et Rovo prirent les tourelles à la place, prêts à gérer toute autre surprise dans la baie d'atterrissage. Même à faible puissance, les canons du *Prisa* contenaient assez d'énergie pour griller un pauvre bougre. Eponi, elle aussi, avait le canon central. Entre eux tous, ils pouvaient délivrer une dévastation rapide à toute force en attente.

— Ils ouvrent une baie, dit Eponi. De l'autre côté de la base, pas dans le complexe central. Leur contrôle de vol me dit d'aller par là. On y va ?

— Des alternatives ? demanda Aurora, les voix portant à travers le haut-parleur dans le casque de Gregor.

Ce casque, aussi, s'illumina avec plus que les mots d'Aurora et d'Eponi. Alors que le joint se refermait sur la tête de Gregor, des barres et des graphiques apparurent et défilèrent à travers les statistiques tandis que la combinaison passait en revue les signes vitaux de Gregor et ses propres fonctions, les déclarant tous optimaux. En tant que machine de destruction, Gregor avait le feu vert pour anéantir.

— On pourrait essayer de faire notre propre trou, dit Eponi. Ça pourrait mettre Vana un peu en colère.

— Je suis pour, intervint Sai.

— Mais à nos conditions, annula Aurora. Nous ne connaissons pas la disposition, ni où Vana nous attend. Une fois que nous saurons où elle se trouve, c'est là que nous pourrons reprendre l'initiative. Suivez les instructions Eponi, faites-nous entrer.

— À vos ordres, capitaine.

Avec l'armure assistée refermée sur les bras et les jambes de Gregor, les divers mécanismes de la combinaison se resserrant sur ses articulations pour assurer des mouvements précis, il tendit la main vers son marteau. L'arme d'un mètre et demi se terminait par une grande tête cubique gravée de circuits. De petits cercles reliés par des lignes dorées capturaient l'énergie dépensée dans chaque balancement et, au besoin, la restituaient lors de l'impact. Assez puissant pour briser du béton, pour percer un mur.

Pour réduire Vana en bouillie.

— Prêts là-derrière ? appela Eponi. Dix secondes avant l'atterrissage.

— Je me sens affûté, répondit Sai. Et toi ?

— Bien, dit Gregor.

Les deux avancèrent, presque dans le cockpit. Gregor se tenait devant, avec Sai se serrant près de lui. Devant, au-delà des sièges vides du cockpit — à l'exception d'Eponi dans le siège du pilote — Gregor vit leur cible prévue. Le *Prisa* effectua un long virage paresseux, tremblant alors que ses moteurs principaux s'éteignaient et transféraient leur puissance aux jets de manœuvre du vaisseau.

Leur baie ressemblait à une gueule rouge sortant du sable doré-brun recouvrant Aurum Trois. Les grains coulaient sur l'ouverture, prouvant que le choix de Vana pour la baie d'amarrage de Sever n'avait pas été utilisé depuis longtemps. L'obscurité se cachait derrière la bouche de métal rouge.

Eponi vola directement à l'intérieur.

— L'énergie est réglée pour les boucliers et les canons,

annonça la pilote. Rovo, Aurora, vous devriez être bons pour répandre toute la mort dont vous avez besoin.

— Oh hourra, dit Rovo.

Le *Prisa* entra bas, la lumière bleue du jour filtrant derrière le vaisseau alors qu'il pénétrait dans la baie. Le premier aperçu de la base de Vana révéla non pas le métal dur, les sols propres et l'efficacité stérile attendus, mais plutôt une folie débridée.

La baie elle-même avait été conçue pour des vaisseaux bien plus grands que le *Prisa*, l'entrée cédant la place à une vaste étendue circulaire qui ressemblait à un quai de chargement pour des troupes s'embarquant pour ici et là, et peut-être même ailleurs. Alors que le *Prisa* entrait, qu'Eponi essayait de trouver où atterrir, Sever découvrit un monde aussi radical qu'ils n'en avaient jamais vu.

Les sols de la baie s'arquaient et ondulaient de débris, mais pas les déchets d'un monde abandonné. Au lieu de cela, les ordures ici avaient été empilées en formes. Des constructions imposantes bâties avec des bidons de carburant vides, des tuyaux rouillés et des conteneurs d'expédition mis au rebut se dressaient dans l'espace gigantesque. Le sol lui-même, aussi, semblait avoir été utilisé comme toile par un millier de peintres fous, chacun dessinant avec des pinceaux de leur propre fabrication. Des lignes dans les violets et les noirs des carburants de l'ancien style tourbillonnaient sous les lumières du *Prisa*, parfois se transformant en visages, souvent disparaissant dans des motifs indéchiffrables.

Se faufilant entre ces couleurs plus sombres venaient des rouges et des bleus vifs, des taches jaunes aussi. Gregor ne pouvait pas deviner quels produits chimiques avaient été sacrifiés pour ces traînées, mais l'ensemble offrait une sensation déroutante et désorientante. Gregor avait vu trop de planètes, trop de vaisseaux et trop d'aliens pour paniquer face à ces bizarreries, mais l'envie de combat prête à frapper et cogner s'étouffait sous l'étrangeté.

— Je suppose que personne ne sait ce qu'on regarde ? dit Rovo. Ça me fiche la trouille, honnêtement.

— J'ai vu beaucoup de trucs bizarres en faisant des courses de karts, fit écho Eponi. Rien de tel. Certainement pas avec DefenseCorp. C'est comme si quelqu'un avait organisé une fête à la fin du monde.

— Atterrissez, Eponi, ordonna Aurora. Trouvez un endroit et posez-nous.

Comme pour confirmer l'ordre d'Aurora, la gueule derrière eux, seule sortie de Sever vers le ciel d'Aurum Trois, se referma. Aucune lumière ne s'alluma. Seul le *Prisa* scintillait dans l'immense obscurité, ces carcasses creuses combattant la lueur avec de grandes ombres.

— On change de stratégie ? demanda Sai. Parce que ce n'est pas ce à quoi je m'attendais.

— Même plan, répliqua Aurora rapidement. Vana va jouer avec nous. Elle a dit qu'elle devait monter un spectacle. Tout ceci n'est qu'une scène. De la mise en scène.

— Ça semble bien vieux pour de la mise en scène, dit Eponi. Regarde toute cette rouille ici. Toutes ces couleurs au sol. Pas moyen que Vana ait préparé tout ça juste au cas où on se pointerait.

Gregor médita sur cette vérité inconfortable, essayant de l'associer à une histoire qu'il aurait entendue auparavant, une explication dans toutes les newsletters de DefenseCorp qui avaient atterri dans ses messages au fil des années. Impossible qu'une entreprise aussi focalisée sur le profit que DefenseCorp laisse une base aussi grande que celle-ci simplement se dégrader, tomber dans ce désordre et l'abandonner.

Impossible, à moins que, comme pour Dynas, ce qui s'était passé ici ne puisse être sauvé.

— Fais-nous descendre, Eponi, dit Gregor.

— Tu es sûr de vouloir aller dans tout ça ? demanda Eponi, et Gregor aperçut son nez plissé et sa lèvre retroussée dans le reflet du pare-brise du cockpit.

— Je suis plus effrayant que tout ce qu'il y a là-dehors.

— L'homme marque un point, acquiesça Rovo. Je dis qu'il faut laisser le marteau frapper.

— J'ai l'impression de ne pas être respecté ici, marmonna Sai.

— Je suis content que tu sois à mes côtés. Gregor aurait posé sa main sur l'épaule de l'homme s'il avait eu la place.

— N'est-ce pas adorable, dit Eponi. Bon pour y aller, capitaine ?

Aurora ne répondit pas, et Gregor pouvait deviner pourquoi. Comme le reste d'entre eux, Aurora voulait un indice avant de s'aventurer dans l'obscurité. Soit un message de Vana les narguant dans une direction ou une autre, soit peut-être une lumière, une étincelle au-delà qui donnerait à Sever un indice sur ce qui les attendait.

Quand aucun appel ne vint, Aurora donna l'ordre.

L'ascenseur secondaire du *Prisa* plongea. Conçue pour des entrées et sorties rapides sans la vulnérabilité d'abaisser une longue rampe d'embarquement, la plateforme circulaire heurta le sol peint avant que le corps de Gregor ne réalise qu'il tombait. Deux poteaux reliaient l'ascenseur au cockpit de Sever, mais rien d'autre n'obstruait la vue au niveau du sol.

Rien d'autre n'interférait non plus avec les bruits.

Vivre dans l'espace, dans les bases de DefenseCorp, avait préparé Gregor à certains sons de fond. Les bourdon-nements et ronronnements constants tandis que l'oxygène tournait dans les recycleurs, que les radiateurs tenaient à distance l'étreinte glacée du vide. Les bavardages qui résonnaient le long des couloirs métalliques, ou les ascenseurs qui sonnaient leurs arrivées et départs. La symphonie standard de la vie.

Aurum Trois, ou du moins cet endroit, ne s'y conformait pas.

La brise frappa Gregor en premier. Ou plutôt, frappa son armure de puissance. Le vent sifflant résonnait à travers les constructions creuses, faisant cliqueter leurs ossements métalliques et tourbillonnant à travers leurs corps chancelants. Quelque chose tirait l'air d'un côté de la pièce à l'autre, un effet inédit pour une base comme celle-ci.

Mais, peut-être, n'y avait-il aucune base comme celle-ci.

— Tu entends ça ? demanda Sai, les deux armures de puissance reliant l'épéiste à Gregor pour que leurs paroles ne circulent qu'entre eux et nulle part ailleurs.

— Le vent ?

— En dessous. Comme des feuilles, mais plus lourd.

Gregor se concentra, creusa sous le sifflement, et trouva ce que Sai voulait dire. Un bruissement profond, presque comme une centaine de chiens grognant bas, leurs tons se chevauchant. Contrairement au vent, ce son venait de partout autour.

Encerclés.

— Ça vous dérangerait de descendre de cette plate-forme ? interrompit Eponi. Vous deux êtes peut-être dans des armures de puissance, mais le reste d'entre nous est plutôt, euh, nu ici.

— Désolé, parla Sai pour eux deux, alors qu'ils quittaient l'ascenseur.

Le *Prisa* aspira la plateforme, les laissant seuls. Les feux de position du vaisseau fournissaient un halo, avec ses trois béquilles d'atterrissage servant de repères vers l'au-delà. La visière de Gregor resta sombre, ne détectant aucune menace. Au moins, cela signifiait que des fusils ne les visaient pas depuis les profondeurs.

— On choisit une direction ? demanda Sai.

— Attends, dit Gregor. Sois prêt.

— Pourquoi ?

Gregor ne répondit pas. À la place, il souleva le marteau, s'éloigna de Sai, puis le balança vers le sol. L'arme frappa le métal, faisant jaillir des étincelles, de la vieille peinture, et envoyant un tintement clair réverbérer à travers la vaste salle.

Le bruissement disparut pendant un long moment.

— Tu les as fait fuir, dit Sai.

— Attends, répéta Gregor, tournant lentement pour voir dans toutes les directions.

Les hurlements commencèrent un par un ici et là. En colère, confus. D'autres se joignirent au cri, certains sonnant clairement, d'autres rauques, se terminant par des toux saccadées. Ce n'était pas une meute d'animaux attendant de festoyer.

— En approche, la voix d'Aurora retentit. Je détecte du mouvement de tous les côtés.

— Je te l'avais dit, dit Gregor à Sai.

— Ouais, dit l'épéiste, levant son katana d'une main, son pistolet de l'autre. Je déteste quand tu as raison.

La visière de Gregor repéra la créature avant lui. Une chose qui se précipitait, se déplaçant sur quatre, non, cinq membres alors qu'elle courait vers Gregor. Des bras et des jambes comme un humain, mais un cinquième, une chose sombre et fluide, poussait avec l'homme. Gregor ne put, ne voulut pas réprimer son propre grognement à cette vue, à un cauchemar qui revenait.

Felix, sur Dynas, avait d'autres comme celui-ci avec lui. Plus virus que personnes. À l'époque, Gregor avait fait exploser un tuyau de gaz, envoyant une flamme brûlante à travers tout le groupe. Cette fois, il devrait se rapprocher.

Gregor fit un pas vers la créature avant que l'ennemi ne disparaisse dans un éclair laser. La tourelle d'Aurora attrapa le monstre, le faisant frire en un tas de goudron bouillonnant dans un flash aveuglant. Avant que Gregor ne puisse cligner des yeux pour dépasser l'anéantissement, la tourelle d'Aurora s'alluma à nouveau, trouvant et incinérant une autre créature approchante dans l'obscurité.

— À ta droite ! cria Rovo. Il y en a trop !

Gregor pivota, balançant son marteau avec le mouvement. La tête du marteau manqua la cible, mais le manche frappa la créature alors qu'elle griffait l'armure de Gregor avec des mains aiguisées en griffes par le virus et ses desseins destructeurs. Le coup envoya le monstre rouler sur la droite, mais Gregor ne put suivre car un autre prit la place de la créature.

L'homme au marteau de l'escouade Sever lâcha sa main gauche du marteau, ramenant son coude en arrière et délivrant un crochet crépitant au prochain monstre bondissant. En frappant, Gregor vit ce qui avait été un visage, dont la moitié était maintenant dévorée par cette substance noire et suintante. En dessous, des vêtements en lambeaux pendaient à la peau restante de la chose.

Sur eux, pendant à un fil, se trouvait un badge d'identité que Gregor reconnut : deux tourbillons grimpant une échelle invisible. Helix, l'entreprise créée pour contrôler et superviser les expériences de Dynas.

Un éclair brûla au-dessus de l'épaule de Gregor, provoquant un glapissement près de son oreille gauche.

— Fais attention, mec ! cria Sai, l'épéiste faisant tournoyer son katana en coups rapides, tirant son pistolet dans les intervalles.

Au-delà, autour du vaisseau, l'obscurité disparut dans des éclairs lumineux alors que les tourelles jumelles du *Prisa* et le canon central d'Eponi s'illuminaient. Des incendies éclatèrent alors que des corps qui n'étaient pas faits pour cela absorbaient le laser surchauffé.

Gregor suivit l'exemple de Sai, saisissant son marteau et se mettant à l'œuvre autour de lui tandis que les créatures poursuivaient leur assaut, indifférentes à leurs propres pertes, à leurs propres vies.

Les batailles étaient censées être des événements amusants, une occasion de prouver sa valeur dans la plus pure compétition qui restait à l'humanité. Gregor voulait savourer chaque coup, chaque esquive et riposte qui envoyait ses ennemis au sol. Il voulait rugir de rage joyeuse en démembrant ses adversaires.

Au lieu de cela, il resta silencieux, frappant, écrasant et exterminant les gens que Sever avait abandonnés depuis longtemps.

4

DE L'INTÉRIEUR VERS L'EXTÉRIEUR

Lors de ses premières missions avec l'Escouade Sever, Eponi n'arrivait pas à se défaire de l'idée qu'elle incarnait désormais le rôle principal des films d'action qu'elle regardait enfant. Revêtue de son armure de combat, fusil en main, Eponi sprintait avec Sever d'un combat à l'autre, projetant du plasma et semant la mort sur les planètes à la demande de DefenseCorp. Chaque fois qu'Eponi esquivait un tir et ripostait, ou qu'elle plongeait d'un bâtiment en ruine pour atterrir au milieu des ennemis, les armes flamboyantes, son monde semblait s'élargir, la présentant comme l'héroïne au sommet de l'action.

Puis, comme des suites de films qui s'enchaînent laborieusement d'une intrigue à l'autre, les scènes spectaculaires ont commencé à se confondre. Les briefings de mission d'Aurora ne provoquaient plus la même montée d'adrénaline et Eponi se concentrait désormais sur le chiffre final : l'argent qui serait versé sur son compte une fois tout le carnage terminé.

Avec cette concentration est venue l'obsession de survivre, la pensée bien comprise que DefenseCorp ne se soucierait pas le moins du monde si Eponi recevait un missile en plein ventre, mais qu'Eponi, elle, s'en soucierait énormément. Comment pourrait-elle dépenser tout l'argent qu'elle gagnait en carbonisant des gens à travers les étoiles si elle finissait elle-même grillée ?

Le canon du *Prisa* gémit, crachant du feu devant lui dans l'obscurité. Les silhouettes continuaient d'avancer, et, sans dépenser d'énergie pour les boucliers ou les moteurs, le *Prisa* avait la puissance nécessaire pour leur faire face. Le canon du cockpit n'avait pas beaucoup de flexibilité, mais l'ennemi n'avait pas beaucoup de stratégie non plus. Eponi était assise, la main sur la gâchette, maintenant un tir continu droit devant qui liquéfiait les monstres chargeant les uns après les autres.

Elle ne recevrait pas de prime pour le nombre de victimes, et être assise sur une chaise ne faisait guère une performance cinématographique, mais Eponi survivrait à cet assaut. Cela devrait suffire.

— Tu tiens le coup ? demanda Rovo depuis la tourelle de droite, sur le canal général.

— C'est un bon entraînement, répondit Gregor.

Eponi ne pouvait pas voir le grand homme balancer son marteau, étant donné la position de Gregor juste sous le milieu du *Prisa*. Cependant, les preuves de son travail se manifestaient avec une fréquence à vous briser les os, les corps volant et disparaissant dans les décombres. Le katana de Sai n'avait pas tout à fait le même impact, mais Eponi se dit qu'elle aurait l'occasion de constater ce carnage une fois les combats terminés.

Quelle récompense.

— On tient jusqu'au bout ? demanda Eponi, observant les rayons jaunes du canon déchiqueter un autre trio d'assaillants. Y a-t-il une fin, ou ont-ils amené tous les milliers d'habitants de Dynas pour ce spectacle d'horreur ?

— Vana voulait une démonstration, répondit Aurora. Elle en a une. Et tout le monde aussi.

— Ah bon ? demanda Rovo.

— On enregistre, dit Eponi avec un sourire narquois. Tant que le *Prisa* n'est pas détruit, on diffusera ce petit événement à toute la galaxie quand on sortira d'ici. Tout le monde saura ce qui est arrivé à Helix. Ce sera un moment pop-corn, c'est sûr.

— La mort de milliers de personnes à cause d'une horrible maladie est un moment pop-corn ?

— Rovo, on a tous nos façons de faire face, d'accord ? répondit Eponi.

Cette réplique fit taire le bleu, et pendant plus de minutes qu'Eponi ne voulait compter, les cinq firent face à la marée d'infectés. Quand le flux ralentit, cependant, Eponi regarda deux fois, puis une troisième pour être sûre. Malgré le nombre, les victimes autour du *Prisa* semblaient encore bien moins nombreuses que les habitants de Dynas.

Peut-être que certains s'étaient échappés ?

Peut-être que Vana les gardait en réserve ?

— Gregor, Sai, dit Aurora lorsque sa tourelle réduisit sa dernière cible en cendres, allez jeter un coup d'œil aux alentours. On va se préparer et vous rejoindre dehors.

Dire au revoir au *Prisa* laissait toujours Eponi avec un pincement au cœur. Elle n'avait jamais possédé de vaisseau auparavant, et bien qu'elle ait volé le *Prisa*, Eponi en était venue à considérer le grand oiseau comme le sien. Pendant le répit de Sever, Eponi avait fouillé l'appareil de fond en comble, amélioré les pièces qu'elle pouvait et laissé sa propre personnalité imprégner les paramètres du vaisseau. Eponi avait rempli les banques de mémoire du *Prisa* avec ses chansons, films et jeux préférés. Elle avait changé les thèmes de chaque console pour ses couleurs favorites, s'attirant des roulements d'yeux de la part des autres.

Tout ce qu'Eponi pouvait revendiquer sur le vaisseau, elle l'avait fait.

— Sérieusement ? demanda Rovo alors qu'ils attendaient que la rampe d'embarquement descende, tous les trois maintenant enfermés dans leur armure de combat.

Eponi avait mis le *Prisa* à fond sur un ancien tube parlant d'un compte à rebours final. Cela semblait approprié.

— Tu détestes vraiment le fun ? répliqua Eponi alors que la rampe d'embarquement touchait le sol.

Le joyeux bruit accompagna les combattants descendant la rampe alors que la chanson atteignait son apogée, mettant un sourire sur le visage d'Eponi.

Toucher le sol tua ce sourire rapidement. L'armure de combat ne pouvait pas filtrer l'odeur, la puanteur de pourriture émanant de trop nombreux corps déjà trop décomposés, bien qu'ils aient été vivants quelques minutes auparavant. La visière repérait les tas, les sinistres collections de ce qui fut autrefois des personnes et qui ne l'étaient plus, gisant à leur place finale. Un lugubre mémorial autour duquel se dressait le *Prisa*, ses béquilles formant un triangle autour de l'efficacité impitoyable de Gregor et Sai.

Au-delà des viscères, les choses ne s'amélioraient guère. Le travail du duo des tourelles et du canon d'Eponi offrait sa propre vision unique du carnage : plus noire, souvent encore fumante et explosée. Des fragments persistaient, s'accumulant au milieu des décombres, racontant de brèves histoires de vies terminées avec bien plus d'énergie qu'un corps humain ne pourrait jamais supporter.

Dans l'ensemble, Eponi avait envie de vomir. Dans l'ensemble, elle avait envie de courir se réfugier dans le *Prisa*, d'allumer les réacteurs et de foncer vers la sortie. Certes, Vana les avait peut-être enfermés à l'intérieur, mais avec suffisamment de temps, les canons du *Prisa* pourraient creuser une issue.

Et ensuite quoi ? Fuir à travers toute la flotte de DefenseCorp ?

— Il y a deux sorties, dit Sai, sa voix résonnant à l'oreille d'Eponi, la faisant sursauter. Enfin, il y en a plus de deux, mais Vana ne nous donne que deux portes ouvertes.

— Je pourrais en forcer une troisième, ajouta Gregor.

Les deux tueurs s'éloignèrent du *Prisa* dans la foulée, traçant le contour de leur cellule apparente. L'espace, dans l'obscurité, semblait s'étendre à l'infini, mais Sai affirmait qu'il avait bel et bien une fin. Une structure circulaire avec au moins sept sorties, toutes positionnées à intervalles aléatoires, comme si cette baie avait été à l'origine le centre d'une base ayant connu une expansion rapide et non planifiée.

Les deux sorties ouvertes semblaient être des modifications récentes, avec de la poussière flottant encore dans l'air là où les grandes portes s'étaient écartées, selon Sai. Aucune ne révélait clairement sa destination, mais Aurora décomposa leurs directions respectives de façon méthodique.

— La première penche vers le nord et le centre de la base, dit Aurora. Les autres baies d'amarrage sont probablement dans cette direction, d'après ce que nous avons pu voir pendant l'atterrissage. Je parie que Vana ne voudrait pas que les pontes de DefenseCorp fassent une longue marche après leur voyage ici, donc disons qu'elle est par là.

— Tu crois que Vana te laisserait simplement marcher jusqu'à elle ? demanda Eponi.

Toute l'escouade s'était regroupée autour du *Prisa*. Cinq

soldats en armure de combat debout en cercle. Gregor avait son marteau, Sai son katana, et Rovo portait cette espèce de faux qu'il avait ramassée sur Wexer. Eponi n'avait pas encore gagné son pari avec Aurora que Rovo se blesserait avec cette arme, mais elle pensait que cela ne saurait tarder.

Eponi et la capitaine avaient leurs fusils, et tous portaient des pistolets, des couteaux, et plus de cran qu'il n'y avait de grains de sable doré sur cette planète maudite.

— Je pense que Vana va nous laisser prouver que nous sommes une menace valable avant de nous tuer, dit Aurora. En même temps, nous pourrons nettoyer certains de ses dégâts.

— Comme quelques centaines de réfugiés de Dynas ? dit Sai.

— Nous savons qu'elle n'a pas une once de morale, acquiesça Aurora. Nous devons nous attendre à tout, particulièrement quand son plan tombera à l'eau.

Oh, Aurora. Son éternelle confiance en la réussite certaine de Sever faisait toujours sourire Eponi, malgré la scène lugubre qui les entourait.

— Alors, quel est notre plan ? demanda Rovo. On se balade et on voit quels pièges on peut déclencher ?

— Pas tout à fait, répondit Aurora. Autant j'aimerais qu'on reste ensemble, on ne peut pas mettre toutes nos forces sur un seul chemin. Il y a deux sorties, donc nous devrons nous séparer en deux groupes.

— Et si c'est ce que Vana veut ? demanda Eponi. Nous séparer ne serait-il pas, tu sais, un bon moyen de nous faire tuer ?

— C'est un risque que nous allons prendre. Aurora laissa son regard visé balayer l'escouade, attendant que quelqu'un prenne la parole. Pour l'instant, nous jouons le jeu de

Vana. Elle s'attend à ce que nous perdions. Ce ne sera pas le cas.

Les paroles d'Aurora n'apportèrent que peu de réconfort alors qu'Eponi, Rovo et Sai s'engageaient dans le tunnel de la sortie ouest. Gregor et Aurora partirent vers le nord, à la poursuite de Vana. Les deux ayant si complètement détruit l'enclave d'agents sur Gillane Quatre, Aurora pensait qu'ils pourraient gérer tout ce que Vana chercherait à leur lancer.

— Donc on a quoi, les restes ? demanda Eponi alors qu'ils laissaient derrière eux le sol ensanglanté, les robots de décombres bancals et, Dieu merci, l'odeur de décomposition. Et si Vana nous avait donné une longue marche vers, je ne sais pas, le système septique de la base ?

— Alors on le trouvera, on fera demi-tour et on le dira à Aurora, dit Sai, menant le trio avec son katana.

— Tu es tellement drôle, Sai.

— Essaie quand je n'aurai pas massacré un petit village.

Le tunnel, marqué par un plafond voûté, partageait une qualité essentielle avec la baie qu'ils venaient de quitter : un sens aigu du style. Plutôt que le métal terne et constant qu'on trouvait partout dans la civilisation, les concepteurs ici avaient opté pour des motifs tourbillonnants. Des symboles balayaient les sols et les murs, certains même au plafond, dans une danse interconnectée qu'Eponi ne pouvait déchiffrer. Contrairement à la baie derrière eux, les symboles brillaient de jaunes dorés et de bleus plus vifs, comme si le trio de Sever était passé d'un creux sinistre à une prairie agréable.

Renforçant cette impression, il y avait les lumières. Des barres droites blanc-bleu couraient juste au-dessus de la hauteur de tête, chassant l'obscurité à mesure que Sever avançait. Tous les mètres ou deux, le prochain ensemble de barres s'allumait tandis que celles derrière eux s'éteignaient.

La brise maintenait sa pression, et Eponi supposa que cela devait être la cible du vent, car sa force cinglante augmentait à mesure qu'ils marchaient. L'air tourbillonnant poussait les jambes d'Eponi en avant, chatouillant ses articulations.

— On a l'impression d'être dans notre propre monde, marmonna Rovo. Sombre derrière, sombre devant. Si on se retrouve dans un pays fantastique, vous me devez tous du fric.

— Je ne prends pas ce pari, dit Eponi.

— Silence, siffla Sai, levant une main.

Devant, il n'y avait pas grand-chose à voir. Le tunnel continuait, les barres lumineuses s'éteignant non loin devant. Et pourtant, Eponi aperçut le rouge sur sa visière. Quelque chose là-bas avait Sever dans sa ligne de mire, assez clairement pour que l'armure de combat le détecte.

— Si la visière le capte, dit Rovo, alors ils doivent forcément nous voir. Et ce n'est pas comme si on était difficiles à repérer. Avec les lumières et tout.

— C'est presque comme s'ils n'avaient pas conçu ces combinaisons pour la discrétion, ajouta Eponi, mais elle pointa quand même son fusil vers le corridor.

Si les visières avaient un défaut, c'était que les machines ne parvenaient pas à indiquer la distance de la menace. Eponi ne pouvait pas dire si le rouge venait d'un mètre ou de cent mètres. Ainsi, même si elle s'attendait à ce que quelque chose vienne vers eux, Eponi fut sacrément surprise quand les lumières devant s'allumèrent et montrèrent... rien.

— Combinaisons d'invisibilité, dit Sai, prenant une position au centre du couloir et saisissant son katana à deux mains. Débusquez-les.

Eponi et Rovo prirent l'ordre au pied de la lettre, appuyant sur la gâchette de leurs fusils et envoyant des rayons rouges, réglés assez chauds pour traverser la plupart des armures, brûlant le long du couloir. Sans rien à viser, Eponi opta pour l'approche en dispersion, envoyant des tirs en haut, en bas et partout dans le tunnel.

Les rayons firent mouche rapidement. Des étincelles jaillirent lorsque les tirs de Rovo et Eponi touchèrent des objets sprintant dans le corridor, se rapprochant rapidement. Les impacts laissaient des marques noires dans l'air, flottant comme par magie alors que les combinaisons chargeaient.

— Plus si difficiles à voir maintenant, dit Eponi, visant celle qui fonçait droit sur elle.

Son fusil explosa. Une seconde plus tôt, l'arme était armée et prête, et la suivante Eponi se retrouvait sur le dos. Sa visière hurlait un avertissement que son armure de combat avait pris un coup, et Eponi elle-même sentait sa peau à vif le long de ses mains et de ses bras. Picotante, brûlée.

Avant qu'elle ne puisse comprendre ce qui venait de se passer, Eponi sentit une main la saisir et la soulever. La combinaison invisible avait des marques noires sur tout le devant, avec des étincelles jaillissant d'une articulation d'épaule, mais elle donnait toujours à son porteur la force de remettre Eponi sur ses pieds.

— Toujours en vie ? demanda une voix de femme, confiante et pas du tout inquiète.

— Bien sûr, allons-y, répondit Eponi, prenant conscience d'une scène étrange.

À la gauche d'Eponi, Rovo avait sorti sa faux en mode deux armes, dansant avec ce qui ressemblait à un long câble tranchant qui le fouettait depuis une autre combinaison. Sai, plus loin dans le couloir, donna un coup de pied dans ce qui semblait être de l'air, mais toucha sa cible et l'envoya s'écraser au sol.

— Bien, répondit la voix. Je détesterais vous perdre si vite, après ce que vous nous avez fait la dernière fois.

Le ravisseur d'Eponi leva un pistolet, l'agitant devant les yeux d'Eponi. La pilote de Sever reconnut l'arme. Elle l'avait tenue, avait fouetté son propriétaire au visage avec.

Tarla ?

Bon sang.

[5]

DANS LES RANGS

S'il n'avait pas vu le tir frapper le fusil d'Eponi, un laser précis venu de plusieurs mètres qui avait fait exploser l'arme de la pilote de Sever dans ses mains, Rovo n'aurait pas eu le temps de dégainer la faux. L'arme à la teinte bleue, gagnée par Sai dans les rues sombres de Wexer et offerte à la recrue, n'avait aucune utilité dans l'étroit tunnel jusqu'à ce que Rovo la brise en deux.

Le manche dans sa main gauche, d'un coup de poignet, se déploya en un petit bouclier étincelant, tandis que la droite, portant la longue lame recourbée de la faux, balaya l'air pour intercepter la chose qui fonçait vers Rovo.

Un fouet tressé, se déployant par-dessus une épaule invisible, fila vers Rovo en un clin d'œil. L'instinct plus que l'habileté aida Rovo à parer le coup, à attraper le fouet dans son mouvement. Le manieur du fouet tenta de ramener son arme, mais l'armure de puissance de Rovo lui donna assez de force pour faire le contraire. La lame de la faux travailla contre le cordon, le coupant et arrachant le dernier tiers du fouet.

— On dirait que tu vas devoir t'approcher, dit Rovo, ses

mots se perdant dans les tintements métalliques alors que le katana de Sai rencontrait une autre lame devant et à droite de Rovo.

La recrue voulait jeter un coup d'œil vers Eponi, s'assurer que la pilote était toujours en vie. L'armure de puissance pouvait encaisser beaucoup, mais le fusil avait explosé directement dans les mains d'Eponi. Même si la femme respirait encore, celui qui avait tiré sur son arme ne laisserait probablement pas passer une chance d'en profiter.

Avant que Rovo ne puisse bouger, le fouet et son manieur revinrent. L'ennemi suivit le conseil de Rovo, se rapprochant jusqu'à ce que son arme endommagée puisse à nouveau frapper. Le coup visait la tête de Rovo, et la recrue déplaça le bouclier pour le bloquer. Alors que le fouet glissait sur le cercle dans la main de Rovo, la recrue chargea en avant, poussant un cri sans mot. Deux grands pas se transformèrent en un coup soudain vers l'avant avec la faux.

Soit Rovo avait amélioré son jeu de combat rapproché, soit son adversaire ne s'attendait vraiment pas à une attaque rapide du crochet. La lame de Rovo fit mouche, s'enfonçant dans la plaque de poitrine de la combinaison et traçant une cicatrice crépitante et rugueuse sur le devant. La faux trouva prise et, Rovo s'appuyant sur le mouvement, tira la combinaison au sol.

Rovo retira la faux, la leva pour un coup mortel, quand un cri le fit s'arrêter. D'habitude, quelqu'un criant dans un combat n'attirait pas beaucoup l'attention — les gens avaient tendance à hurler au combat pour toutes sortes de raisons terribles — sauf que celle-ci criait le nom de Sever.

— Arrêtez, sales enfoirés de Sever ! cria à nouveau la femme, et Rovo regarda pour voir Eponi, à peine debout, avec un pistolet enfoncé juste sous son menton. Continuez à vous battre et votre pilote prend une balle dans la tête. Une dont elle ne se remettra pas.

— Y a-t-il beaucoup de tirs à la tête dont elle pourrait se remettre ? demanda Rovo, agitant sa main gauche pour ramener le bouclier de la faux à une simple barre.

En même temps, Rovo déplaça aussi son pied gauche. Il planta sa botte sur la poitrine de son ennemi immédiat, un mouvement instable étant donné que Rovo ne pouvait pas voir où se trouvait réellement le corps en combinaison. L'armure de puissance s'ajusta cependant, et il réussit à lancer sa provocation sans tomber face contre terre.

Une vraie démonstration de force.

— Il n'y a qu'un seul moyen de le savoir, répondit la femme. Sa voix titillait la mémoire de Rovo, comme une démangeaison, mais avec la combinaison dissimulant toujours le visage de la femme, la recrue ne pouvait pas l'identifier. Mais ça, c'est pour plus tard. Pour l'instant, tu peux descendre de mon ami. Et ton copain là-bas peut ranger son épée.

Sai semblait aussi avoir bien amoché son adversaire. La combinaison opposée présentait de longues entailles qui semblaient maintenant flotter, l'une d'elles laissant échapper une fine ligne de sang le long de la combinaison et jusqu'au sol du tunnel, où elle se mêlait aux symboles peints.

— Tu ne veux pas négocier, Tarla ? dit Sai, assemblant toutes les pièces du puzzle pour Rovo.

Le pistolet enfoncé contre la gorge d'Eponi, le fouet claquant contre la faux de Rovo. Les armes de Tarla et Javelin. Rovo ne savait pas qui maniait une lame parmi les Twilight Rangers, ce groupe de mercenaires qui s'était battu contre Sever sur Wexer, mais étant donné les affinités de sniper de Perro et la préférence de Briany pour les grosses armes, Rovo pariait que le propre pilote de Tarla, Sanje, croisait le fer avec Sai.

Identifier ses adversaires ne faisait que soulever une autre question : que diable faisaient les Twilight Rangers ici ?

— J'ai déjà négocié, dit Tarla. Vous vous êtes trouvé un ennemi plutôt épicé, Sever. Nous voilà, assis sur Wexer à nous demander si nous pouvons soutirer assez d'argent à ce lâche de Calico Max pour avoir un nouveau vaisseau, et voilà qu'arrive un agent de DefenseCorp. Vous voulez deviner ce qu'ils ont offert ?

— Je suis plus curieux de savoir pourquoi ils sont venus vous voir en premier lieu ? demanda Rovo.

Avec Sever en supériorité numérique dans le combat, la recrue capta le signal de la main de Sai alors que Rovo répondait à la question de Tarla. L'épéiste voulait jouer la lenteur. Il y avait deux autres membres des Twilight Rangers quelque part, et déterminer si une autre embuscade les attendait en valait la peine. Sans parler de la vie d'Eponi qui, vous savez, était suspendue au pistolet de Tarla.

Aux pieds de Rovo, Javelin marmonna un juron. Rovo enfonça sa botte, coupant les mots par un halètement.

— Je me le suis demandé aussi, dit Tarla, semblant se ficher complètement de la situation de son coéquipier. Jusqu'à ce qu'ils commencent à poser des questions sur vous. Un peu d'argent pour de petites infos. J'ai dit que vous aviez trop de cœur pour être un tueur.

— Son nombre de victimes dit le contraire, dit Sai. Dire à Vana quelque chose qu'elle savait déjà ne vous amène pas ici, Tarla.

— Oh, non. Ça, c'était tout moi. J'ai offert nos services

en échange d'un voyage hors de ce caillou, et regardez-nous maintenant ? Nouveaux jouets, mêmes ennemis.

— Et pas d'argent.

Tarla grimaça, haussa les épaules. — Le prix du progrès, j'imagine.

— Vous nous tuez, dit Rovo, et ensuite quoi ? Vana vous donne une grosse médaille ?

— Et votre vaisseau, avec tout ce qu'il reste dedans ? dit Javelin d'une voix tendue, mais toujours arrogante malgré la pression de Rovo. Vous avez pris le nôtre, c'est normal qu'on prenne le vôtre, non ?

Alors que Rovo s'apprêtait à agripper Javelin à nouveau, Eponi bougea sa main et quelque chose fit un clic. Tous les regards se tournèrent vers la pilote, Rovo s'attendant à ce que Tarla appuie sur la détente. Tarla, cependant, hésita, et pour une bonne raison : Eponi tenait une grenade, l'une des nombreuses que chacun avait sur sa ceinture d'armure moto-risée. Dans l'étroitesse du tunnel, la bombe les détruirait tous.

Difficile de réclamer une récompense quand on est en morceaux.

— Vous ne prendrez pas mon vaisseau, dit Eponi, sa mâchoire pressée contre le pistolet de Tarla pour articuler les mots. Allez-

— Tu vois ? l'interrompit Tarla, ses nerfs apparemment insensibles à la mort certaine à sa taille. C'est ce que j'adore chez vous tous. Toujours prêts à devenir complètement fous. Elle rit, doucement et avec délice. Oh, Eponi. Quel est ton plan ? Exploser et nous emporter tous avec toi ?

— Pas du tout, les yeux d'Eponi se tournèrent vers Rovo. Dépêchez-vous de partir, Rovo. Si Tarla s'est postée ici, Vana doit cacher quelque chose d'intéressant au bout du couloir. S'ils vous poursuivent, la bombe explose.

— Quoi ? dit Rovo, tandis que Sai s'éloignait de Sanje, son katana toujours à portée pour une frappe rapide et mortelle. On ne va pas te laisser.

— Oh, je t'en prie, dit Eponi. Je m'en sortirai. Allez-y.

— Elle ne s'en sortira pas, ajouta Tarla. Mais s'il vous plaît, suivez les instructions de votre pilote. Je préférerais ne pas mourir aujourd'hui.

Rovo hésita tandis que Javelin lâchait un rire rauque sur le sol. Sanje, jusqu'à présent, était resté silencieux, ne bougeant pas avec la lame de Sai si proche. Laisser Eponi signifiait abandonner un membre de l'escouade, avec un pistolet pointé sur son visage. Quoi qu'il y ait au bout du couloir, qui savait si cela importait ? Sai et Rovo pouvaient sprinter, laisser Eponi à sa mort, et ne rien trouver du tout ?

Mais Rovo ne voyait pas d'autre issue. Appuyer sur la gâchette de son fusil, briser les os de Javelin sous ses bottes ne libérerait pas non plus Eponi. Cela pourrait tous les faire tuer.

— Si tu lui fais du mal, commença Rovo.

— Vous ne vivrez pas jusqu'à la fin de la journée, termina Sai. Cela vaut pour vous tous. Le sabreur fit bouger ses doigts, et Rovo comprit l'ordre. Il était temps de partir. Eponi, reste en vie.

— Bien sûr, répondit Eponi. Pas de problème.

Rovo enfonça une dernière fois le talon de sa botte d'armure motorisée dans Javelin en s'écartant. Sai, reculant, commença à descendre le couloir jusqu'à ce que Rovo le rejoigne. Ensemble, sans aucune provocation, sans aucun tir, le duo activa leur armure motorisée et s'élança rapidement dans le couloir. Les lumières du bar clignotaient alors qu'ils avançaient, bien qu'à chaque fois que Rovo regardait en arrière, dans la distance grandissante, il pouvait voir la lumière là où ils avaient laissé Eponi.

Le tunnel se terminait par une porte, comme la plupart des tunnels. Les symboles tourbillonnants qui avaient suivi Sai et Rovo le long du tunnel se rejoignaient pour une fin, recouvrant la large porte d'un décor éclaboussé. Un unique scanner noir, cherchant un bracelet à valider, attendait sur le côté droit de la porte. Sai, guidant la recrue, s'arrêta devant le scanner.

— Des idées brillantes ? demanda Rovo en arrivant derrière lui.

— Je pense encore à Eponi, répondit Sai. Si on aurait pu faire quelque chose de différent.

— C'est elle qui a pris la décision, répliqua Rovo, et je ne pense pas qu'elle l'ait fait à la légère.

Que Rovo le croie vraiment ou qu'il s'en soit convaincu pendant la course jusqu'à la porte, la recrue pensait qu'Eponi était toujours en vie. Qu'elle avait surpassé en intelligence Tarla et les deux autres. Peut-être qu'Eponi avait esquivé et s'était faufilée jusqu'au *Prisa*, tenant bon dans sa forteresse spatiale.

— J'ai essayé de l'appeler, dit Sai. Pas de réponse pour l'instant.

La visière cachait le rougissement de Rovo. Malgré son expertise en communications, il avait oublié d'envoyer des requêtes sur la bande de l'escouade à Eponi. Trop d'adrénaline, trop de questionnements sur ce qui les attendait encore au bout de cette ligne.

— Alors on doit continuer. Rovo passa devant Sai, approcha son bracelet du scanner. Celui-ci émit un refus courroucé. Je suppose que ça ne va pas marcher.

— Je pourrais la faire sauter, dit Sai, faisant un geste vers les sacs sur chacune de ses cuisses. L'expert en démolition avait passé une partie de leurs vacances reposantes à fabriquer des bombes, et, maintenant, Rovo luttait contre un certain malaise face à toute cette puissance explosive emballée juste à côté de lui. Mais je ne pense pas que ça nous rendrait service. S'il y a encore quelques centaines de personnes derrière cette porte, je préfère ne pas me transformer en proie facile.

— Comme si, Rovo pointa le katana. Tu les découperais.

Sai secoua la tête, écarta Rovo et s'approcha du scanner. Rovo lui laissant de la place, Sai prit son katana, nivela la lame sur le petit appareil, puis le poignarda directement.

— Quoi ? s'exclama Rovo alors que des étincelles jaillissaient et que le scanner tentait un dernier cri triste et mourant. Qu'est-ce que tu fais, bon sang ?

— Je suis désespéré.

Sai enfonça davantage le katana dans le mur et fit osciller la lame autant qu'il le pouvait. Rien ne semblait se produire à part l'incrédulité croissante de Rovo face à son ami, son partenaire Sever très expérimenté qui pensait pouvoir se frayer un chemin à travers un scanner en le coupant.

La porte s'ouvrit brusquement. Un glissement qui surprit Rovo et Sai presque autant que la présence de Sever surprit l'homme de l'autre côté. Fronçant les sourcils en regardant son bracelet alors qu'il s'éloignait du scanner opposé, l'homme leva les yeux et vit les deux soldats en armure motorisée. Sa bouche s'ouvrit, suivie du reste de son corps, quand Rovo lui asséna un coup de poing à la tempe.

— Agent, dit Rovo, s'agenouillant pour vérifier l'insigne sur l'uniforme de l'homme, d'un cramoisi terne. Seulement inconscient, le bracelet de l'homme restait actif, montrant ce que le malheureux était en train de faire une seconde auparavant. Il répondait à une porte cassée. Notre porte cassée.

— Tu vois ? répondit Sai, retirant son katana. Je savais que ça marcherait.

Laissant l'homme assommé derrière eux, Rovo guida Sai à travers la porte et sur une passerelle rectangulaire et résonnante. Sa visière s'ajusta à l'éclairage bleu plus vif qui traversait un immense dôme de verre et sa fenêtre sur le ciel d'Aurum Trois. Toute cette lumière tombait dans un autre espace énorme, plus grand que la baie d'atterrissage que le *Prisa* avait gagnée pour Sever. La passerelle semblait faire le tour complet de l'extérieur, avec des panneaux rouges surplombant des portes de temps en temps.

L'art en spirale continuait, bien que les couleurs changeaient entre chaque ensemble de portes, comme pour servir de guide sur ce que quelqu'un trouverait dans le prochain passage. Il y avait plus d'agents errant sur la passerelle, les yeux rivés sur leurs bracelets ou, comme ceux de Rovo et de Sai, sur ce qui se passait en dessous.

Sai jura plusieurs fois, et Rovo fit de même, car que pouvait-on dire d'autre ?

Des centaines, voire des milliers, se tenaient en rangs, droits et le regard fixe. Leurs vêtements étaient souvent en lambeaux, ne ressemblant guère à un uniforme. Certains ne portaient presque rien, bien que personne ne semblât le remarquer ou s'en soucier. D'autres agents parcouraient les espaces entre les rangs, chacun suivi de robots semblables à ceux de l'infirmerie du *Nautilus*. À chaque pas sur le sol métallique décoré, les agents inspectaient chaque individu qu'ils croisaient, hochant ou secouant la tête.

Ces pauvres âmes qui recevaient un hochement de tête gagnaient une injection, une piqûre rapide du robot infirmier. Ceux qui n'étaient pas choisis étaient emmenés par une seconde équipe d'agents. Ces duos saisissaient le perdant et le traînaient hors de la file, l'emmenant sur le côté de la salle et hors de vue de Rovo et Sai.

— La baie, dit Rovo.

— Les rejetés sont mis de côté, acquiesça Sai, ses mots lourds de sens. Tout ceci est tellement loin d'être juste.

— Ça empire.

La première ligne avait une combinaison d'agents différente qui parcourait les rangs. Suivis non pas d'un robot infirmier, mais d'un long râtelier sur un chariot mobile en métal rouge, les agents plaçaient les combinaisons à bordure blanche devant chaque âme debout. Une fois que toute la ligne, longue de plusieurs dizaines de personnes, avait reçu sa combinaison, les agents aboyèrent l'ordre de commencer. Presque comme un seul homme, les captifs acceptèrent leur cadeau, enfilant l'armure de puissance.

Un par un, le rang disparut de la vue claire. Ce n'est que lorsque les agents donnèrent suite à leur premier ordre que Rovo comprit.

— Dirigez-vous vers les navettes. Restez dans votre ligne, déclarèrent les agents qui installaient les combinaisons, tandis que d'autres travailleurs en costume cramoisi remplissaient à nouveau le chariot de plus de combinaisons. Notre heure arrive, et avec elle, votre chance de gagner votre liberté !

Si quelqu'un se souciait de ce cri de ralliement, Rovo ne pouvait le voir. Il pouvait, cependant, sentir la nausée s'enrouler autour de son estomac. Pas de la peur, pas tout à fait. La peur aurait signifié qu'ils avaient une chance, la peur aurait signifié qu'il y avait un endroit où il pouvait fuir.

Mais face à tant de combinaisons, tant de monstres, que pouvait faire une seule escouade ?

[6]

UNE RENCONTRE AMICALE

La sortie nord menait à la surface. Ou plutôt, à une passerelle fermée à double sens qui emmenait Gregor et Aurora dans un voyage rapide vers ce qui semblait être le centre de la base. Le verre paraissait neuf, et rien ne portait les décombres ou les peintures décoratives de la baie derrière eux. Simple, banal et rassurant.

— Je ne capte rien, dit Aurora alors qu'elle et Gregor, fusil et marteau prêts à l'emploi, s'engageaient sur la passerelle noire et rapide. Apparemment, Vana n'est pas fan de radio.

— Ou bien elle connaît nos fréquences, répondit Gregor.

Un brouillage ne serait pas une surprise. Vana connaîtrait toutes les bandes standard des escouades, ayant travaillé si longtemps pour DefenseCorp. Escouade Sever utilisait toujours son ancienne fréquence, et maintenant Aurora se maudissait de ne pas avoir pensé à la changer. La bravade et la croyance en le succès de Sever ne la mèneraient pas bien loin si cela la rendait stupide.

— Alors c'est notre priorité numéro un, dit Aurora

tandis que la surface dorée d'Aurum Trois, éclairée de bleu, s'étendait autour d'eux. On trouve d'où elle nous brouille et on détruit ça.

— Vana était la priorité numéro un.

— La priorité numéro deux, alors.

Au-dessus, l'après-midi d'Aurum Trois masquait toutes les étoiles artificielles qui apparaîtraient à la tombée de la nuit. La flotte hétéroclite de DefenseCorp devait se demander ce qui était arrivé au *Prisa*, surtout après la proclamation d'Aurora. Combien de généraux en herbe là-haut suaient-ils, pensant avoir laissé l'ennemi traverser leurs lignes ?

Certains décideraient-ils d'envoyer des troupes à leur poursuite, ou étaient-ils tous des lâches, satisfaits d'attendre dans leurs coquilles blindées ?

La passerelle amena le duo à la grande structure aux côtés inclinés que Sever avait vue pendant l'atterrissage. Depuis l'approche au sol, la taille du bâtiment prenait une nouvelle dimension : Aurum Trois n'avait rien dans les registres de DefenseCorp concernant cet endroit, y compris le coût en espèces ou les travailleurs embauchés pour le construire. Effacer quelque chose d'aussi grand, ou le cacher, nécessiterait des efforts et la permission du personnel de haut rang de l'entreprise.

En d'autres termes, Vana dirigeait peut-être l'endroit maintenant, mais il existait bien avant qu'elle n'y pose ses sales pattes d'agent.

La passerelle se terminait par une porte en spirale, qui s'ouvrait en même temps qu'une voix placide mettait en garde Aurora et Gregor contre les chutes lorsque les lattes mobiles s'arrêteraient. Aucun des deux ne tomba, descendant et fixant une entrée peu profonde. Loin d'être une entrée grandiose, la passerelle crachait les arrivants dans un espace en demi-cercle, avec trois branches qui se séparaient : un escalier à gauche, un à droite, et un ascenseur au milieu avec un scanner de bracelet à lueur rouge à côté.

— Pour la sécurité, dit une voix, et Aurora avait déjà pointé son fusil dans sa direction avant que les deux mots ne soient terminés. Vana se tenait là, les bras le long du corps et les mains vides, en haut de l'escalier. Elle s'appuyait sur la rampe de pierre rigide qui montait les marches, l'air amusée dans une tenue soignée et ajustée. Vous avez vu la baie, je présume ? Ils ne pouvaient pas faire confiance à ceux qui pourraient emprunter cette passerelle.

Gregor fit un pas pour s'éloigner d'Aurora, leur donnant de l'espace pour réagir, pour plonger au cas où Vana aurait un tour dans son sac. Aurora garda son fusil levé, le doigt sur la gâchette. Elle voulait tirer sur Vana, mais encore une fois, l'agent avait réservé une surprise. Vana ne serait pas sortie ici si elle n'avait rien à y gagner, mais quoi ?

— Qui ça, « ils » ? demanda Aurora, plus pour se donner le temps de déchiffrer le motif de Vana qu'autre chose.

— Vous avez entendu parler des Raiders, bien sûr ? dit Vana, sans bouger, parlant comme une mère patiente. C'était un peu avant votre époque, mais je suis sûre qu'on enseigne un peu d'histoire aux soldats comme vous ?

La dernière tentative d'infection ratée. Créer une flopée de soldats sans cervelle, assez forts, suffisamment insensibles à la douleur et à la peur pour traverser n'importe quelle défense et accomplir la mission. Une idée amusante, jusqu'à ce que tous les sujets décident qu'ils en avaient assez d'obéir aux ordres et se mettent à détruire tout ce qu'ils pouvaient.

— Je suppose que c'était leur foyer ? dit Aurora.

— Laissé à l'abandon pendant des années et des années. Tout ce dont Renard avait besoin, ici même et prêt à l'emploi. Espace de laboratoire, fabrication d'armes, et pas de curieux qui passent par là. L'homme pensait que lui et Anaskya pourraient ramener les Raiders, et en mieux que jamais.

— Ça a bien marché pour lui, marmonna Gregor.

— Renard est mort, et vous êtes sur le point de l'être, dit Aurora. La seule raison pour laquelle je ne tire pas, c'est que j'essaie de comprendre votre jeu. Quel est-il ?

— Pour ça, il faudra me suivre, répondit Vana, puis elle jeta un regard en haut des escaliers. Pas loin. Il y a des gens que j'aimerais vous présenter. Peut-être vous persuaderont-ils que je ne suis pas votre ennemie.

— Peu probable, dit Aurora. Elle avait des questions à poser, des questions auxquelles Vana ne répondrait peut-être pas, mais l'agent semblait si calme, si maîtresse d'elle-même, alors pourquoi mentir ? Qui étaient ceux dans la baie, ceux que vous avez laissés mourir ?

Vana fronça les sourcils, ses yeux se posant sur le sol. Était-ce de la vraie tristesse ?

— Des victimes, dit Vana. Merci d'avoir mis fin à leur souffrance.

L'agent se retourna et commença à monter les escaliers. Aurora appuya sur la gâchette. Un éclair rouge passa près de Vana, brûlant le mur à sa gauche. L'agent se figea et se retourna.

— Je n'ai pas fini, dit Aurora.

— Alors parlez, répondit Vana. Mais faites vite. Je ne veux pas faire attendre nos autres invités.

— Je me fiche de vos autres invités. Il y avait une autre sortie de la baie. Où mène-t-elle ?

— N'avez-vous pas envoyé vos autres par là ?

— Si, mais vous brouillez nos communications. Je ne peux pas les contacter, dit Aurora. Soit vous arrêtez, soit vous répondez à ma question.

Vana secoua la tête. — Tuez-moi si vous voulez, mais je ne vais pas gâcher la surprise. Vous devrez faire confiance à vos amis.

— Vana, est-ce que j'ai l'air de me soucier de votre surprise ?

Cela, au moins, fit se retourner complètement Vana, qui posa ses mains sur la rambarde et la serra. — Si vous insistez, Aurora, je m'assurerai que toute votre escouade meure, un par un, sous vos yeux. Maintenant, s'il vous plaît, suivez-moi et nous pourrons en finir avec toute cette vilaine affaire.

Cette fois, quand Vana se remit en mouvement pour continuer à monter les escaliers, Aurora ne tira pas. Elle garda son doigt sur la gâchette, le canon pointé sur l'agent jusqu'à ce qu'elle disparaisse le long des marches courbées.

— Tu n'as pas tiré, dit Gregor. Elle était juste là.

— Allons-y, répondit Aurora.

Elle passa devant Gregor, se dirigeant vers les escaliers. Elle avait fait deux pas quand elle sentit la main de Gregor sur son épaule, la tirant fortement.

— Quoi ? dit Aurora en regardant le grand soldat.

Les visières faisaient beaucoup pour cacher les expressions, pour rendre les gens difficiles à lire, mais de près, le visage de Gregor transparaissait à travers la barrière translucide. Il était, en un mot, en colère.

— On était d'accord que Vana était la priorité numéro un, dit Gregor. Je ne suis pas ici pour jouer.

— Tu crois que je le suis ?

Ces mots, d'un commandant à un membre d'escouade, auraient dû provoquer un mouvement de recul. Peut-être un *non, monsieur* et un repli. Que Gregor ait pris à cœur les paroles d'Aurora d'il y a longtemps, sur le fait que Sever n'avait plus la structure de commandement de Defense-

Corp, ou simplement parce que le grand gars s'en fichait, Gregor tint bon.

— Je n'en suis pas sûr, dit Gregor. Sai, Rovo et Eponi sont en danger. Chaque minute passée ici les met davantage en péril.

— Si je tirais sur Vana maintenant, nous ne sortirions jamais vivants de cette planète, répondit Aurora. Elle n'essaie pas de nous tuer, et je veux savoir pourquoi. Peut-être que, s'il y a une raison que nous pouvons exploiter, il y a une chance que nous survivions à tout ça.

— Ou nous mourrons en échouant.

Aurora hocha la tête. — Je te demande, Gregor, de me faire confiance. Une dernière fois.

Gregor hésita, puis retira sa main. Il la remit sur le manche de son marteau. — Une dernière fois.

Les escaliers montaient, la rambarde cédant la place à du métal solide et encastrant les marches entre deux murs gris sans fenêtres. Si peu de personnalité se dégageait de la scène qu'Aurora regrettait la ruine sanglante et intéressante dans la baie du *Prisa*. Finalement, les marches aboutirent à une autre porte, renforcée de barres supplémentaires en son milieu et émettant le bourdonnement d'un bouclier laser.

Vana avait dit que cette longue entrée avait été construite pour la défense, et elle ne plaisantait pas.

Le scanner du bracelet donna le feu vert à Aurora et Gregor, qui avaient grimpé en file indienne dans l'escalier étroit. Aurora leva son poignet gauche, l'armure de puissance se rétractant pour révéler l'ordinateur aux yeux du scanner. Même avec le feu vert, Aurora ressentit quand même un choc lorsque la porte s'ouvrit. D'une manière ou d'une autre, pour une raison quelconque, Vana ne saisissait pas toutes les occasions de les tuer.

Au-delà, une large pièce arrondie avec une double porte

les accueillit. Ce qui ressemblait à des barrières de fortune s'appuyait contre le mur de droite, prêt à être tiré en cas d'attaque. À gauche, une fenêtre sur toute la longueur de la pièce offrait une vue sur les dunes dorées d'Aurum Trois. Mélangées dans la pièce, regardant et attendant, se trouvaient des personnes qu'Aurora n'avait connues que par des photos.

Plus précisément, les photos sur le disque que Sai avait dit que Vana lui avait donné, de retour sur le *Nautilus*. Le réseau de Renard, tous présents pour constater leur apparent succès.

De nombreux hauts gradés de DefenseCorp, ses maîtres financiers, militaires et diplomatiques, se tenaient dans leurs diverses tenues cramoisies. Certains tenaient des armes, mais la plupart regardaient, dans toute leur splendeur, avec tout leur aplomb et leur assurance d'invincibilité, Aurora et Gregor sans la moindre inquiétude. Comme si une conversation polie avait été interrompue par des serveurs apportant des amuse-bouches.

— Je commençais à m'inquiéter, dit Vana, debout juste à l'intérieur. J'étais là, à dire à tous mes invités qu'ils allaient rencontrer le meilleur commandant d'escouade de Defense-Corp, et puis vous n'arriviez pas.

Aurora ne trouvait rien à dire. Elle avait appuyé sur la gâchette contre un millier d'ennemis ou plus, survécu à d'innombrables pactes avec la mort, mais aucune partie du rôle de Sever, du plan de Sever pour Aurum Trois, n'avait envisagé de rencontrer les personnes qui l'avaient envoyée en mission après mission pendant tant d'années.

— Vous pouvez baisser votre fusil, capitaine, dit un homme plus âgé à la droite d'Aurora, qu'elle reconnut comme un amiral de haut rang servant de l'autre côté de la galaxie. Il n'y a pas besoin de violence ici.

— Ni nulle part ailleurs, ajouta Vana, faisant signe à Aurora et Gregor d'entrer. Vous comprenez tous, comme je l'ai mentionné lorsqu'Aurora et son escouade sont arrivées à notre rassemblement, qu'elle croit que notre travail ici est un désastre. Nous devons la convaincre du contraire.

Aurora, pointant son fusil vers le sol mais ne retirant pas son doigt de la gâchette, entra dans la pièce. Ce mouvement était moins pour suivre la direction de Vana que pour donner à Gregor une vue dégagée, car pour autant qu'Aurora le voyait, tout le monde dans cette pièce avait considéré Sever, comme toutes les autres escouades de DefenseCorp, comme sacrifiable face à l'argent. Personne ici n'hésiterait à lui tirer un laser dans le dos si cela signifiait garantir les profits de DefenseCorp, et Aurora ne leur en voudrait même pas.

Elle avait fait à peu près la même chose toute sa carrière.

Le groupe assemblé, le décompte rapide d'Aurora en dénombrait quinze, se lança dans ce qui semblait être un ordre de parole préétabli. Chacun, présenté par Vana, expliqua comment les combinaisons invisibles, comment les soldats améliorés par le virus, bénéficieraient à leur position. Moins de rotation, un meilleur contrôle. Des menaces sans fin pour ceux qui pourraient refuser les généreux contrats de DefenseCorp. Des commandants comme Aurora auraient des escouades sans querelles personnelles, prêtes à se battre à un moment's notice.

Et, avec le virus servant d'intendant, DefenseCorp pourrait recruter n'importe où. Aucun vagabond, aucune âme perdue ne serait sans place. Enfin, n'importe qui pourrait recevoir les injections, abandonner son existence torturée aux conforts meurtriers de DefenseCorp.

Le doigt d'Aurora sur la gâchette s'engourdissait aux

discours, aux sourires grandissants sur les visages autour d'elle alors qu'ils présentaient ce qui semblait si manifestement mal. À sa gauche, elle vit les mains de Gregor se resserrer autour du marteau. Ni l'un ni l'autre n'avait dit un mot jusqu'à présent, ni l'un ni l'autre n'avait été sollicité pour donner son avis. Et ils ne le seraient pas : le seul choix qu'Aurora et Gregor avaient ici était d'accepter l'inévitable, ou de mourir en essayant de l'empêcher.

— Vous voyez, Aurora ? Gregor ? dit Vana quand le dernier homme eut fini sa vision exaltante d'une galaxie sous la bienveillante domination de DefenseCorp. C'est ce que nous faisons ici. Donner à notre civilisation un avenir meilleur et plus brillant. Que dites-vous, vous joindrez-vous à nous ?

Aurora avait vu des offres alléchantes toute sa vie. Les cibles de l'escouade Sever lui proposaient des pots-de-vin ridicules au bout de son fusil, tandis que d'autres escouades essayaient d'acheter l'aide de Sever, ou Aurora elle-même, pour rejoindre leurs missions ou leurs rangs. De plus petites organisations avaient demandé à Aurora de rester dans le luxe sur diverses planètes, assurant la sécurité spéciale de quelque VIP ou célébrité. Elle avait dit non à tout cela, déclarant que le paiement final de DefenseCorp vaudrait davantage à la fin.

Mais sachant, en réalité, qu'elle restait pour son escouade.

— Où sont les autres ? dit Aurora dans ce vide. Rovo, Sai et Eponi ? Tu les as laissés partir d'un autre côté.

Les amiraux, les politiciens, les dirigeants dans la pièce se tournèrent vers Vana, qui secoua la tête.

— Du mauvais côté, dit Vana. Ils sont tombés dans un endroit où ils n'auraient pas dû aller, Aurora. Je suis désolée, mais l'escouade Sever n'est plus que deux. Les deux meilleurs, les plus importants. Si tu acceptes, cependant, je suis sûre que nous pourrons récupérer leurs corps pour toi.

— Menteuse, grogna Gregor tandis qu'Aurora essayait, à nouveau, avec la fréquence de l'escouade.

L'appel, lancé sur leur fréquence, ne rencontra que le silence flou d'un signal brouillé. Vana pouvait très bien mentir, ou elle pouvait, comme elle l'avait fait en bas dans l'escalier, dire la terrible vérité.

— Croyez ce que vous voulez, dit Vana, répondant à Gregor. Néanmoins, j'ai besoin d'une réponse. Maintenant.

L'agent, reculant vers l'arrière de la pièce, leva son bracelet. Les autres donnèrent de l'espace à Aurora et Gregor, se retirant vers les murs, la fenêtre. Vana avait-elle préparé un piège ? Un laser qui tirerait du plafond sans relief, ou peut-être une fosse qui engloutirait Gregor et Aurora tout entiers, les écrasant dans l'obscurité ?

Aurora n'avait pas besoin d'utiliser les doigts, pas besoin d'envoyer le code silencieux. Elle était venue sur Aurum Trois pour éliminer Vana, croyant, espérant que ce serait la fin. Maintenant, ce ne serait pas suffisant. Sans Vana, l'une des personnes ici reprendrait son manteau. Ils voyaient tous la même chose que Renard, voulaient la même chose que lui.

Et ça, Aurora ne pouvait pas le permettre.

Levant brusquement son fusil, Aurora visa Vana. Alors qu'Aurora appuyait sur la gâchette, Vana recula tout en tirant une autre âme malheureuse sur le chemin. Le fusil d'Aurora cracha, le rayon jaune-rouge jaillissant et touchant sa cible. Vana continua de reculer, se baissant dans la mêlée alors que les officiels rassemblés réalisaient que leur temps était écoulé.

Gregor saisit le signal et fonça, bondissant en avant et semant la destruction avec le marteau. Le premier coup en prit deux, le second trois autres. Les quelques-uns qui tenaient encore des armes n'essayèrent pas de combattre les membres de l'escouade en armure, mais s'enfuirent.

Ils n'allèrent pas loin.

Des secondes mortelles passèrent, se terminant avec Aurora et Gregor debout au milieu d'une ruine. Des gens qui avaient conquis des systèmes planétaires gisaient autour d'eux, côte à côte avec d'autres qui avaient manœuvré les comptes en espèces de DefenseCorp pour acheter les vaisseaux géants donnant à l'entreprise son pouvoir. En quelques battements de cœur, les plus puissants de la galaxie avaient été détruits.

Sur leurs vaisseaux, ces gens auraient eu des gardes. Des soldats loyaux. Vana les avait amenés ici, les avait dépouillés de leur protection par cupidité. Aurora aurait eu pitié de ces salauds, sauf qu'elle n'avait plus de pitié à donner.

— Certains se sont échappés, dit Gregor, ne respirant même pas fort. On les suit ?

— Vana n'a même pas essayé de nous arrêter, dit Aurora. Elle s'est juste enfuie.

— Les agents sont des lâches.

— Alors attrapons une lâche.

Aurora prit la tête, laissant les corps derrière eux. Son fusil serait plus efficace dans le couloir au-delà, une étroite étendue continuant la vue par la fenêtre sur la gauche avec une pièce scellée par scanner après l'autre. Il y avait une chance, bien sûr, que Vana se soit glissée dans l'une d'entre elles, avec les officiels qui s'étaient échappés.

Les sons venant d'en avant, cependant, rendaient ce scénario peu probable.

Des cris, des exigences résonnaient jusqu'au duo de Sever alors que les invités restants de Vana lui ordonnaient de faire quelque chose, de les faire sortir. Les mots étaient enflammés, et bien qu'Aurora voulût appuyer elle-même sur la dernière gâchette contre Vana, elle ne serait pas trop contrariée si quelqu'un tirait sur l'agent en premier.

Le couloir se courbait, se pliant vers l'intérieur, avec une porte scellée empêchant de continuer tout droit. Alors qu'Aurora s'approchait du virage, les disputes devinrent plus fortes, plus déterminées puis, comme un interrupteur qu'on bascule, plus paniquées. Des éclairs gâchaient la lumière de l'après-midi d'Aurum Trois, et quand Aurora tourna au coin, fusil prêt, la source devint claire.

Cinq autres corps, des trous brûlants dans la poitrine, gisaient sur le sol. Pas de Vana parmi eux.

— Elle ne fuit pas, dit Aurora, regardant la fumée s'élever des victimes. Vana prend le contrôle.

7

JEU D'ÉPÉES

Le moment passé à observer les agents au travail, équipant les rangs en marche de leurs combinaisons, semblait à la fois trop long et trop court. La passerelle résonnante sur laquelle se tenaient Sai et Rovo n'offrait que peu de couverture, si bien que Sai ne fut pas vraiment surpris lorsque sa visière vira au rouge quand les autres agents en patrouille repérèrent le duo en armure.

— Il est temps de partir, dit Sai en rengainant son katana pour dégainer ses pistolets à la place. L'épée ne serait pas d'une grande utilité à cette distance.

— Partir où ? répliqua Rovo alors que les deux s'accroupissaient, autant que possible dans leurs armures volumineuses, derrière la rambarde de l'anneau. Tarla et ses amis sont derrière nous. Devant, il y a quelques milliers d'ennemis.

— Alors trouve quelque chose.

Sai, regardant en arrière vers le tunnel d'où ils étaient sortis, attendait que sa visière lui indique quand les agents qui approchaient seraient proches. Le halo rouge s'étendit du bas de sa visière vers les bords gauche et droit. Ils étaient tout près maintenant.

— Je vais à gauche, dit Sai.

Rovo ne répondit pas, et ils bougèrent tous les deux avec une expérience fulgurante lorsque le rouge atteignit le bon niveau. Sai se leva, se tournant vers la gauche au moment où l'agent, ses propres armes dégainées, surgissait au coin. Sai tira un coup, mais l'agent semblait s'y attendre, car elle arriva dans une soudaine accélération. Les tirs de Sai la suivirent, marquant de noir le métal peint derrière elle.

Le poignet droit de l'agent effectua un mouvement vif alors qu'elle sprintait, deux orbes argentés brillants rebondissant vers Sai.

— Grenades ! cria Sai.

S'il avait eu les mains libres, Sai aurait peut-être essayé de les renvoyer. S'il avait eu son katana, il aurait peut-être tenté de les trancher, désamorçant l'explosion avant qu'elle ne puisse commencer. À la place, il activa les bottes propulsées de l'armure assistée, se projetant en avant. Il vola par-dessus les grenades dans un saut fou, s'écrasant sur l'agent, qui avait utilisé le mur pour arrêter sa course et amorcer une retraite face à ses propres bombes.

Sai heurta la femme, revêtue d'une armure corporelle rouge écarlate plus fine, standard de DefenseCorp. Ensemble, ils s'écrasèrent contre le côté opposé, le poids de Sai projetant l'agent contre le métal. Sai sentit son corps devenir mou — les agents semblaient toujours penser que les casques n'étaient pas cool — alors qu'il reculait. L'agent s'affaissa au sol, inconsciente.

Un de moins, un million à aller.

La visière de Sai signala une nouvelle menace rouge sur sa gauche, mais l'épéiste de Sever ne voyait rien le long de la passerelle.

Le combattant en armure se révéla par un éclair bleu brûlant tiré de loin, suivi d'un autre. L'épéiste s'écarta des tirs en sursautant, restant bas. Un éclair effleura l'épaule droite de Sai, l'armure encaissant le coup avec une alarme alors que la chaleur brûlait la moitié de sa protection. Sai leva ses pistolets, espérant fournir un tir de couverture pour une approche, faire cligner des yeux le tireur et gagner du temps.

Les grenades explosèrent.

Deux détonations ondulantes résonnèrent contre les murs alors que le feu déchiquetait la passerelle. Sai bascula sur le côté alors que son appui disparaissait, le métal se pliant sous lui ou se consumant. L'armure assistée encaissa le feu comme elle avait encaissé le laser, sans s'en soucier le moins du monde. Sai, cependant, hurla en tombant, heurtant le sol en contrebas tandis que des débris pleuvaient autour de lui. Le choc embruma l'esprit de Sai pendant une seconde, et ses pistolets n'étaient plus dans ses mains.

— Tu es là ? Les mots de Rovo résonnèrent dans l'oreille de Sai. Dis-moi que tu es là, s'il te plaît.

— Je suis là, répondit Sai, sentant le goût du sang dans sa bouche là où il s'était mordu la langue à l'impact. J'ai connu mieux.

— J'ai entendu dire qu'il était plus intelligent de s'éloigner des grenades plutôt que de courir vers elles.

— Tu n'as pas tort.

Sai se retourna, clignant des yeux face à la scène devant lui. Ces citoyens, la multitude injectée de Dynas attendant leur chance d'obtenir les combinaisons, se tenaient à son niveau. Debout, et ne semblant pas réagir. Les agents distribuant les combinaisons continuaient leur processus, disposant le nouveau matériel et aidant chaque nouvelle ligne à revêtir leur armure.

Ne se souciaient-ils pas que deux grenades venaient de détruire une extrémité de la pièce ? Ne se souciaient-ils pas que deux soldats, en armure assistée, avaient envahi leur opération ?

Le rang suivant commença sa marche presque silencieuse et invisible, et Sai comprit pourquoi. Les nouvelles combinaisons allaient à la droite de Sai, se dirigeant vers une grande ouverture. Des panneaux fixés sur les côtés du portail indiquaient la destination comme étant des zones d'atterrissage, ces vastes étendues que Sever avait vues lors de l'approche. Les agents continuaient de crier à chaque nouveau groupe de se rendre aux navettes, se préparant pour un voyage hors-monde.

Où ces navettes iraient-elles ? Allaient-elles disperser tous ces fous à travers la galaxie, ou s'agissait-il d'une invasion ciblée ?

— Alors, euh, à l'aide ? La voix de Rovo interrompit les réflexions de Sai. Je suis encerclé ici en haut !

Sai se remit sur pied, cherchant son katana. Autour de lui, la lumière filtrait par morceaux à travers les restes de la passerelle. L'ennemi en armure qui lui tirait dessus n'avait pas poursuivi. Peut-être pensait-il Sai mort. Son erreur.

— Je ne peux pas monter jusqu'à toi, dit Sai. Mes propulseurs n'ont pas encore assez d'énergie.

— Quelle aide tu es, répliqua Rovo. J'en ai abattu deux, mais il y en a cinq autres qui m'entourent.

Quelques options, donc. Sai pouvait charger hors des décombres, attirer l'attention et peut-être trouver un moyen de rejoindre le bleu avant que les agents ne le submergent. Mais ils étaient déjà en infériorité numérique. Le duo de Sever ne pouvait pas combattre tous les agents de cet endroit, pas sans couverture, sans l'effet de surprise de leur côté. Mais il y avait une autre option.

— Cours, dit Sai. Sors d'ici et éloigne-toi. Ils emmènent ces combinaisons vers des navettes, et je ne sais pas pourquoi, mais on ne peut pas les laisser partir.

— Ouais, euh, je ne vais pas me soucier de ces soldats si je suis mort.

— Alors ne le sois pas, répéta Sai. Va-t'en. Trouve une porte, sors, et fais passer un message là-haut. Quelqu'un chez DefenseCorp doit s'en soucier, doit croire que laisser ces monstres partir librement est un problème.

Sai suivit les éclairs laser au-dessus alors qu'ils fusaient depuis le deuxième niveau vers son côté gauche. Les tirs frappaient la rambarde, heurtaient le mur au-dessus, et quelques-uns passaient juste au-dessus. Sai ne pouvait pas distinguer la silhouette de Rovo, mais il espérait que le bleu avait pris ses mots à cœur.

Une autre rangée de nouveaux équipés rompit les rangs et commença sa marche vers la longue ouverture et les aires d'atterrissage au-delà. Ce mouvement ramena Sai à l'essentiel, aux rangs devant lui qui, jusqu'à présent, ne s'étaient pas souciés d'examiner les décombres et l'armure motorisée qui en émergeait. Sai n'arrivait toujours pas à croire qu'aucun des agents manœuvrant les combinaisons n'avait fait un geste dans sa direction.

Ils devaient le voir, ils devaient savoir qu'une chute comme celle-là ne tuerait pas quelqu'un dans une armure motorisée. Même s'ils devaient équiper et faire partir tous ces gens placides, il semblait ridicule de ne pas...

L'éclat rouge de la visière poussa Sai à plonger en avant. Derrière lui, les débris hurlèrent tandis que quelque chose les tranchait. Amortissant sa roulade sur son épaule, Sai se stabilisa avec sa main gauche, levant son katana de la droite pour parer toute attaque suivante.

Les combinaisons invisibles faisaient de leur mieux

pour dissimuler les armes fixées ou couvertes par les compartiments de la combinaison. Les satanés couteaux que Vana avait tendance à utiliser avaient un revêtement similaire qui déviait la lumière, les rendant difficiles à suivre. Ce type, cependant, avait une lame d'acier rouge, courbée et bourdonnante, qui ne cherchait pas à se cacher. Semblant flotter dans les airs, l'épée ondulait d'avant en arrière, son propriétaire faisant étalage de ses talents.

— Deuxième round ? dit la combinaison, bien que Sai ne pût voir l'homme qui parlait.

Deuxième round ?

Sai n'en avait rien à faire des rounds. Ce qui importait, c'était que le type, debout là à faire tournoyer son épée, donnait à Sai une chance de se remettre sur pied. De prendre une prise confortable sur le katana. Peut-être qu'un duelliste considérerait cela comme un rituel, un honneur accordé à un adversaire, mais dans un endroit comme celui-ci ? Dans un combat comme celui-ci ?

L'honneur devrait attendre.

Sai s'élança en avant, levant le katana pour un coup en hauteur. Laissant sa poitrine ouverte à une frappe, Sai appâta la combinaison, et l'homme mordit à l'hameçon. La lame rouge se leva pour une estocade droite, se nivelant vers l'estomac de Sai.

Normalement, un katana serait trop lourd pour être manié d'une seule main dans un coup comme celui de Sai, serait trop difficile à manier et risquerait de dévier hors de portée. Normalement, un épéiste n'avait pas une armure amplifiant sa force pour maintenir sa prise là où elle devait être.

Sai abaissa sa main gauche, balayant son bras protégé vers le bas devant le katana pour dévier la lame rouge. Le bourdonnement prouva sa signification lorsque l'énergie entourant l'épée fit jaillir des étincelles blanc chaud sur l'armure motorisée, mais Sai réorienta la pointe mortelle vers le bas et au loin. Au lieu de transpercer la cage thoracique de Sai, l'épée glissa sur sa jambe, laissant son propriétaire ouvert, vulnérable.

Le katana trancha l'épaule de l'homme, coupant la combinaison invisible et les vêtements en dessous. Ce n'est qu'en lâchant la lame et en reculant que l'homme survécut, avec néanmoins une profonde entaille à l'épaule. Sai inversa la prise du katana, orientant sa pointe pour une estocade fatale, quand la combinaison coupa son énergie invisible, révélant l'homme en cape en dessous.

— Perro ? dit Sai, repoussant du pied la lame rouge et fixant l'homme blessé. Pourquoi ?

— L'argent est-il une bonne réponse ?

— On a déjà rencontré Tarla, dit Sai. Il n'avait pas le temps pour ça, mais l'homme pourrait être utile. Une fois que les agents verraient que Sai avait neutralisé leur protection, le bretteur de Sever pensait qu'il serait submergé. Elle nous a expliqué votre marché. Je te demande pourquoi tu ne m'as pas tiré dessus.

— Ça ne semblait pas équitable. Perro grimaça en affichant un sourire désinvolte. Et puis, je voulais essayer mon nouveau jouet. Ils ont toutes sortes d'armes cool ici.

— J'imagine.

Sai jeta un coup d'œil par-dessus son épaule, vers la passerelle. Les lasers ne se croisaient plus, suggérant que Rovo était soit mort, soit parti. Le fait que Rovo n'ait envoyé aucun message ne répondait pas non plus à la question, car toute la base semblait bloquer les communications une fois qu'ils avaient quitté la portée de champ proche.

— Tu ne vas pas vivre longtemps, tu sais, dit Perro. Me tuer n'a pas d'importance. Regarde-les tous. Ils vont bientôt être partout dans la galaxie, obéissant aux ordres de cet agent.

Sai pointa le katana sur la gorge de Perro. — Dis-moi en quoi ça t'aide. Il n'y aura pas beaucoup de travail pour un mercenaire si tout le monde est déjà mort.

— J'imagine qu'on espérait que quelqu'un comme toi l'arrêterait, après qu'on ait encaissé, bien sûr.

— Tu connais un moyen ? De les arrêter ?

Perro rit, grimaça à nouveau. — Les tuer tous ?

Pas possible, même si Sai aurait pu le vouloir. La suggestion de Perro, cependant, mit en place une piste différente à suivre. Sai et Gregor, ainsi que Sever sur le *Prisa*, s'étaient occupés des créatures Helix sans trop d'efforts. C'étaient les combinaisons qui les rendaient mortelles, qui donnaient à la force hétéroclite de Vana une chance de perturber la galaxie.

Se débarrasser des combinaisons, et peut-être y avait-il une chance.

— Depuis combien de temps es-tu ici ? demanda Sai à Perro.

— Quelques semaines, dit Perro. Vana n'était pas sûre de quand vous arriveriez.

— Donc tu connais la base.

Maintenant Perro se redressa, grimaçant. — Il se pourrait que oui. Pourquoi ?

— Peux-tu me montrer où ils fabriquent les combinaisons ?

— Je crois que tu oublies de quel côté je suis.

Le katana bougea, posant sa pointe contre le cou de Perro.

— Je crois que tu oublies à quel point je suis désespéré, dit Sai. Montre-moi, et peut-être que tu vivras assez longtemps pour encaisser tout cet argent.

— On n'est payés que si tu es mort.

Sai avait envie d'étrangler l'homme. Perro ne toucherait pas un centime si Sever mourait. Vana les tuerait probablement, ou l'argent lui-même n'aurait plus aucun sens une fois que l'armée invisible et irréfléchie de Vana aurait plié la galaxie à sa volonté.

— Perro, je vais te le dire lentement, dit Sai. Tu vas m'emmener là où ils fabriquent les combinaisons. On va détruire la production. Ensuite, on pourra discuter de ton paiement. Perro ouvrit la bouche et Sai pressa la lame plus près. Si tu dis autre chose que oui, je vais te tuer maintenant et tenter ma chance.

Perro cligna des yeux, offrant un sourire glacial.

— C'est compris, chef.

8

APPÂT ET DIVERSION

Deux fois aujourd'hui, il avait manié le marteau. Deux fois aujourd'hui, il avait utilisé la puissance redoutable de l'arme pour écraser et broyer des ennemis sans défense. La première fois, ils s'étaient rués sur Gregor avec l'insouciance téméraire de ceux qui avaient coupé leur lien avec la réalité. La seconde fois avait été un acte de défense contre un adversaire incapable d'attaquer.

Comme Aurora, Gregor avait vu les noms et les visages sur le disque de Sai. Chacun d'eux, impliqué dans le complot que l'Escouade Sever s'était retrouvée à tenter d'arrêter. Chacun coupable, au minimum, d'une tentative de crime contre la civilisation. On ne devrait pas ressentir de regrets en traitant avec de tels individus.

Et pourtant, Gregor ne se sentait pas submergé par une gloire victorieuse. Ce n'était pas un combat qui faisait les légendes, ce n'était pas de l'héroïsme.

Massacre correspondait mieux à la description.

Pire encore, Vana, la seule qui comptait vraiment, continuait de s'échapper. Gregor se tenait avec Aurora à l'extrémité du couloir, entourés de scanners clignotant en rouge qui bloquaient l'accès aux pièces. Les dernières victimes de Vana gisaient derrière eux, fumantes tandis que leurs cadavres refroidissaient. Avec le chemin devant eux verrouillé, et celui derrière ne menant nulle part rapidement, Gregor devait trouver quelque chose à frapper qui riposterait.

— Ou je vais perdre la tête, dit Gregor à voix haute, attirant le regard d'Aurora qui s'était détourné du scanner continuant de rejeter son bracelet.

— Tu vas perdre quoi ? Aurora se redressa.

La commandante de Sever avait rangé son fusil et gardait ses pistolets dans leurs étuis. Son armure assistée semblait immaculée, tandis que celle de Gregor portait les traces de l'affrontement. Leurs armes racontaient une histoire.

— Nous sommes piégés, et maintenant nous sommes clairement des criminels aux yeux de notre ancienne compagnie, dit Gregor. Même si nous éliminons Vana, personne ne nous verra comme des héros.

— L'avons-nous jamais été ?

— Peut-être pas, mais je n'aime pas être le méchant.

— Je ne savais pas que ça t'importait.

— Et toi, ça ne t'importe pas ? demanda Gregor.

Aurora se retourna vers la porte, la désignant d'un geste. — Ce qui m'importe, c'est de passer par là. Ce qui m'importe, c'est de trouver Vana. Ce qui m'importe, c'est d'arrêter tout ça.

— Et ensuite ?

— Nous découvrirons l'avenir quand il arrivera. Je ne suis pas du genre à faire des prédictions.

— Une position audacieuse pour notre commandante.

Cette fois, Aurora fit face à Gregor. — Qu'est-ce qui ne

va pas chez toi ? Tu me remets en question, tu deviens philosophe. Ce n'est pas le Gregor que je connais.

— Le Gregor que tu connaissais n'avait pas assassiné des êtres sans défense.

— N'importe lequel d'entre eux t'aurait tué s'il en avait eu l'occasion. Aurora posa une main lourde sur l'épaule de Gregor. — Ce n'est pas le moment de devenir sentimental, mon ami. Tu as encore une chance de te battre pour la galaxie. N'oublie pas ça.

Repousser les débats internes pour plus tard. Typique d'Aurora, typique de Sever. Gregor fronça les sourcils, essayant de faire ce qu'Aurora demandait. Il y avait des inquiétudes, des dilemmes moraux à résoudre, mais cela pouvait attendre, quand Gregor serait soit mort, soit enfermé dans une cellule pour les siècles à venir.

Pour l'instant, il devrait faire taire les voix comme Gregor l'avait toujours fait.

— Recule, dit Gregor, et Aurora obtempéra.

Libre de tout dommage collatéral, Gregor tourna la base du marteau. L'énergie cinétique emmagasinée, maximisée par les balancements dans la baie puis dans la pièce précédente, chargea la tête du marteau. D'un puissant coup descendant, Gregor frappa le centre supérieur de la porte de plein fouet.

Le commentaire de Vana sur les Raiders expliquait beaucoup sur la disposition de la base, avec la baie du *Prisa* marquant le chaos discordant et fou alors que des soldats déformés de l'intérieur comme de l'extérieur étaient forcés au service. Tout comme la propre famille et les amis de Gregor, travaillant dans les mines de comètes, avaient été tenus séparés des administrateurs, des actionnaires, des propriétaires de l'entreprise.

Jusqu'à présent, ce bâtiment central démontrait un

noyau protégé. Toutes ces portes verrouillées par scanner, ces couloirs étroits et ces pièces conçues pour canaliser une force d'attaque à travers un goulot d'étranglement après l'autre. Les Raiders ne pouvaient pas être contrôlés, mais ils pouvaient être éliminés, anéantis puis redémarrés avec un nouveau lot.

Gregor reconnaissait un abattoir quand il en voyait un.

Au-delà de la porte, l'humanité revenait. Les murs nus disparaissaient, remplacés par des œuvres d'art accrochées, avec les slogans de DefenseCorp placardés sur des murs soudainement lisses, d'un doré doux assorti aux dunes d'Aurum Trois. La porte qui s'effondrait, se pliant sous le marteau de Gregor, laissa entrer une brise filtrée et chaude, modulée pour correspondre à l'humidité et à la température optimales pour une santé humaine durable.

— Ceux du haut ont toujours la meilleure part, grommela Aurora, prenant conscience de la différence.

— Et ceux du bas ne voient jamais, acquiesça Gregor.

Aurora laissa Gregor, étant celui avec l'énorme marteau, prendre la tête. Laissant derrière eux toutes les autres portes verrouillées, Gregor enjamba ses propres décombres et pénétra dans un endroit étrange. Autant cela ressemblait à un bureau et un laboratoire chics — les murs avaient des fenêtres ici, donnant vue sur des espaces de travail spacieux et des salles de réunion — autant le silence lugubre, couplé aux espaces sans poussière et parfaits, donnait l'impression que Sever se déplaçait dans une exposition de musée.

Soit Vana dirigeait une opération très stricte, soit elle avait voulu un joli spectacle pour servir les huiles en visite.

— Désert ? dit Gregor alors qu'ils continuaient le long du couloir tapissé, avec des pièces des deux côtés.

— Ou évacué. Peut-être que nous les avons effrayés.

— Dans ce cas, c'est l'évacuation la moins paniquée que j'aie jamais vue.

Des choix se présentèrent lorsque le couloir rencontra d'autres options. Aller à droite, continuer tout droit, le dilemme aurait été difficile à résoudre dans ce labyrinthe de bâtiments. L'aurait été, si les bottes de Vana n'avaient pas laissé une trace claire partout où elle avait marché. Les dépressions dans la moquette, souillées par de la terre dorée et des débris que Vana avait dû ramasser en marchant sur les corps que ses invités avaient laissés derrière eux, étaient assez faciles à repérer.

— Elle devient négligente, dit Gregor après que la deuxième intersection eut à nouveau révélé un chemin clairement marqué.

— Nous la sous-estimons, répondit Aurora en tournant sur elle-même, gardant son fusil pointé devant, derrière et sur le côté. Elle nous a conduits à tous ces VIP, et elle doit savoir que nous la suivons.

— Nous avons vu ses surprises, et elles sont faibles, répliqua Gregor avant de reprendre sa marche.

Les laboratoires et bureaux déserts s'estompèrent tandis que les deux atteignaient le bout du couloir, cette fois avec une porte ouverte, le scanner vert restant déverrouillé. Gregor jeta un coup d'œil à Aurora, qui haussa les épaules et lui fit signe d'avancer. Si Vana voulait épargner à ses portes la douleur du marteau de Gregor, l'Escouade Sever pouvait s'y plier.

La porte franchie menait à un espace vaste et plat. À l'autre bout, une ouverture laissait entrer l'air naturel d'Aurum Trois. Plusieurs mètres plus haut que les étages standards qu'ils avaient parcourus, des navettes remplissaient ce qui était manifestement un hangar d'amarrage. C'étaient des vaisseaux spécialisés, recouverts d'insignes, de peintures tape-à-l'œil et de noms les déclarant propriété des corps qu'Aurora et Gregor avaient laissés derrière eux.

Plus inquiétant encore, tous les gardes qui traînaient autour de ces mêmes vaisseaux. La sécurité qui avait été absente du bain de sang privé de Vana attendait apparemment ici, armée et se tournant maintenant dans la direction de Sever. La visière de Gregor dénombra les menaces potentielles, éclaboussant sa vision de rouge, et en estima près de cinquante.

— Pas bon, dit Gregor, debout à l'entrée, son marteau prêt.

— D'accord, répondit Aurora. On recule. On se met à couvert dans le couloir. On limite leur nombre.

Un avantage de cinquante contre deux nécessiterait plus qu'un couloir et quelques pièces fermées pour s'équilibrer, mais Gregor préférait une chance aux chances nulles qu'ils auraient en combattant dans le hangar ouvert. Aurora commença à battre en retraite et Gregor la suivit tandis que les gardes les observaient.

— À tous, la voix de Vana résonna depuis les interphones, faisant écho dans les couloirs derrière et le hangar devant Gregor. Je m'adresse à vous, effrayés et blessés. Deux déserteurs de DefenseCorp ont attaqué, sous un drapeau de paix, vos protégés et laissé leurs corps derrière eux. Ils doivent être détruits avant que nous puissions nous remettre, avant que l'avenir radieux de DefenseCorp puisse être défini. En tant que votre officier commandant maintenant, je vous ordonne d'éliminer ces deux immédiatement.

Un ordre bâclé, dépourvu de stratégie et de substance, mais Gregor en vit les résultats tapageurs alors qu'il reculait : le vaisseau le plus proche de l'entrée, un transport vert et argent, cracha ses gardes dans le hangar via une rampe d'embarquement. L'insigne des forces spéciales de Defense-

Corp, flamboyant sur l'armure vert-noir, brillait clairement alors que l'escouade levait ses fusils vers Gregor. D'autres escouades suivraient après avoir vérifié auprès de leurs chefs et les avoir trouvés sans réponse.

— Il est temps de partir, dit Aurora, et Gregor ne put qu'acquiescer.

La commandante de Sever mena une retraite active, brisant les fenêtres au passage avec des tirs précis de son fusil. Les grandes vitres étaient plus que suffisamment larges pour que quelqu'un puisse les escalader et les traverser, et chaque ouverture offrait une embuscade que toute poursuite devrait examiner. La piste serait ralentie, aussi peu que ce soit.

Ils tournèrent à gauche à la première intersection, espérant que personne n'avait vu le virage soudain. Aurora échangea sa place avec Gregor, revenant vers la bifurcation du couloir pour couvrir pendant que Gregor s'occupait de la porte de la seule façon qu'il connaissait : un autre coup.

Le marteau n'avait pas frappé assez de choses pour recharger son explosion cinétique, donc le premier coup ne fit que bosseler la porte. Le scanner gémit, déclenchant une alarme.

— Désolé, dit Gregor, soulevant le marteau pour un autre coup.

— Et après que j'ai tiré sur toutes ces fenêtres, dit Aurora. Quel gâchis.

La capitaine abandonna son sarcasme avec un juron, attirant le regard de Gregor alors qu'Aurora s'accroupissait et tirait plusieurs coups. Gregor se retourna vers la porte, frappa à nouveau et la fit voler en éclats. Au-delà se trouvait un large laboratoire, où des prototypes de combinaisons à moitié terminés pendaient à des crochets. De la verrerie couvrait les tables, certaines encore remplies de divers polymères attendant leur chance d'être formés à des fins meurtrières.

D'autres portes offraient des sorties sur la droite du laboratoire et du côté opposé, tandis qu'à la gauche de Gregor, au bout de l'équipement de laboratoire, une porte peinte en jaune indiquait que la pièce au-delà était un congélateur. Une idée prit forme alors que Gregor entrait dans l'espace, inspirée davantage par les jeux auxquels il avait joué sur les rochers flottants dans son enfance. Les cachettes les plus efficaces étaient celles qui étaient à la fois possibles et ridicules, trop risquées pour être autorisées.

Mais si tu voulais vraiment gagner un jeu, renvoyer les chercheurs chez eux sans leur prix, alors tu devais travailler en équipe. Un leurre couplé à un endroit bien choisi mènerait à une chance, mènerait à la victoire.

— Va là-dedans, dit Gregor, pointant le congélateur. Maintenant.

— Le congélateur ?

— Je vais les éloigner. Ils ne vérifieront pas.

Il y avait des commandants qui auraient refusé la manœuvre de Gregor, qui auraient examiné l'offre de leur soldat et se seraient demandé s'ils pouvaient faire confiance à ses intentions. Si le soldat voulait offrir le commandant comme appât.

Aurora regarda Gregor et hocha simplement la tête. Elle tendit la main, prit une grenade de sa ceinture et la lança dans le couloir. Personne ne courrait vers la bombe, et cela pourrait retarder suffisamment les poursuivants pour qu'elle se cache.

— Allez-y alors, dit Aurora.

— Occupe-toi de Vana.

Aurora n'avait pas besoin de dire quoi que ce soit. La façon dont elle resserra sa prise sur le fusil était toute la réponse dont Gregor avait besoin. Elle avait hésité auparavant, curieuse d'une échappatoire, mais cette ligne avait fui quand Sever avait éliminé les gradés dans l'autre pièce. La survie n'était plus l'objectif.

Gregor fit volte-face et courut vers la porte de droite. En courant, il tordit à nouveau le manche de son marteau, chargeant les coups de la première porte en un coup broyeur de métal sur la suivante. La mince chose explosa, ses deux moitiés se dispersant dans le couloir suivant et entaillant les murs dans leur vol.

L'homme au marteau ne prit pas la peine de jeter un dernier regard en arrière, ne vérifia pas si Aurora avait atteint la sécurité. À la place, il continua à courir, laissant le marteau laisser sa marque sur les murs autour de lui, laissant son bruit suivre ses pas.

Les chiens suivraient, et quand ils l'attraperaient, Gregor trouverait enfin son combat.

9

VISITE INTERROMPUE

La douleur avait tué sa lâcheté. Toute envie de fuir, de pleurer ou d'abandonner n'avait pas survécu à la souffrance dans ses paumes, là où l'armure de puissance n'avait pas pu faire face à l'explosion de son fusil. La brûlure chantait maintenant, Eponi tenant la grenade dans sa main gauche. Sai et Rovo s'étaient enfuis, laissant une amusante impasse à trois contre un.

— Je t'ai dit de me laisser une minute, aboya Tarla à Javelin, qui s'était relevé. L'arrogant manieur de fouet avait pansé la blessure de katana de Sanje et maintenant tous deux fusillaient Tarla du regard, se plaignant de l'argent perdu. Elle ne va pas nous faire exploser, mais elle pourrait prendre peur si vous faites les idiots.

— C'est probable, ajouta Eponi, les mots raides tandis que sa mâchoire poussait contre le canon du pistolet. Je suis une pilote folle. Je pourrais nous faire exploser sans raison.

— Je n'en doute pas, marmonna Javelin.

— Allons, allons, dit Tarla en essayant d'apaiser la situation. Je t'avais repérée comme la plus intelligente de ton escouade il y a longtemps sur Wexer, tu te souviens ? Je t'avais offert ces verres et nous étions partis pour une grande aventure ensemble ?

— Tu as essayé de me tuer.

— Oh, chaque histoire a ses tournants, continua Tarla sans hésitation. Les désaccords sont inévitables dans notre profession. Tant de violence, tant d'argent. Tarla se pencha, ses yeux brillants. À propos, combien la vieille Aurora te paie-t-elle pour participer à cette mission suicide ?

Eponi n'avait rien à dire. Elle savait, et Aurora l'avait clairement fait comprendre, que le rôle de Sever en venant sur Aurum Trois n'était pas un jeu à court terme. Il s'agissait de maintenir l'ordre galactique et ses diverses voies de revenus ouverts et intacts. Oh, et Aurora avait ajouté quelque chose à propos de sauver l'humanité aussi, si on voulait un peu de douceur au-delà du résultat final.

— Rien ? répondit Tarla à sa propre question quand Eponi ne parla pas. Vous entendez ça, vous deux ? Aurora fait travailler son escouade bénévolement. Une bande de héros, ici.

— Pas des héros, parvint à répondre Eponi. On déteste juste Vana.

Tarla cligna des yeux. — Eh bien, sur ce point au moins, nous sommes tous d'accord.

Cette fois, ce fut au tour d'Eponi d'écarquiller les yeux. — Mais vous travaillez pour elle ?

— C'est sûr qu'on bosse pour elle, dit Javelin, mais c'est pas parce qu'elle fait les virements qu'on peut pas voir qu'elle est pourrie. Perro a fait des recherches après qu'on a reçu l'offre, et elle a un passé plutôt sombre, celle-là.

— Disons, enchaîna Tarla sur les mots de Javelin, qu'une fois ce boulot terminé, on arrête. Travailler pour elle, c'est un aller simple pour la tombe.

— Je parie que je peux rendre ça plus rapide, dit Eponi

en secouant la grenade. À moins que tu n'enlèves ce pistolet de mon visage.

La remarque de Javelin sur le passé de Vana titilla l'esprit d'Eponi, mais toute enquête devrait attendre que sa proximité avec une mort laser enflammée ait disparu.

— Et ensuite ? dit Tarla. Tu t'enfuis ? Tu nous tires dessus ?

— Et si je vous emmenais faire un tour du *Prisa* ? Comme ça, vous pourrez voir le vaisseau pour lequel vous vous battez si fort. Eponi développait son jeu au fur et à mesure, mettant les pièces en place à mesure qu'elles se formaient. Vous ne pourrez pas y entrer sans mes codes de toute façon.

Tarla jeta un coup d'œil vers Javelin et Sanje, ce dernier n'ayant rien fait d'autre que grimacer et garder une main sur les bandages couvrant l'entaille sur sa poitrine. — Qu'en pensez-vous, Rangers ? On fait confiance à la pilote de Sever ?

— Si tu me donnes le choix entre exploser ou avoir un vaisseau, je vais choisir le vaisseau, dit Javelin.

Sanje hocha la tête vers l'autre homme. — Ce qu'il a dit.

Tarla écarta rapidement son pistolet, reculant d'un pas d'Eponi. Elle leva à nouveau le pistolet, le gardant centré sur le visage d'Eponi, le seul endroit de son armure de puissance où un tir direct pourrait faire des dégâts. Avant que Tarla ne puisse parler, cependant, Eponi décida de doubler la mise.

— Oh, devinez quoi ? dit Eponi, tendant la grenade. Mes amis sont peut-être en danger, et c'est de votre faute si je ne peux pas les aider. Alors que diriez-vous que vous deux alliez vous assurer que mes copains sont en sécurité, et je ferai visiter à Tarla ? Comme ça, vous savez que vous obtenez quelque chose de bien, et j'ai une raison de ne pas tous vous faire exploser ici et maintenant.

Javelin commença une insulte grossière, mais Tarla le fit taire d'un coup de pistolet au plafond du tunnel. Le flash lumineux fit grimacer Eponi et elle faillit relâcher la gâchette de la grenade. La seule chose qui l'en empêcha ? Le sourire contagieux de Tarla.

— Celle-là, celle-là. Tarla secoua la tête. Tu es spéciale, tu le sais ?

Eponi ne savait pas si elle était spéciale, mais elle savait que passer de trois contre un à un contre un avait beaucoup de sens. Rovo et Sai avaient maintenant suffisamment d'avance pour que, à moins qu'ils ne soient les Severs les plus lents de tous les temps, Javelin et Sanje ne les trouvent pas.

Elle ne voulait pas faire exploser la grenade, mais Eponi était allée jusque-là. Autant maximiser le bénéfice.

— Javelin, Sanje, faites ce qu'elle demande, dit Tarla.

— Et le contrat ? répliqua Javelin. On l'abandonne, alors ?

— Vana nous a payés pour arrêter Sever, dit Tarla. Il est encore temps de le faire. De mon point de vue, que Sever vive ou meure, on se procure un vaisseau aujourd'hui.

Bien sûr. Si c'est ce que Tarla voulait penser.

— C'est toi qui décides, patronne, dit Javelin. Prêt, Sanje ?

Le pilote n'avait pas l'air prêt, mais avec Javelin l'aidant à se tenir debout, les deux se mirent en route dans le tunnel. Tarla gardait un pistolet pointé sur Eponi, agitant l'autre dans la direction de ses deux coéquipiers.

— Voilà, Eponi, dit Tarla. Exactement ce que tu voulais. Maintenant, rangeons cette bombe, d'accord ?

Le stratagème avait fait son temps. Eponi remit le détonateur en position de sécurité et glissa la grenade dans son étui. Le mouvement libéra une douleur lancinante dans ses paumes, un rappel que la bravade ne guérissait pas tous ses maux.

— Hé, cria Tarla dans le tunnel en direction du duo qui s'éloignait, hochant la tête en signe d'approbation du geste de conciliation d'Eponi. Quoi que vous trouviez sur leurs activités, ne prenez pas de risques. Cet endroit, cette affaire n'en vaut pas la peine.

— Quels mercenaires vous faites, dit Eponi.

— Je parie que DefenseCorp vous a aussi envoyés sur des missions merdiques, rétorqua Tarla. Aucun contrat ne vaut la peine de mourir.

— Sur ce point, on est d'accord.

— Bien, alors allons-y. Je veux voir mon prix.

Son prix. Eponi se détourna, masquant sa grimace. Elle serait damnée avant de laisser Tarla prendre le *Prisa*, mais laisser la femme croire cela jusqu'à ce que Sever ait terminé sa mission ici ne la tuerait pas. Elle devrait juste se taire et laisser Tarla gagner pour un moment.

Les deux femmes repartirent dans le tunnel en direction de la baie, Tarla bombardant Eponi de questions sur ce qui s'était passé après Wexer. Raconter Gillane Quatre et le long repos à la station en périphérie prit plus de temps qu'Eponi ne l'avait prévu, et elle se laissa emporter par ses souvenirs. La longue course dans les rues de Gillane Quatre, les tireurs à ses trousses, lui brûla la langue, parsemée de jurons, et pendant un moment Eponi oublia que c'était à Tarla qu'elle parlait.

Sever était la famille d'Eponi, mais ils avaient déjà entendu toutes ses histoires, ayant été à ses côtés pour la plupart. Tarla, en revanche, écoutait le récit avec une perspective nouvelle, et sondait chaque détail pour prouver qu'elle avait été attentive tout du long.

— Je dois dire, j'ai critiqué Aurora à DC, dit Tarla. Mais elle a fait de vous une sacrée machine bien huilée.

— Elle n'a pas tout fait, contra Eponi alors qu'elles atteignaient la porte ouverte menant à cette baie sombre et sanglante. Nous étions déjà solides au départ.

— Bien sûr que vous l'étiez, répliqua Tarla. Je n'emmènerais pas non plus des bébés chez les Rangers.

Les paroles de Tarla s'estompèrent tandis qu'elle regardait la baie. Eponi observa l'expression de la capitaine alors que les lumières intégrées de l'armure motorisée s'intensifiaient pour révéler la peinture sanglante, les débris empilés, les luttes évidentes qui s'étaient déroulées dans cet endroit horrible.

— Tu sais, murmura Tarla, toute sa fanfaronnade envolée. Tu parcoures assez la galaxie, tu vois des endroits comme celui-ci. Tu essaies d'oublier, d'aller au-delà de toutes les choses horribles qu'on se fait les uns aux autres, mais tu n'y arrives jamais vraiment. Chacun de ces endroits ajoute un mauvais souvenir que je dois réprimer.

— C'est Vana qui a fait ça. C'est sa responsabilité.

Tarla ne répondit rien à cela, mais fit signe à Eponi d'avancer.

Avec Eponi en tête, les deux femmes se dirigèrent vers le *Prisa*. Les feux de position du vaisseau offraient un phare clair à suivre dans l'obscurité, cette brise les poussant tout au long du chemin. Tarla ne sortit aucune remarque et Eponi ne s'opposa pas au silence : l'atmosphère ne se prêtait pas aux histoires, aux blagues, aux menaces.

Le *Prisa* nécessitait des codes pour se déverrouiller, envoyés via un bracelet ou un clavier sur le montant avant du vaisseau. Eponi avait ces codes, le défi était de savoir comment entrer dans le *Prisa* sans que Tarla ne la suive. Ou bien, Eponi pourrait tenter sa chance dans un combat direct. Même avec un pistolet pointé sur elle, l'armure d'Eponi pourrait encaisser le coup et lui permettre de gagner du temps pour s'échapper, sortir une autre arme et riposter.

Toutes ces idées tournaient autour d'une vérité inconfortable : Eponi ne voulait pas vraiment tuer, bon sang, même pas blesser Tarla. Peut-être était-ce d'être confrontée à un ennemi plus redoutable en la personne de Vana ou aux choses rampantes et infectées qui les avaient attaquées après l'atterrissage ici, mais une mercenaire arrogante avec du caractère ? La galaxie pourrait en utiliser quelques-unes de plus.

Le dilemme n'était toujours pas résolu lorsqu'elles atteignirent le *Prisa*. Tarla siffla, le son portant à travers la visière de sa combinaison. Elle s'était remise sous la cape d'invisibilité et la protection complète de la combinaison, apparemment pensant qu'Eponi pourrait tenter quelque chose. Au lieu de cela, toutes deux regardèrent les restes du combat précédent, toujours là dans toute leur macabre présence.

— J'aime bien le vaisseau, dit Tarla. Il pourrait avoir besoin d'un lavage et d'un changement de décor, cependant.

Eponi se contenta d'acquiescer. La visière émit un signal et elle se concentra vers les montants arrière. Au-delà des deux piliers inclinés se trouvait l'endroit où Sever avait empilé les corps qui n'avaient pas été réduits en cendres par les tourelles. La visière semblait penser que quelque chose bougeait là-bas, hors de portée des feux de position.

— Je ne demanderais pas mieux, répondit Eponi. Mais je ne pars pas sans mon escouade.

— Ni la mienne.

— Bien sûr, dit Eponi, en avançant. La visière continuait d'émettre des alertes de mouvement, bien qu'elle ne puisse définir ce qu'elle voyait comme une menace. Eponi voulait sortir une arme, mais Tarla gardait toujours la sienne dehors, et se faire tirer dans le dos était assez bas dans la liste de ce qu'Eponi souhaitait. Tu captes ça ?

— Je capte quoi ?

Peut-être que ces combinaisons n'étaient pas si sophistiquées après tout. Avaient-ils dégradé la technologie de la visière pour obtenir toute cette astuce de réflexion ?

— Je détecte du mouvement derrière le vaisseau, dit Eponi. On n'a pas vraiment fouillé la baie après qu'ils ont arrêté d'arriver. Peut-être qu'il en reste un.

— Tu vas le combattre à mains nues ?

— Je ne voulais simplement pas que tu me tires dessus.

— Eponi, je sais quand tirer, dit Tarla. Sa voix venait de la gauche d'Eponi, et si la pilote se concentrait, elle pouvait distinguer les flous révélateurs que les combinaisons laissaient dans la lumière. Prends une arme, s'il te plaît.

Très bien donc. Eponi sortit le pistolet de rechange, le tenant dans sa main droite. Elle mit un couteau de combat dans sa main gauche, extrait d'un compartiment de rangement dans la cuisse de l'armure motorisée. Pas exactement une offensive de grande puissance, mais suffisant pour gérer une de ces épaves malades.

— Prends la tête, dit Tarla.

— Effrayée ?

— Intelligente.

Eponi renifla, mais avança quand même. En s'approchant de l'arrière du *Prisa*, la visière trouva enfin son verrouillage, surlignant au moins quinze sections dans la vue d'Eponi avec des carrés orange. Son armure avait détecté du mouvement dans ces endroits, mais n'était pas sûre s'il s'agissait d'une menace, ou de quoi. Un nouveau son se fit également entendre, comme le crépitement et le bouillonnement d'une poêle à frire.

Avec les moteurs du *Prisa* au-dessus d'elle, Eponi poussa les lumières de son armure motorisée à leur niveau le plus lumineux. Elles jaillirent des points sur son épaule, perçant l'obscurité et baignant ce qui aurait dû être un tas pourrissant et horrible dans une lumière jaune-orangée vive.

— Qu'est-ce que...

La masse bougeait, en effet. Elle tremblait et s'agitait dans son ondulation sombre. Des excroissances floues et serpentines s'enroulaient sur le tas, bouillonnant et retombant sans cesse. À sa base, la forme d'encre se répandait, grandissant très lentement comme un étang se remplissant d'eau. Une odeur étrange, comme l'engrais des planètes couvertes de cultures sur lesquelles Eponi avait l'habitude de courir, filtrait à travers sa visière.

— C'est le virus, dit Eponi. De Dynas.

— D'où ?

— Peu importe. Eponi leva son pistolet vers la masse. On peut le tuer par le feu.

Tarla n'avait pas besoin d'un second ordre. La mercenaire leva ses pistolets et commença à tirer sur la masse. Eponi suivit le mouvement, leurs tirs lacérant l'énorme tas sans produire le moindre effet. Après avoir épuisé leurs chargeurs d'énergie, et reculé de plusieurs pas pour éviter le bord rampant du tas, Eponi comprit qu'il leur fallait une nouvelle stratégie.

Une qui signifiait laisser Tarla entrer dans le *Prisa*.

— Suis-moi, dit Eponi en ouvrant son bracelet et en tapant le code. On ne va pas tuer cette chose ici.

— J'ai cru comprendre. Tu veux bien me dire ce que c'est, et si je dois en avoir peur ?

— C'est ce qu'ils injectent aux soldats, répondit Eponi

alors que la rampe du *Prisa* s'abaissait jusqu'au sol. Ou une version de ça, en tout cas. Ça les rend très forts avant de les rendre complètement fous. Ensuite, ils finissent par ressembler à ça.

— Vana massacre toute son armée ? Ça n'a aucun sens.

Eponi ouvrit la marche sur la rampe, les deux soldats en armure la suivant lourdement dans le *Prisa*. Tarla ne fit même pas de blague, ni ne s'émerveilla devant le vaisseau, signe que peut-être, juste peut-être, la mercenaire comprenait l'enjeu de la situation.

— Elle ne les tue pas, répondit Eponi une fois au centre du vaisseau. Sur Gillane Quatre, ils avaient une dose inhibitrice qui maintenait le virus sous contrôle. Elle n'est pas en train de donner du pouvoir à tous ces gens...

— Elle les asservit, dit Tarla. C'est... c'est vraiment diabolique.

— Maintenant tu comprends pourquoi on est là. Eponi fixa Tarla à travers leurs visières, la silhouette floue de la femme se détachant de si près. Ce n'est pas qu'un simple boulot pour nous. Dans un instant, je vais sortir de mon armure et faire ce qui doit être fait. À toi de choisir dans quel camp tu es.

Dans les courses de karts, Eponi devait constamment parier. Elle devait prédire où irait le pilote devant elle, si celui derrière essaierait de la dépasser pour la faire dévier de sa trajectoire. Faire le mauvais choix pouvait lui coûter la course, voire même le kart. Ce n'était pas très différent ici, et au moins, si Tarla lui tirait dans le dos, Eponi n'aurait pas à s'en soucier longtemps.

Tournant le dos à Tarla, Eponi ordonna à son armure motorisée de la libérer. La combinaison s'ouvrit, se sépara et se desserra pour permettre à la pilote de s'en extraire. S'éloignant, se dirigeant vers le cockpit, Eponi ferma les yeux pendant une longue seconde, attendant le tir. Un seul coup, et Tarla aurait son vaisseau, aurait une bonne longueur d'avance pour prendre le contrat de Vana.

Le sourire vint quand Eponi se glissa dans le siège du pilote, réveillant d'une tape les réacteurs du *Prisa*. Le grand vaisseau se mit à ronronner, la rampe d'embarquement se rétractant. Doucement, oh si doucement, Eponi fit décoller l'engin du sol sans relever les béquilles. Tournant le manche de vol, Eponi activa les propulseurs de manœuvre du *Prisa* et fit pivoter lentement le vaisseau. À l'avant, les statues de décombres et les sols éclaboussés de peinture cédèrent progressivement la place à la mare de virus grandissante et bouillonnante.

— Tu parles bien, dit Tarla, assise dans le siège du copilote. Sans la combinaison invisible, Tarla n'avait plus l'air à moitié aussi dangereuse, mais deux fois plus sûre d'elle. Son sourire n'était plus coupé par la visière, et ses grands yeux pétillaient. J'ai envoyé le message tout à l'heure. Les Rangers du Crépuscule ne prennent pas de contrats de quiconque ferait une chose pareille.

Les lèvres d'Eponi se courbèrent vers ses yeux, cachant le soulagement qu'elle ressentait. Elle ne put cependant pas tout à fait étouffer le soupir qui accompagna l'évacuation de toute cette tension, et Tarla rit.

— Tu pensais que j'allais te descendre ? Après tout ça ? dit Tarla.

— On ne sait jamais, répondit Eponi, puis elle jeta un autre coup d'œil par le pare-brise. Elle augmenta l'énergie des tourelles. Prête à griller ce truc ?

— Montre-moi ce que mon vaisseau peut faire, pilote.

Le *Prisa* ne déçut pas.

PAR L'ÉCOUTILLE

Quand Sai a viré à gauche, Rovo a pris l'autre option évidente. Laissant sa faux dans ses étuis, la recrue a fait un écart vers la droite, levant son fusil et tirant des coups de couverture à travers la vaste chambre en dôme vers les ennemis qui approchaient. La visière l'aidait, mettant en évidence les agents contre la lumière bleu-or qui entrait par le haut.

L'armure corporelle standard de DefenseCorp pouvait encaisser un tir, peut-être deux avant de céder. Les agents semblaient le savoir, car ils ont traité l'avancée de Rovo comme un signal hurlant de plonger. Rovo avait quatre cibles alors qu'il sprintait le long de la ligne droite vers le coin de la pièce. Il a touché le plus proche, échangeant des tirs à l'épaule que son armure de combat a encaissés et que les défenses de l'agent... n'ont pas supportés.

Rovo ne pouvait pas dire s'il avait abattu le numéro un ou si l'homme avait plongé, mais à sa troisième foulée, il avait pivoté son viseur vers le numéro deux. Cet agent s'était positionné plus prudemment, accroupi près de la rambarde et se relevant pour tirer sur l'armure de combat plus grande, plus large et plus volumineuse à tous égards. Son fusil lançait des lasers blanc chaud vers la poitrine de Rovo, mais la recrue a activé ses propulseurs cinétiques, bondissant en avant tout en tirant.

Un mouvement ridicule qui aurait dû faire que les tirs de Rovo se dispersent dans toute la pièce s'est transformé en une attaque dangereuse grâce à l'armure de combat qui maintenait sa visée ajustée. Rovo sentait les douces pressions sur ses poignets et ses bras alors que l'armure plaçait son fusil là où il devait être. L'agent s'est retrouvée exposée alors que le bond de Rovo l'amenait dans le coin.

Donnez à Rovo un tir en ligne droite et il le réussirait.

Après avoir confirmé que le premier agent était effectivement tombé, Rovo a réduit les chances de moitié. Les deux derniers agents, plus loin sur la passerelle rectangulaire que le premier duo, ont pris ce qui était arrivé à leurs amis et l'ont transformé en prudence. Se glissant dans les embrasures de portes, les deux ont offert des tirs sporadiques en direction de Rovo, que ce dernier a contrés par un flot de tirs de fusil.

Ce qui aurait pu être un combat acharné s'est terminé quand les grenades ont explosé. La détonation assourdissante a secoué les agents qui se sont mis à couvert plus profondément et a poussé Rovo en avant alors que la section arrière de la passerelle s'effondrait au niveau inférieur. La recrue n'a pas vu Sai tomber, n'a pas vu son partenaire du tout dans la mêlée.

Sur sa gauche, la course de Rovo a heurté une autre porte, celle-ci verrouillée en rouge comme les autres. Utilisant le renfoncement peu profond pour se mettre à égalité avec les agents plus loin sur la passerelle, Rovo a essayé de reprendre ses repères. Il a contacté Sai avec son communicateur, l'a atteint et a ressenti le soulagement de savoir que l'épéiste n'avait pas mordu la poussière dans l'explosion.

Être seul dans un nid ennemi, comme Rovo l'avait appris sur Dynas, avait tendance à être désagréable.

De nouveaux tirs ont interrompu la conversation de Rovo avec Sai, des éclairs bleus jaillissant de l'autre côté de la chambre. À cette distance, les tirs ont manqué de quelques millimètres alors que Rovo se repliait dans l'embrasure de la porte. Maintenant, il avait deux agents à sa gauche et un de l'autre côté, une combinaison qui mettait à rude épreuve toute stratégie possible.

Puis Sai a dit à Rovo de courir.

L'idée semblait mauvaise dès le départ. On ne fuyait pas avec Sever, on faisait des changements calculés de position pour retourner la situation, pour renverser les probabilités. Sai, cependant, n'a ajouté aucun de ces détails. Au lieu de cela, Rovo devait sortir de là le plus vite possible.

Tirant quelques coups de feu vers l'agent de l'autre côté de la chambre, cette volée sauvage a donné à Rovo le temps de regarder la porte derrière lui. Un scanner rouge signifiait qu'il n'entrerait pas, à moins de trouver un bracelet fonctionnel avec accès.

— Est-ce que ça devient plus facile un jour ? a murmuré Rovo pour lui-même.

Prenant une inspiration, ajustant son fusil, Rovo a lancé quelques tirs supplémentaires de l'autre côté pour garder cet agent supprimé. Il a suivi ses tirs d'une course en tournant, marchant lourdement sur la passerelle vers les deux autres agents qui avançaient vers lui. La charge de Rovo a pris les agents par surprise, eux qui pensaient probablement Rovo coincé, les faisant trébucher en arrière.

L'armure de combat de la recrue a encaissé quelques coups perdus, la chaleur se répandant dans le genou gauche et la cage thoracique de Rovo alors que les tirs de fusil faisaient leurs dégâts. Le recul trébuchant n'a pas fait grand-chose d'autre pour les agents, et Rovo les a rattrapés après trois longues foulées. Visant de sa main droite, Rovo a appuyé sur la gâchette et a éliminé celui de ce côté. Avec sa gauche, Rovo a fait quelque chose qu'il n'avait jamais vu que dans les films : il a attrapé le bras de l'agent et a projeté l'ennemi contre le mur de gauche.

Étourdi, l'agent a lâché son fusil, a mis ses mains au sol pour se rattraper. Rovo l'a attrapé à la place, aidant l'homme à se relever et le guidant directement vers la porte suivante.

— Reste tranquille et tu ne mourras pas aujourd'hui, a dit Rovo, laissant les mots sortir du haut-parleur de l'armure de combat.

L'agent a ri, ce rire méchant et étrange dont Rovo se souvenait de Gillane Quatre. L'homme avait donc été injecté.

— Tu crois que je me soucie de mourir ? a dit l'agent, bien qu'il ne résiste pas à la traction de Rovo. Nous allons tous dans cette direction bientôt. La seule question est de savoir si c'est toi ou moi qui y va en premier.

— Alors j'espère que c'est toi, a dit Rovo.

Avant que l'agent ne puisse répondre, ils avaient atteint le renfoncement suivant. Là, encore une fois, se trouvait une autre porte en spirale avec un autre scanner verrouillé. Plaquant l'agent et son poignet contre cette boîte noire, Rovo espérait avoir choisi un otage avec une autorisation élevée.

Le scanner émit son bip joyeux, apportant plus qu'un peu de soulagement. Malgré leur ignorance persistante des combats autour d'eux, Rovo devait se dire que tous ces salopards en combinaison en bas finiraient par être appelés à l'action. Combattre les Rangers du Crépuscule, Vana, ou même des agents normaux dans ces combinaisons était déjà assez difficile — Rovo n'avait pas besoin d'essayer de se battre contre des gens qui avaient perdu toute raison.

Au-delà de la porte, un étroit chemin montait en pente, avec des encoches servant de marches et des rampes de chaque côté. L'apparence était si étrange que Rovo dut regarder deux fois, même alors que de nouveaux tirs arrivaient de derrière. Un panneau rouge vif sur la porte, à l'intérieur comme à l'extérieur, indiquait qu'il s'agissait d'une sortie de secours.

Évidemment.

— Est-ce que je suis nul à ce point ? demanda Rovo à l'otage tout en le traînant, claquant le scanner au passage pour fermer la porte. Genre, comment j'ai pu choisir celle-là ?

— Toutes les sorties de ce côté sont des issues de secours, répondit l'agent entre deux éclats de rire hystérique. Tu es au bord de la base, où pensais-tu que ça mènerait ?

— Quoi ? Rovo commença à monter les marches, traînant l'agent avec lui. Ça ne semblait pas une bonne idée de traîner là-bas. J'ai vu les portes. Il y en avait au moins quatre de ce côté ?

— C'est ton premier jour ici ? demanda l'agent. Tu n'as pas regardé l'orientation ?

— L'orientation ? Pour qui tu me prends ?

— Quelqu'un qui a raté sa dose ? L'agent gloussa. Comme je vais le faire si ça continue encore longtemps. On en voit tout le temps. Certaines personnes n'ont pas la tolérance pour suivre le programme.

Cet endroit devenait de pire en pire. Rovo ne put trouver d'autre question après la révélation de l'agent. Pas étonnant que les types en combinaison en bas, les autres agents, n'arrêtent pas leur travail. Sever n'était pas une force ennemie, juste des malades qui avaient mis la main sur du matériel.

Pas besoin de révéler la vérité à l'agent. À la place, Rovo bascula les communications de la combinaison pour émettre sur la fréquence de Sever. Ne trouvant que le silence, Rovo jura tout au long de l'histoire de l'agent, embrassant la catharsis et attendant, peut-être, qu'Eponi, Gregor ou Aurora interviennent pour demander ce qui se passait, bon sang.

Personne ne répondit. Seulement un silence brouillé.

Cette situation inquiétante mise à part, la pente ascendante se terminait par une autre porte scellée. Celle-ci n'avait pas de scanner, pas de porte tournante sophistiquée. À la place, offrant un loquet tournant, la porte fonctionnait à l'ancienne, à la force des bras.

— Tu veux bien nous faire les honneurs ? demanda Rovo à l'agent, qui le regarda en clignant des yeux.

Le bleu pointa son fusil, et l'agent comprit. Rovo ne voulait pas d'un otage, ne voulait pas vraiment tuer l'agent — pas par bonté d'âme, notez bien, mais l'agent semblait savoir où aller — mais, surtout, Rovo ne voulait pas que l'agent s'enfuie en courant pendant que le bleu ouvrait la porte.

Avec un grincement strident totalement prévisible, l'agent força l'ouverture de la porte. Ce faisant, du sable doré recouvrit son armure cramoisie, inondant le tube depuis le haut. L'agent toussa, Rovo écouta sa combinaison confirmer que l'atmosphère d'Aurum Trois était respirable, sinon nécessairement agréable. L'agent finit par retrouver son souffle, regardant Rovo avec des yeux qui disaient *et maintenant ?*

— On sort, dit Rovo.

L'ordre de Sai disait à Rovo de trouver un moyen d'envoyer un message à tous ces monstres en orbite qui avaient essayé de pulvériser Sever du ciel pendant leur approche. Pour une raison quelconque, l'épéiste pensait que ces vaisseaux ne méritaient pas d'avoir leurs entrailles déchirées par une horde de maniaques invisibles assoiffés de sang. C'était bien le père de l'escouade d'avoir une once d'empathie.

— Tu sais ce qu'il y a là-dehors, hein ? demanda l'agent. Parce qu'il n'y a rien. Il n'y a rien là-dehors.

— Je préfère le rien à la mort par laser.

L'agent ne put contester cette logique, et avec le fusil de Rovo continuant de le pousser, l'agent grimpa et sortit. Rovo suivit, quittant la douce lumière bleue à l'intérieur pour l'après-midi déclinant et un ciel rempli de moteurs rugissants.

Ces rangs en combinaison avaient reçu l'ordre de rejoindre les navettes, et il semblait que ces navettes se préparaient à partir. Les jets ioniques électriques n'avaient pas le même grondement de tonnerre que les vieux carburants de fusée, comme ceux sur lesquels Rovo avait grandi chez lui, mais ils faisaient suffisamment de bruit avec leur énergie crépitante. Le son arrivait par-dessus les dunes comme un hurlement dans le vent.

Au-delà du bruit, Rovo se sentit désorienté de se trouver dans un espace si ouvert. Après avoir passé tant de temps dans une station spatiale, dans ses couloirs étroits, puis sur le *Prisa*, avec ses cabines encore plus étroites — en particulier celle de Rovo, qu'il partageait avec Gregor —, la vue s'étendant vers l'horizon tout autour lui donna le vertige.

Jusqu'à ce qu'il voie le centre de la grande base, une masse gris argenté s'élevant du sable. Ses lumières, dans un jeu de violet et de jaune, s'allumèrent alors que la lumière du jour commençait à diminuer, faisant scintiller la structure depuis le sol comme un trésor cosmique. Autour, s'étendant comme des bras métalliques, il y avait des passerelles terrestres menant à des endroits que Rovo ne connaissait pas.

Et à droite, moins impressionnant mais toujours présent comme un disque laid sur le sable, se trouvait la baie contenant le *Prisa* au milieu de ses horreurs.

— Où est le centre de communication ? demanda Rovo à l'agent.

— Le centre de communication ? Pourquoi ?

— J'ai besoin de dire à ma mère que je l'aime, répliqua Rovo. Peu importe pourquoi. Montre-moi.

— Et si je dis non ? gloussa l'agent.

— Avec tout ce sable qui souffle, ça prendra longtemps avant que quelqu'un ne trouve ton corps.

L'agent cessa de rire, gardant, pendant une seconde, le sang-froid nécessaire dans un moment où sa vie était vraiment en jeu.

— Il y a trois centres de communication ici, dit l'agent. Si tu veux le principal, tu dois aller au grand bâtiment au centre. Si tu veux un endroit avec moins d'attention, tu peux aller par là. L'agent pointa derrière Rovo, vers la gauche de la structure centrale. C'est le baraquement. Normalement, je dirais que tu es cuit en allant là-bas, mais on est vidés.

— Je me demande bien pourquoi, marmonna Rovo. Le baraquement semble être un bon plan. Allons-y.

— Tu ne veux pas couvrir tes traces ? L'agent pointa la trappe ouverte. Ils sauront par où tu es passé.

— Ils nous ont vus partir. Ils m'ont vu t'écraser contre un mur. Je suis sûr qu'on me suit.

L'agent hésita, s'agenouillant au-dessus de la trappe

ouverte. — Peut-être, mais il se passe beaucoup de choses là-dedans. Un léger rire. Ils pourraient t'oublier.

Rovo leva les yeux au ciel. S'il n'avait pas besoin de cet agent pour passer d'autres scanners, le bleu l'aurait déjà grillé ou assommé.

— Très bien, ferme l'écoutille si ça peut te rassurer.

L'agent se pencha et tendit la main vers l'écoutille. Rovo observait, sa main posée nonchalamment sur son fusil. L'agent avait un pistolet, mais Rovo estimait pouvoir abattre l'homme avant que celui-ci ne puisse dégainer son arme.

Le mouvement fut rapide. L'agent glissa sur le sable, se faufila par-dessus le rebord de l'écoutille et retourna à l'intérieur du tunnel. Rovo leva son fusil, mais l'agent avait déjà refermé l'écoutille. Le loquet cliqua, se ferma et se scella.

— J'avais oublié, au fil de nos combats, que vous aviez tous reçu un entraînement, dit Rovo en s'approchant lourdement de l'écoutille.

Conçue pour les sorties et non les entrées, elle ne présentait qu'une surface lisse. Aucun moyen évident de l'ouvrir. Rovo se retrouvait seul sur Aurum Trois, avec une direction générale et rien d'autre pour se guider. Soupirant, la recrue se mit en route, piétinant le sable et maudissant sa propre bêtise.

Tandis qu'il marchait, les premières navettes s'élevèrent dans son champ de vision, inclinant leurs silhouettes vers les étoiles, emportant leur cargaison condamnée vers une flotte qui ne se doutait de rien.

11

LA COURSE

On ne devient pas chef d'une unité comme l'Escouade Sever en s'imaginant se retrouver dans un congélateur de laboratoire. Néanmoins, Aurora suivit les instructions de Gregor et se glissa — autant que possible dans une armure de combat — dans l'espace glacé, se frayant un chemin parmi les étagères chargées de caisses, de flacons et d'objets étiquetés qu'Aurora n'avait ni le temps ni l'envie de lire.

Au lieu de cela, elle écouta. D'abord, la grenade qu'elle avait lancée dans le couloir explosa, son bruit sourd traversant les portes du congélateur, suivi par le craquement régulier du verre se brisant sous les bottes qui approchaient.

Ensuite, les ordres fusèrent, des appels aboyés et des contestations alors que les officiers et les soldats d'unités disparates tentaient d'établir une chaîne de commandement là où il n'y en avait pas. Des tireurs renégats, courant partout et chassant. Aurora sourit sous sa visière.

Même si ça en venait à un combat, la réponse serait désorganisée. Décousue. Vana ne pouvait pas plus contrôler ces salauds qu'Aurora.

Le nom de Vana fit disparaître le sourire. Que faisait l'agent ? Elle avait amené Aurora et Gregor au cœur de sa base, presque sans essayer de les arrêter — Aurora ne croyait pas une seconde que la foule mourante dans la baie du *Prisa* avait la moindre chance de tuer Sever — alors quel était le véritable enjeu ?

La théorie de Deepak qui avait conduit à cette mission, l'idée qui avait amené Sever à leur station de repos et de détente et maintenant ici, reposait entièrement sur le fait de faire sauter la supposée conférence de Vana. Éliminer Vana ou détruire ses expériences avant qu'elle ne vende leurs mérites à DefenseCorp. Ensuite, avec plus rien en main et tant d'argent gaspillé pour amener leurs vaisseaux et leurs personnes jusqu'ici, les gradés se retourneraient contre Vana, l'éliminant si Sever ne l'avait pas déjà fait, et donnant à l'escouade un billet gratuit pour quitter la planète.

Et, finalement, blanchir le nom de Sever pour qu'ils puissent suivre leur propre voie.

Au lieu de cela, les dirigeants de DefenseCorp avaient laissé leur sang là-bas. Ils n'aideraient pas Sever depuis l'au-delà, pas plus que les seconds qui prendraient leur place dans une entreprise en ébullition qui, si Aurora avait raison, chercherait des boucs émissaires. Il est toujours plus facile de blâmer l'opposition que de faire son introspection.

Ce qui, encore une fois, ramenait Aurora à Vana. La commandante de Sever balaya du regard le laboratoire gelé, essayant de déchiffrer le plan de l'agent. Toutes ces commandes, les flacons et les caisses portaient des dates. Des autocollants montrant qu'ils avaient été expédiés ici il y a des années. Cela correspondait au plan lent de Renard, à toute l'opération Helix.

Tout cela avait eu lieu avant que Vana, selon ses propres

mots sur le *Nautilus*, ne soit impliquée. Alors Renard avait repris cette base et recruté Vana après ?

Pourquoi ? Et pourquoi Vana aurait-elle rejoint ?

Le silence interrompit les pensées d'Aurora : plus de verre brisé, plus d'ordres, plus de pas lourds de soldats armés en mouvement. Aucun ne s'était donné la peine de vérifier le congélateur. Une négligence dont n'importe quelle escouade normale de DefenseCorp aurait tenu compte, sauf que ce n'étaient pas des escouades normales en mission normale.

Des gardes du corps qui avaient perdu les corps qu'ils étaient censés protéger, et maintenant ils voulaient se venger.

Aurora s'approcha de la sortie du congélateur, attendit encore un long moment et écouta. Sa visière ne détecta rien que la commandante de Sever n'ait manqué, alors, le fusil à la main, Aurora déverrouilla la porte et l'ouvrit doucement avec son pied.

Le laboratoire avait été saccagé, en partie par Gregor et en partie par l'essaim qui était passé. Sans la porte étouffant les sons, leurs appels revenaient du couloir, des cris suggérant que leur proie était partie par ici ou par là. Un autre hurlement déclarant une pièce dévastée vide.

Aurora hocha la tête pour elle-même : Gregor, maintenant les fondamentaux même en fuyant.

Tournant à droite, Aurora retraça ses pas vers la baie. Arrivée au seuil, Aurora regarda au coin pour voir au moins sept soldats traînant au centre de la baie. Tous semblaient porter des insignes de grade sur leur armure cramoisie, ainsi que l'écusson de leur vaisseau respectif. Les chefs, donc. Restant en retrait pour évaluer les progrès de leur équipe.

Aurora sentit la gâchette de son fusil sous ses doigts. Elle pouvait se faufiler, lâcher un tir foudroyant, et en abattre la plupart avant que quiconque ne réagisse. Délivrer une justice chargée de lasers... sauf que ces idiots n'étaient pas là pour des motifs malveillants. Ils n'avaient pas atterri ici en s'attendant à voir une démonstration de super-soldats, ou à assister à la prochaine vague de domination de DefenseCorp. Ils faisaient leur travail et étaient payés pour ça. Aurora aurait pu partir en mission avec n'importe lequel d'entre eux, aurait pu avoir son dos couvert par leurs fusils, leurs chasseurs stellaires.

Ce n'étaient pas des agents, c'étaient des soldats de DefenseCorp, et ils ne méritaient pas ça.

Plongeant la main dans une autre fente de son armure, Aurora sortit sa dernière grenade. La petite boule argentée semblait jolie dans la lumière faiblissante, scintillant en captant le bleu des poutres au plafond de la base. Le vaisseau le plus proche d'elle, d'où étaient sortis ces combattants des forces spéciales, avait sa rampe abaissée. Le cockpit semblait vide.

Il pourrait encore y avoir des dommages collatéraux, mais Aurora avait fait de son mieux pour les limiter.

La capitaine de Sever lança la grenade, la faisant arquer dans la baie. La boule bleue heurta le cockpit du vaisseau avec un bruit métallique et rebondit, se nichant au second impact dans l'espace entre le cockpit du vaisseau et ses moteurs montés au milieu. Aurora ne pouvait pas voir le groupe, mais elle pouvait entendre leurs questions, leurs appels inquiets.

— C'est parti, se dit Aurora, regrettant une fois de plus le lien qui unissait habituellement l'Escouade Sever lors de missions comme celle-ci.

La grenade explosa. Le petit explosif trouva des cibles juteuses à l'intérieur du ventre du vaisseau, enflammant des éléments combustibles et les transformant en une chaîne incendiaire qui se répandit des deux côtés, comme si l'engin était une chrysalide se fendant par le milieu, sur le point d'annoncer la naissance d'une nouvelle étoile magnifique.

Une pluie d'éclats s'abattit, et Aurora regarda par-dessus le bord pour voir les soldats rassemblés se précipiter vers leurs propres vaisseaux ou plonger à l'abri derrière des provisions empilées, du carburant ou des outils. Des crépitements résonnaient tout autour alors que les fils surchauffaient et que les poches d'oxygène disparaissaient tandis que le vaisseau se disloquait. Assez de chaos, devait penser Aurora, pour tenter quelque chose.

Contournant l'angle en faisant claquer ses bottes, Aurora leva son fusil tout en courant. Elle ne pouvait pas prêter beaucoup d'attention à sa visée dans la baie agitée, car elle n'avait aucune idée de l'endroit où elle se dirigeait. Vana était passée par là, avait traversé la baie, donc la sortie devait se trouver quelque part, la piste devait exister.

L'espoir n'était pas quelque chose sur lequel Aurora préférait compter, mais aujourd'hui, il n'y avait pas beaucoup d'autres options.

Les vaisseaux amarrés étaient alignés par dix, un nombre impressionnant, bien que certains dussent transporter plus d'un VIP venu d'en haut. La grenade d'Aurora avait incendié le premier, attirant tous les regards restants dans cette direction tandis que sa destruction rugissait. Le long du côté gauche de la baie, le crépuscule offrait un joli arrière-plan à l'incendie du vaisseau, tandis que le côté droit servait à abriter des groupes d'équipements, des chariots de chargement et des caches de fournitures entassés en monticules gris.

Pas de sortie par là.

Aurora avait fait une douzaine de pas, près du deuxième vaisseau, avant que le premier laser ne fuse dans sa direction. Un boulon orange passa en sifflant près du visage d'Aurora et s'enfonça dans le mur à sa droite. Le tir avait un air hâtif, celui d'un tireur compensant la vitesse de plus en plus rapide de sa cible. Baissant son fusil — Aurora avait abandonné l'idée de tirer après avoir commencé à sprinter — la commandante de Sever concentra toute l'énergie de sa combinaison dans ses bottes.

Une personne en armure assistée n'était l'idée de personne d'une ballerine, d'une danseuse souple et svelte. Mais la combinaison était comme un train, prenant de la vitesse à mesure qu'Aurora maintenait sa direction, absorbant l'impact cinétique de chaque foulée dans la suivante.

La grenade et les dégâts qu'elle avait causés avaient donné à Aurora assez de temps pour se lancer, et bien que d'autres boulons aient suivi celui de couleur orange, la plupart passaient loin du but. Seuls quelques-uns atteignirent leur cible, leur chaleur persistante s'estompant à travers le dos d'Aurora. La visière n'indiquait aucun dommage critique, et Aurora gardait son attention sur ce qui se trouvait devant elle, au-delà de ces vaisseaux.

La visière détecta cependant une chose : à l'extérieur, sur sa gauche, leurs lumières brillant dans l'obscurité. Des navettes aux moteurs rugissants. De plus en plus décollaient. Des transports ? Des vaisseaux de DefenseCorp retournant vers leurs bases en orbite ?

Aurora aurait réfléchi davantage à cette idée, si sa course ne l'avait pas amenée à la fin de la rangée de vaisseaux. Si accélérer les kilos pesants de l'armure assistée prenait du temps, les ralentir était plus rapide. La baie d'amarrage se terminait par un mur épais, qui transformerait Aurora en bouillie si elle continuait à foncer droit dessus. Au lieu de cela, elle désactiva les amplificateurs cinétiques, manquant presque de trébucher alors que ses foulées perdaient leur allure facile et flottante.

Retenant son souffle, Aurora bondit en avant, rapprochant ses pieds sur la courte distance. Ramenant ses genoux aussi haut qu'elle le pouvait, Aurora heurta le sol à un angle qui aurait dû l'envoyer rouler tête par-dessus talons dans un effondrement, où les combattants qui la suivaient l'auraient criblée de lasers.

Au lieu de cela, déclenchant les amplificateurs cinétiques non dépensés depuis plusieurs foulées, Aurora se propulsa vers le haut. L'impact et son élan firent tourner Aurora vers l'avant et elle s'enroula avec la boucle, faisant pivoter ses pieds tout autour jusqu'à ce que ces bottes épaisses et blindées frappent d'abord le mur du fond de la baie. Les lattes métalliques se froissèrent, des étincelles jaillirent alors que ses bottes s'accrochaient au mur, suspendant Aurora à plusieurs mètres au-dessus du sol.

— Quelqu'un est impressionné ? dit Aurora, regardant le long de la baie qu'elle avait parcourue.

La réponse vint sous forme de nouveaux tirs, tirés de loin et hors cible. Aurora désactiva les attaches, se laissant tomber vers le sol et roulant sur le côté en touchant terre. Les lasers cascadaient alors qu'Aurora sortait de sa roulade, jetant un rapide coup d'œil autour d'elle.

La seule sortie de la baie d'amarrage faisait face à l'entrée d'Aurora sur sa gauche. Une grande porte menant on ne sait où, mais aussi la seule option de fuite pour Vana. Se remettant sur ses pieds, subissant quelques tirs sur son flanc et ses jambes dans le processus, des frappes qui brûlaient ses muscles et consumaient la protection de sa combinaison, Aurora se remit à courir.

Elle aurait pu tous les abattre. Elle aurait pu éliminer les soldats à mesure qu'ils avançaient, essayant de se faufiler d'un abri à l'autre dans la baie encombrée.

— Vous me devez tous la vie, marmonna Aurora, se dirigeant en cliquetant vers la porte avec son scanner rouge clignotant.

D'un ordre bref, Aurora fit démarrer un compte à rebours sur sa visière. Trente secondes pour ouvrir la porte avant qu'elle ne doive faire face au groupe chargeant sa position. Elle n'avait pas le marteau de Gregor, ni l'épée de Sai.

Mais elle avait une arme. Une idée.

Aurora donna un coup de pied dans la porte. Fort. Elle changea de pied et recommença. Les impacts bosselèrent la plaque grise ordinaire qui n'était pas conçue pour résister à autre chose qu'un équipage d'atterrissage mécontent. Un troisième coup de pied, puis un quatrième.

La visière bipa. Quelqu'un derrière elle cria à Aurora de se rendre.

— Je me rends, dit Aurora, diffusant les mots et levant les mains tout en s'accroupissant.

N'importe quoi pour gagner une seconde de plus.

La même voix ordonna à Aurora de quitter la combinaison. Ça, la capitaine de l'escouade Sever n'allait pas le faire.

— Vous feriez mieux de reculer, dit Aurora. Ce n'est pas à propos de vous.

Qui était là, qui avait entendu ses mots, Aurora ne le savait pas et s'en souciait peu. La confusion lui avait fait gagner une seconde de plus, assez de temps pour activer ces amplificateurs chargés. Entre la course d'Aurora et les coups de pied donnés à la porte, son armure assistée avait de l'énergie cinétique à revendre.

Ayant l'impression de s'être attachée dans un vaisseau de largage en plein décollage, Aurora jaillit de sa position accroupie, fonçant sur la porte affaiblie comme un missile de taille humaine. Elle n'avait pas le temps de tourner son épaule, de baisser la tête. Son casque frappa en premier, un choc qui n'arrêta rien. Aurora vit, sentit la porte se déchirer alors qu'elle la traversait, l'armure déchiquetant la barrière pour ensuite rebondir sur le plafond de l'autre côté et envoyer Aurora dans une roulade chaotique.

Un roulement qui semblait dur, qui se ressentait raide et contusionnant. En glissant jusqu'à l'arrêt, Aurora réalisa que cette moitié, cette section n'était pas recouverte de moquette et propre comme sa partie opposée. Au lieu de cela, Aurora regardait des murs renforcés bordant des cellules. Languissant entre des barrières d'énergie crépitantes, séparées seulement par un mètre ou deux, se trouvaient des personnes malheureuses ou pire encore.

Comme ceux sur Dynas, au cœur du complexe Helix, des expériences tourbillonnaient autour d'Aurora. Certaines portaient les marques sombres du virus, tandis que d'autres manifestaient de nouveaux traits, comme une peau écailleuse blanche ou une teinte bleue sur leurs corps. Quels pouvaient être les buts de ces modifications, quels mélanges supplémentaires la scientifique Anaskya pouvait bien ajouter à sa mixture, Aurora l'ignorait.

Le choc s'estompa alors que ses facultés revenaient, son corps endolori par la chute et maintenant fixant une escouade plus large et hétéroclite qui se déversait depuis la baie. Armés et en colère, le groupe poursuivait Aurora dans le couloir. Au début, leurs armes étaient pointées directement sur Aurora et son armure motorisée.

Au début.

Il est difficile de garder sa concentration quand on est entouré de choses qui ne correspondent pas à votre réalité. Les capitaines d'escouade, les commandants des forces spéciales hésitèrent en comprenant qu'ils n'étaient pas dans une quelconque installation terne pour un sommet de DefenseCorp.

— C'est quoi ce bordel ? demanda l'un d'eux, ses bandes vertes le désignant parmi les spécialités les plus meurtrières de l'arsenal de DefenseCorp.

— Ça ? dit Aurora, restant plantée au sol. Elle vit sa chance, et en limitant les mouvements brusques, Aurora pourrait peut-être s'en sortir. Ça, c'est la vérité.

12

CŒUR ÉLECTRIQUE

vec la lame bourdonnante de Perro sortie et le katana de Sai rangé, les agents et leurs rangs de soldats au regard vitreux les ignorèrent alors qu'ils marchaient vers l'arrière de la salle. Ce qui, vers l'avant, fonctionnait comme une chaîne d'assemblage propre pour les équiper et les expédier prenait une tournure plus sombre vers l'arrière. Là, la file s'amenuisait en une seule rangée provenant d'un large tunnel. Des agents flanquaient l'entrée, et des barrières électriques de fortune parquaient les désespérés de l'Hélice en une file régulière.

À mesure que chacun quittait le tunnel, un robot infirmier était assis, ses nombreux bras tourbillonnant depuis une caisse contenant fiole noire après fiole noire. Le robot aspirait chaque substance dans une seringue, pivotait et l'injectait à la personne suivante. La file avançait d'un pas et le processus se répétait, chaque piqûre atteignant sa cible dans la partie supérieure de l'avant-bras.

Les victimes grimaçaient à peine. Leurs visages étaient relâchés, leurs yeux distants.

— Drogués, dit Perro tandis qu'ils marchaient. C'est flippant, non ? Vana dit qu'ils deviendront tous fous s'ils sont laissés sans le sédatif.

— Et c'est ce qu'il y a dans ces fioles ? Un sédatif ?

— Pas du tout. C'est la cause. La sauce secrète que tous ces pauvres bougres reçoivent depuis le début. Censée les transformer en machines de combat.

— Spoiler : ça ne marche pas.

Perro haussa les épaules alors qu'ils approchaient. Finalement, un agent sembla remarquer que Perro et son captif choisi ne faisaient pas partie de l'ordre normal. Faisant signe que les injections continuent, la femme quitta son poste et s'avança de quelques mètres hors de la file pour regarder Sai dans les yeux à travers sa visière.

— C'est celui qui a causé le désordre ? demanda l'agent.

— C'est lui. Sevrage, répondit Perro. Il faut le descendre en bas et le sortir de cet engin.

L'agent observa Sai, remarqua l'épée et les pistolets. L'armure assistée elle-même.

— Je ne pensais pas qu'on avait des modèles comme celui-ci ici, dit l'agent. C'est du standard DefenseCorp. Où l'as-tu eu ?

Sai ne bougea pas. Il s'en tenait au plan simple. Perro pouvait le trahir ici, pouvait livrer Sai et le mettre dans une position très difficile. Perro affirmait qu'il ne ferait jamais ça, par honneur.

Pour certaines personnes, Sai pourrait croire à l'argument de l'honneur. Perro, cependant, avait essayé de porter un coup en étant invisible. Il avait poussé Sai dans un duel dans les rues de Wexer, puis avait tendu une embuscade pour tirer à distance. L'honneur ne jouait aucun rôle dans le jeu du tireur.

Alors Sai s'assura que le mercenaire resterait fidèle.

— Il y en a quelques vieux en bas, parla rapidement

Perro. Le gars a réussi à creuser profondément pour les trouver. Il est sorti par un autre tunnel. Il a failli libérer les vrais méchants.

L'agent pâlit.

— Alors tu l'emmènes à l'infirmerie ?

— Tu sais ce que Vana a dit, acquiesça Perro, ramène tous les corps qui peuvent se battre et mets-les en ligne.

— C'est le grand jour, convint l'agent. Ramène-le vite ici, alors. On charge tous ceux qu'on peut et on ne garde pas de restes.

Sur les instructions de l'agent, deux autres ouvrirent un passage dans la file de l'Hélice, laissant Perro et Sai passer de l'autre côté de la salle.

— L'infirmerie ? dit Sai. Je ne vais pas à l'infirmerie.

— T'en fais pas pour ça, répondit Perro. Tu veux voir où ils construisent les combinaisons ? C'est juste à côté du médecin. Il n'y a pas de vraie infirmerie ici, mec.

Ça, Sai pouvait le croire.

À la droite de Sai, le prochain lot d'armures claquait. Invisibles dans leur armure, ils faisaient néanmoins du bruit. Devant, des navettes brillantes embarquaient les recrues en marche, les vaisseaux pleins s'élevant dans les airs. Ils auraient les autorisations, ils s'amarreraient à la flotte en orbite et déchireraient le cœur de DefenseCorp. Ils le mettraient en pièces et laisseraient un vide à la tête de la plus grande et la plus puissante entreprise de la galaxie.

— Ils ne s'en sortiront jamais vivants, n'est-ce pas ? dit Sai alors que Perro les dirigeait vers la gauche à travers la large zone d'atterrissage des navettes. Sur le côté gauche de la zone se trouvait ce qui ressemblait à un bunker, avec des murs fortifiés et une seule double porte s'ouvrant dans leur direction. Même si ces combinaisons gagnent là-haut, Vana ne viendra pas les chercher, n'est-ce pas ?

— Tu poses des questions auxquelles les gars comme moi ne connaissent pas les réponses, dit Perro, bien que la vibration arrogante dans sa voix s'estompa.

Inutile, celui-là.

— C'est là qu'on va ? dit Sai alors que Perro le conduisait vers la nouvelle structure.

— Tu voulais voir où sont fabriquées les combinaisons ? C'est là qu'elles sont fabriquées, dit Perro.

Comme sur un signal, cette double porte s'ouvrit et un nouveau rack rempli de combinaisons suspendues sortit sur un autre chariot. À côté de Sai, un chariot vide fila dans la direction opposée, ses agents de pilotage le poussant rapidement. Voir ces deux agents travailler si dur pour faire bouger les combinaisons fit surgir une question différente, une que Perro pourrait réellement connaître.

— Pourquoi tous ces agents gèrent-ils les lignes ? demanda Sai. Faisant le travail manuel ? Il n'y a personne d'autre ?

— Il n'y en a même pas beaucoup, dit Perro. Je ne sais pas pourquoi, mais on parle de moins d'une centaine d'ombres de Vana ici. C'est peut-être pour ça qu'ils nous ont fait venir. Pour fournir cette sécurité supplémentaire.

— Ce que tu as certainement fait.

— Hé.

En approchant des doubles portes, Perro tira Sai de côté pendant qu'ils attendaient le prochain échange de chariots. La nuit d'Aurum Trois approchait, faisant ressembler les lancements de navettes à des étoiles filantes alors qu'elles se dirigeaient vers l'orbite. Ça aurait été magnifique dans n'importe quelle autre circonstance.

— Alors quand on entre, tu enlèves ça, d'accord ? dit Perro.

— Je l'enlèverai quand on aura fini ici, répondit Sai. Ne te fais pas tirer dans la cuisse et tout ira bien.

Tous deux jetèrent un coup d'œil à la jambe du mercenaire, visible pendant que l'homme avait désactivé la réfraction de la combinaison. Un œil attentif pouvait voir le renflement là où Sai avait placé la grenade, cette fois programmée pour exploser sur la transmission à courte portée de Sai. Un faux mouvement, un regard de travers, et la combinaison de Perro ne le sauverait pas.

Dans un cliquetis mécanique, le nouveau chariot arriva à sa fin. Les agents qui le poussaient jetèrent un bref regard à Perro et Sai, sans s'arrêter du tout tandis que les deux se glissaient derrière eux et entraient dans le centre de production des combinaisons.

— La sécurité semble relâchée, dit Sai en avançant.

— C'est le grand jour, et c'est déjà en cours, répondit Perro. Il n'y a rien que tu puisses faire pour l'arrêter, mon vieux. Ils expédient déjà tellement de combinaisons.

— C'est ton opinion.

Cependant, en entrant dans le bâtiment et sa cacophonie assourdissante, l'optimisme de Sai fut menacé. L'entrée s'ouvrait sur une ligne sinueuse et ondulante qui s'arcboutait du plafond du bâtiment jusqu'au sol. À droite, une pompe en fusion à une extrémité projetait les métaux bruts et chauds qui cascadaient à travers la longue séquence jusqu'à ce que, presque aux pieds de Sai, le produit final sorte pour qu'un robot le ramasse et l'accroche au prochain chariot en ligne. Quelques agents se tenaient près de la fin de la ligne, prêts à déplacer le prochain chariot et ne semblant pas le moins du monde inquiets.

Perro ne laissa pas à Sai le temps de regarder longtemps, dirigeant le bretteur vers la gauche où un ascenseur attendait avec un scanner clignotant en vert.

— Impressionnant, non ? dit Perro en se déplaçant.

— Vana a construit ça ces derniers mois ?

— Plus vite que ça, mon pote. C'était déjà opérationnel quand on est arrivés.

— Alors nous devons le détruire.

— Attends. Perro baissa la voix. Je sais que tu as des envies suicidaires et tout, mais moi ? Je préférerais m'en sortir vivant. Si tu veux détruire ce truc, trouvons un moyen de le faire discrètement.

— C'est pour ça que tu m'emmènes vers l'ascenseur ?

— Si on restait là, quelqu'un demanderait ce qu'on fout. Je gagne du temps, mais ça va bientôt s'épuiser alors j'espère que tu as une meilleure idée.

Sai jeta un dernier regard circulaire à l'immense ligne. Il pourrait y lancer quelques grenades, tout saccager, mais cela ferait s'écrouler le bâtiment et plus encore. Pire encore, il semblait y avoir toutes les chances pour que Vana puisse reconstruire rapidement toute ligne endommagée. Perro n'arrêtait pas de dire qu'aujourd'hui était le grand jour, mais demain pourrait être pire.

Aurora avait amené l'Escouade Sever ici pour essayer de mettre fin à la menace de Vana. Sai le devait à elle, à sa propre famille, d'empêcher ces combinaisons de revenir.

— Jusqu'où descend cet ascenseur ? demanda Sai.

— Voilà un ton qui me plaît, répondit Perro. Et je n'en ai aucune idée, patron. On a fait le tour de la base principale, de cet endroit, et pas grand-chose d'autre. Vana ne nous a pas exactement fait visiter.

— Alors allons voir.

Le scanner accepta la commande de Perro sans problème. L'ascenseur s'ouvrit, offrant un joli ensemble d'options. Tout en bas, Sai vit ce qu'il voulait.

Gestion de l'énergie.

Perro siffla quand Sai choisit l'option.

— Je commence à comprendre ce que tu as en tête, dit Perro alors que l'ascenseur se mettait en mouvement. La secousse déstabilisa Sai un instant jusqu'à ce qu'il se rappelle qu'il ne s'agissait pas d'une nouvelle base, mais de quelque chose que Vana avait volé et adapté à son goût. Assure-toi juste de nous donner assez de temps.

— On aura le temps, répondit Sai, si on le fait correctement.

Les portes de l'ascenseur s'ouvrirent, montrant à Sai ce que *correctement* signifiait vraiment. Surcharger l'énergie de quelque chose, que ce soit les batteries d'un vaisseau spatial ou le raccordement d'un bâtiment au noyau super chaud de sa planète, avait tendance à nécessiter un niveau de compétence informatique que Sai n'avait pas. Il n'allait pas pirater un système, changer quelques valeurs, puis s'asseoir avec un sourire et regarder le monde brûler.

Non, Sai allait faire la destruction lui-même, et Vana avait fait ce qu'elle pouvait pour lui faciliter la tâche.

Surchauffer suffisamment de métal pour fabriquer autant de combinaisons, et l'armure motorisée ou quoi que ce soit d'autre qui avait précédé, signifiait que le cerveau de DefenseCorp qui avait construit cette chose il y a longtemps avait puisé dans la croûte profonde d'Aurum Trois et au-delà. La structure de la foreuse et son siphon remplissaient la pièce dans laquelle Sai et Perro entrèrent. Un mur d'écrans les accueillit d'abord, affichant où toute cette énergie allait, et derrière, la grande bête noircie avec ses convertisseurs aspirant la chaleur et la transformant en charge.

En regardant ces écrans, Sai comprit qu'ils n'étaient pas arrivés à la source d'énergie des combinaisons, ils avaient trouvé l'alimentation énergétique de toute la base.

— Je dirais que c'est beau, mais je me sentirais mal de le tuer, dit Perro.

— Ne le fais pas, répondit Sai. C'est une machine, rien de plus.

Bien qu'un scanner se trouvât sous les écrans, Sai n'essaya pas de se connecter. Une alarme pourrait se déclencher, et ce n'était pas le but de cet exercice. Au lieu de cela, il contourna les écrans tandis que Perro le suivait. L'extrémité de la foreuse se renflait comme une sphère écrasée par une énorme brique d'acier noir. Cette brique, située à plusieurs mètres au-dessus de la tête de Sai, ferait le gros du travail pour transformer la chaleur en énergie.

Ce serait aussi la partie la plus vulnérable de toute cette opération. La perturber, et la base s'effondrerait.

— Fais-moi la courte échelle, dit Sai.

— La courte échelle ? Comme si on était des gosses ?

— Ce n'est pas une question. Fais-le.

— D'accord, mec. Tu pourrais rire un peu.

Sai serra les poings et lança un regard noir à Perro que la visière cachait. — Mes coéquipiers se battent pour leur vie là-dehors. Mes amis de DefenseCorp, ici sans que ce soit de leur faute, sont sur le point de se faire tuer par des maniaques invisibles meurtriers. Excuse-moi si je ne souris pas encore.

Perro, pour une fois, garda sa bouche fermée et aida Sai à se hisser vers cette brique de métal. Les mains de l'homme n'étaient pas des plus stables, alors Sai attacha son grappin sur le côté de la brique pour avoir une certaine stabilité. Les mains de Sai allèrent ensuite vers les petits disques attachés à son bas du dos.

Cela faisait un moment que Sai n'avait pas pu jouer avec ses outils préférés : les mines. Les minuscules explosifs avaient une grande puissance, et il en avait fabriqué un nouveau lot pendant les vacances de Sever sur la station. Ceux-ci, utilisant de minuscules dents, s'accrochèrent à la surface de la brique et émirent un bip pour signaler qu'ils étaient prêts à exploser.

— Ils exploseront quand je leur dirai, dit Sai après que Perro l'eut fait redescendre. On remonte, on s'éloigne, et on fermera cet endroit.

Ou du moins, c'est ce que Sai aurait fait. Au lieu de cela, lui et Perro se figèrent lorsque les portes de l'ascenseur s'ouvrirent vers l'entrée. Plusieurs paires de bottes pénétrèrent dans la pièce.

— On sait que vous êtes là en bas ! La voix qui appelait ne semblait pas le moins du monde effrayée. Il y a beaucoup d'entre nous, deux de vous. Éteignez vos combinaisons et rendez-vous, et peut-être que Vana sera clémente.

Bien sûr qu'elle le ferait.

Restant silencieux, souhaitant que Perro sache lire les signaux manuels de Sever, Sai dégaina son katana et prit la direction opposée à celle qu'ils avaient empruntée. Les agents, cependant, ne suivirent pas exactement leurs pas, mais se séparèrent, leurs voix lançant des ordres les trahissant. Sai et Perro déroulèrent leurs pieds, étouffant les légers cliquetis avec le grondement constant de la foreuse.

En tournant au coin, Sai retint son souffle et balança le katana avant même de pouvoir voir sa cible. L'agent, prouvant une fois de plus que les combattants de Vana n'étaient pas à sous-estimer, recula vivement. Le tranchant du katana attrapa le bras de l'agent, lui infligeant une coupure mais rien de plus. L'agent cria, essaya de lever un fusil tandis que Sai chargeait, mettant fin à la tentative avant même qu'elle ne commence.

Perro se précipita sur la droite de Sai, engageant l'agent

là-bas avant qu'elle ne puisse tirer un coup de pistolet dans le flanc de Sai.

— C'est le moment de courir, dit Sai, en se frayant un chemin à travers les deux agents suivants alors qu'ils levaient leurs armes. Ils sont trop nombreux pour nous !

Pas vraiment, peut-être, étant donné l'espace confiné, mais Sai ne pouvait pas prendre de risques. Se faire tirer dessus ici pourrait tout gâcher pour Sever, et ces mines devaient exploser. Agitant le katana, il trancha l'un des tuyaux, le coupant net et libérant un jet brûlant. L'armure de puissance de Sai le protégea, mais les deux agents reculèrent, tentant de se protéger.

Perro suivit Sai qui courait, les deux contournant vers l'ascenseur. Six autres agents les y attendaient, fusils levés et viseurs centrés sur les deux soldats en armure. Pas bon.

— Accroche-toi ! Sai attrapa Perro de sa main gauche, tint le katana dans sa droite, et déclencha le saut amplificateur de l'armure de puissance.

Ensemble, la paire s'envola dans et au-dessus d'une rafale de lasers. Sai sentit de nouvelles brûlures s'ajouter aux anciennes tandis que sa visière affichait une alarme après l'autre, mais les agents s'écartèrent des corps blindés, laissant les deux rouler, fumants, dans l'ascenseur ouvert.

— Je te tiens, chuchota Sai, utilisant son katana pour enfoncer le bouton montant tout en envoyant le signal.

Les portes de l'ascenseur tremblèrent tandis que les agents couraient vers lui, alors que derrière eux, cette brique d'acier noir s'illuminait d'une flamme lumineuse.

[13]

RETRAITE TACTIQUE

Le marteau s'abattait, les bottes martelaient le sol dur, et Gregor grondait à travers les couloirs. Les fenêtres se brisaient derrière et autour de lui, à la fois à cause de ses coups violents et des tirs occasionnels. Il traversait les intersections avec une sélectivité aléatoire, choisissant des directions qui le ramenaient progressivement vers la passerelle menant à la baie du *Prisa*. Un plan, au-delà de distraire l'ennemi, ne s'était pas encore formé, mais si les forces à sa poursuite continuaient la chasse, au moins le vaisseau de l'Escouade Sever pourrait lui offrir une couverture.

Lors d'une mission normale, Gregor aurait lancé un appel à l'aide. Il aurait inondé les ondes de DefenseCorp avec sa position et les détails de sa poursuite, appelant des frappes aériennes ou des renforts. Au lieu de cela, il courait maintenant en silence, sa propre respiration étant le seul son lui tenant compagnie dans ce périple.

Si l'on pouvait appeler les laboratoires, les bureaux et les salles de conférence un périple : leur décor austère et leur fonction utilitaire apportaient une répétition à chaque tournant, à tel point que Gregor aurait perdu ses repères depuis longtemps si son viseur n'avait pas continué à projeter la direction générale du *Prisa*. Il déviait de la flèche dorée tracée au sol tous les quelques virages pour garder ses poursuivants dans l'incertitude, et jusqu'à présent, Gregor était toujours en vie.

En fracassant la porte suivante — Gregor chargeait le marteau entre ces portails scellés en frappant les murs et les fenêtres — le soldat de Sever se retrouva dans une pièce familière, bien que pas tout à fait identique. Des murs de béton transparent de chaque côté, renforcés par des lattes conçues pour être abaissées, rien sur le sol, et une autre porte au bout. Pas de fenêtre ici donnant sur la nuit d'Aurum Trois, mais Gregor reconnaissait un jumeau quand il en voyait un.

La pièce aurait pu être terne, mais son unique occupante fit s'arrêter Gregor à un pas dans l'espace. Briany se tenait là, imposante dans son armure, pas du tout invisible avec son énorme canon tenu à deux mains. Elle avait relevé son casque, un sourire ardent assortissant ses cheveux teintés de bleu.

Gregor n'avait nulle part où sauter, pas de pistolet à portée de main pour tirer, et il ne doutait pas que le canon de Briany réduirait son armure en confettis. Mais savoir qu'on allait mourir et le laisser arriver étaient deux choses différentes.

Levant son marteau, prêt à se battre jusqu'au bout, Gregor s'avança.

— Dégage de là, dit Briany, inclinant la tête vers la droite.

N'étant pas du genre à remettre en question les ordres sur le moment, Gregor fit ce qu'elle demandait, plongeant sur la droite tandis que Briany ouvrait le feu avec son canon.

Plutôt que de réduire Gregor en cendres, les lasers de Briany fusèrent dans son dos, le long du couloir qu'il avait ravagé. Des cris paniqués retentirent, appelant à la retraite, à trouver un autre chemin.

En la regardant tirer alors qu'il se stabilisait, Gregor vit la lumière brûlante blanchir le visage de Briany, observa les marques de brûlure sur ses gants s'assombrir tandis que le canon atteignait des températures terribles. Elle se maintenait stable, gardant la visée droite alors que les batteries sur son dos envoyaient l'énergie par-dessus ses épaules dans la grande arme.

Un spectacle sacrément magnifique.

Gregor détestait mettre fin à une telle merveille, mais ces forces en retraite trouveraient bientôt l'autre chemin. Une fois qu'ils auraient piégé Gregor et Briany, la fin viendrait vite, et elle serait douloureuse.

— On doit partir, dit Gregor, se dirigeant vers la porte du fond et l'abattant de deux puissants coups de marteau. Maintenant.

Briany, reculant vers Gregor sans arrêter le flux laser, finit par couper le tir au second cri de Gregor.

— Tu veux fuir ? demanda Briany. Je ne te pensais pas lâche.

— Changer de champ de bataille, répliqua Gregor. Ils vont tricher.

Briany commença à répliquer, mais ils n'avaient pas le temps de discuter, alors Gregor partit en trombe. Claquant à travers la porte menant aux escaliers, Gregor sauta par-dessus la rampe et plongea vers l'étage inférieur. Atterrissant avec suffisamment de force pour fissurer la dalle métallique, Gregor grogna alors que l'armure l'informait que les boosters cinétiques de la combinaison étaient maintenant surchargés.

Toujours bon d'avoir une arme de plus dans l'arsenal.

Briany arriva plus lentement, descendant les escaliers d'une démarche maladroite.

— Ils n'ont pas conçu mon flingue pour ça, dit Briany après que Gregor lui eut crié d'aller plus vite. Si tu veux me laisser, tu peux. Je m'occuperai d'eux toute seule.

Cela ne répondrait pas aux mille questions que Gregor se posait, à commencer par pourquoi diable Briany se trouvait dans un couloir au hasard sur une planète au hasard comme celle-ci. Au lieu de cela, Gregor regarda à droite, puis lança son marteau vers le plafond au-dessus de l'autre escalier. Avec sa décharge d'énergie activée, le marteau frappa les lattes du plafond, brisant les lumières et cassant les supports. Le fort impact renvoya le marteau d'où il venait, faisant atterrir la grande arme non loin des pieds de Gregor.

Et l'escalier ? L'escalier avait maintenant un énorme tas de gravats bloquant ses marches supérieures.

— Joli lancer, dit Briany en arrivant en bas.

— Facile, répondit Gregor. Allez, viens.

Avec Gregor en tête, les deux retournèrent au tapis roulant traversant la longue étendue vers la baie du *Prisa*. Briany ne pouvait pas marcher vite, alors une fois sur le tapis lui-même, Gregor se mit de côté, laissant le moteur électrique du tapis les porter tandis que Briany se préparait à arroser tout ce qui pourrait les poursuivre.

Dans la nuit approchante d'Aurum Trois, les lumières blanches bordant l'arc central du tapis illuminaient le trajet. Dehors, des moteurs plus lumineux s'embrasaient alors que des engins décollaient vers l'espace. Des navettes de largage ? Gregor n'en était pas sûr, mais il se dit que quoi que ce soit, ces lancements ne présageaient rien de bon.

— Merci, dit Gregor quand personne n'apparut après les premières secondes.

— Pour avoir sauvé tes fesses après que tu nous as largués sur Wexer ? répliqua Briany. Ne me remercie pas. Remercie Tarla. J'allais te griller jusqu'à ce qu'elle change la donne.

— Quoi ?

— Vana nous a engagés pour vous griller tous si ses gens échouaient, dit Briany sans détourner son regard de la direction de l'ennemi. D'après ce que j'ai vu là-bas, vous les aviez battus. Je devais attendre, vous empêcher de partir.

— Tu devais attendre ?

Briany haussa les épaules. — C'est Vana qui paie, c'est elle qui nous a donné les ordres. Une fois que vous seriez entrés dans la base, on devait vous y garder ou vous tuer. J'avais le centre, Tarla et les autres avaient le vrai prix.

— Quel vrai prix ?

— Toutes ces lumières là-bas, je suppose, dit Briany. Quelque chose à propos de déclencher une bombe humaine aujourd'hui. Si on devait vous tuer, on devait le faire. Sinon, retarder, retarder, retarder.

Encore plus de questions que Gregor ne pouvait pas balayer avec son marteau.

— On a tué les traîtres là-dedans, dit Gregor en regardant à nouveau la passerelle avec Briany. Ceux qui voulaient ça. Ils sont morts.

— Cool, dit Briany. Ces gens-là n'ont pas signé le contrat avec nous. C'est Vana qui l'a fait.

— Tu aurais pu attaquer là-dedans. Nous arrêter.

— Vous mettre en pièces ? Ouais, j'aurais pu. Vana m'a fait tenir l'autre escalier après votre atterrissage. Briany rit. On dirait qu'elle vous a tous manipulés.

— Elle va perdre.

— On dirait plutôt qu'elle est en train de gagner. Briany plissa les yeux. C'est l'heure du jeu, Gregor.

Levant son canon, Briany lâcha une volée d'éclairs blancs le long de la passerelle. Des silhouettes se dispersèrent loin de l'entrée, s'éloignant de plus en plus. Gregor rangea son marteau dans son étui et sortit ses pistolets. À eux deux, rien ne passerait-

La passerelle s'arrêta, les lumières vacillèrent tandis que le sol tremblait. Gregor bascula en avant, se rattrapant à la rambarde de la passerelle. Briany tomba en arrière, le canon occupant ses mains. Gregor entendit le craquement lorsque ses batteries amortir sa chute, et quand il regarda dans sa direction, il vit des étincelles jaillir de son arme.

Les lumières s'éteignirent. Partout.

D'une base étincelante s'étalant sur un désert doré à une étendue noire éclairée par la lueur résiduelle des moteurs de navette qui s'élevaient en une fraction de seconde. Et la seconde d'après, des lasers transpercèrent l'obscurité, se dirigeant vers Gregor et Briany depuis l'entrée de la passerelle.

— Ils ne demandent même pas qu'on se rende, dit Briany, la douleur perçant dans sa voix. Vous avez dû vraiment les énerver.

Gregor tira deux pitoyables coups de pistolet en direction des tirs ennemis. La visière recouvrait tout le tunnel de menaces potentielles, et ses deux détonations ne firent rien pour diminuer l'assaut. Son armure assistée encaissa des coups, brûlant son épaule gauche et affaiblissant sa plaque pectorale jusqu'à ce qu'elle ne soit guère plus qu'un plastique fragile.

— On ne peut pas rester ici, dit Gregor.

— Super, je ne peux pas courir, répondit Briany. C'est le prix à payer pour avoir ce truc.

— Alors je vais te porter.

Briany commença à protester, mais Gregor s'accroupit tandis que les lasers remplissaient l'espace au-dessus de leurs têtes. Glissant ses gants sous ses épaules, Gregor activa ses propulseurs cinétiques et sauta. Porter Briany empêcha Gregor d'atteindre son apogée habituelle, mais la passerelle n'était pas haute, et le combattant de l'Escouade Sever se souvint du plafond de verre quand il le percuta.

Peut-être que la passerelle avait été conçue pour résister au vent continuel d'Aurum Trois, mais elle n'était certainement pas faite pour bloquer une armure assistée lancée à pleine vitesse. La tête de Gregor la traversa dans un fracas à vous briser les os, brisant le verre et fendant la barre centrale de la passerelle, ainsi que toutes les lumières maintenant éteintes qui y étaient intégrées. Alors que le saut de Gregor s'essoufflait, et avec Briany qui hurlait des jurons tout du long, le duo retomba à travers le verre qui se brisait, provoquant la rupture totale de la passerelle sur toute sa longueur.

Aurum Trois s'empressa de combler ce nouveau vide, soufflant du sable. Le vent violent souleva des éclats de verre et les fit tourbillonner dans le passage tandis que les deux mercenaires atterrissaient. Le saut de Gregor leur avait fait gagner quelques mètres et leur avait offert une énorme distraction.

Ignorant les plaintes de Briany et son propre mal de tête soudain, Gregor tira la Ranger du Crépuscule en arrière. Les lasers s'étaient arrêtés, et bien que Gregor ne sache pas pourquoi, il n'allait certainement pas prendre ce bonus pour acquis.

— Ils ne peuvent pas nous voir, ces abrutis, rit Briany tandis que Gregor l'aidait enfin à se relever. Son sac à dos semblait avoir court-circuité, les étincelles s'éteignant à mesure que les batteries grésillaient. C'est pour ça qu'il faut se rapprocher. Comme ça, on ne peut pas rater.

— Ne leur donne pas d'idées, dit Gregor. Passe devant.

— Laisser une dame mener ? Comme c'est galant.

— Je n'ai jamais vu une dame comme toi.

— Et tu n'en reverras jamais.

Briany prit la place offerte, tournant le dos à l'ennemi et se mettant à courir maladroitement. La fin de la passerelle approchait, et avec elle, un peu de couverture alors qu'ils descendaient dans la baie. Des appels à avancer se faisaient maintenant entendre dans l'air, s'élevant au-dessus du vent. Les forces de DefenseCorp n'avaient pas encore abandonné.

Jamais auparavant Gregor n'avait ressenti du soulagement en retournant dans un espace aussi inquiétant, ensanglanté et ruiné que la baie du *Prisa*. Sans les lumières, sans l'électricité, il dut sortir son marteau et défoncer la porte, mais au-delà, Gregor vit de l'espoir : le *Prisa* était toujours là, et ses feux de position étaient allumés. Quoi qu'il ait endommagé la base elle-même avait laissé le vaisseau de l'Escouade Sever intact.

— Elle a l'air sympa, dit Briany alors qu'ils se frayaient un chemin à travers les décombres et autour des étranges sculptures. Tout le reste ici est vraiment bizarre.

— Tu as raté le meilleur.

— J'imagine.

Derrière eux, des bruits de pas qui se rapprochaient signalaient que leurs poursuivants avaient gagné du terrain. Agissant d'instinct, Gregor bascula sa radio de la fréquence de l'escouade à la diffusion de proximité. Envoyer le signal les trahirait auprès de leurs poursuivants, mais si quelqu'un était à bord du *Prisa*, alors...

— Gregor, mon pote, c'est toi qui fais tout ce boucan

dehors ? La voix douce et sarcastique d'Eponi répondit à son appel en premier. Je dirais que je suis choquée, mais qui d'autre pourrait faire autant de bruit ?

— Baisse la rampe, répondit Gregor, ne prenant pas la peine de répondre à la plaisanterie. On est poursuivis, il nous faut une couverture.

— Je m'en occupe. Eponi pouvait être pleine d'humour, mais la pilote savait quand les affaires devenaient prioritaires. Préparez-vous à l'annihilation. Tarla, va à la tourelle tribord.

Tarla ?

Ce nom déstabilisa Gregor presque trop longtemps avant qu'il ne se souvienne de la deuxième partie importante de la demande.

— Faites-leur peur seulement, ajouta Gregor en balayant un tas de débris avec le marteau, dégageant le passage pour Briany. Pas de morts.

— Pourquoi ?

— Parce qu'il ne veut pas faire de mal à ses vieux potes, intervint Tarla depuis sa tourelle. Vous êtes tous des mauviettes.

— Pas de morts, répéta Gregor.

— Je t'ai entendu, dit Tarla alors que les premiers tirs passaient en sifflant au-dessus de l'épaule de Gregor. Protégez vos yeux, les gars.

Le *Prisa* illumina la baie obscure, tirant des salves orange à faible puissance depuis sa tourelle au-dessus des têtes de Gregor et Briany. Les débris et les sculptures s'enflammèrent ou fondirent, les sifflements et les crépitements cédant la place à des appels à la retraite, à fuir.

— Gregor, attends d'être à l'intérieur, dit Eponi. J'ai une sacrée histoire à te raconter. Mais d'abord, je dois te demander, où est Aurora ?

STRATÉGIE DE SORTIE

Gregor et Briany avaient parfaitement synchronisé leur entrée. Après que toute la base eut tremblé et que toutes les lumières se furent éteintes, Eponi et Tarla avaient passé les minutes suivantes à préparer le *Prisa* pour le décollage. Au moment où l'homme au marteau et la femme au canon, comme les appelait Eponi, firent irruption à travers les débris et la peinture ensanglantée, Eponi était en train de rediriger l'énergie du *Prisa* vers les moteurs.

L'idée ? S'approcher au plus près de la sortie et utiliser la puissance concentrée du vaisseau pour faire fondre un trou.

Ensuite, ils iraient chercher tous ceux qu'ils pourraient, les entasseraient dans la soute du *Prisa* et s'enfuiraient.

— Tu voudrais abandonner la mission inachevée ? dit Gregor en se libérant de son armure assistée dans la chambre centrale du *Prisa*. La combinaison de l'homme portait des marques noires, des trous et toutes les bonnes éraflures qui témoignaient d'un travail bien fait. Tu laisserais Vana en vie ?

— Pas pour longtemps, répondit Tarla, captant le regard suspicieux de Gregor et le lui renvoyant avec un sourire. Votre pilote ici présente a tous les enregistrements dont nous pourrions avoir besoin sur le vaisseau. Une fois en orbite, nous pourrons les diffuser. Même DefenseCorp ne peut pas s'opposer à toute la galaxie unie.

— Tu vois ? ajouta Eponi. Je suis pratiquement la meilleure.

— Tu l'es, mais ça prendra trop de temps, répliqua Gregor. Vana va s'enfuir, ou attaquer.

— Elle le fait déjà, dit Briany, suivant Gregor hors de son armure.

Eponi jeta un œil au gros canon sur le sol, à côté de ses batteries endommagées. Si ce truc explosait, tout le vaisseau pourrait y passer. Ce qui, euh, ne serait pas bon. Peut-être que si Eponi pouvait fourrer le canon dans un casier d'armes, ça pourrait contenir l'explosion-

— Alors nous devons arrêter les navettes, répondit Tarla à quelque chose que Briany avait dit. Je ne suis pas une héroïne, mais je veux mon argent et mes contrats. Ces monstres invisibles ne vont pas nous les prendre.

— Euh, quoi ? demanda Eponi quand tous les regards se tournèrent vers elle.

— Mets le vaisseau en mouvement, dit Gregor. Nous avons des cibles à abattre.

Ah, eh bien, Eponi pouvait faire ça.

Le *Prisa* prit vie peu après, flottant dans cette baie aussi sombre que la mort tandis que Gregor et Briany prenaient leurs positions dans les deux tourelles. Eponi ne pouvait se défaire de cette impression étrange en voyant Tarla dans le siège du copilote à côté d'elle, là où Aurora aurait dû être assise. Les deux capitaines ne pouvaient pas être plus différentes : Aurora semblait toujours soit prête à se battre, soit en train de s'y préparer, droite et sévère. Tarla, elle, se penchait en arrière dans son siège, se curant les dents d'une main et balayant sa console de l'autre.

— Donc on va se frayer un chemin en tirant ? demanda Tarla alors que le *Prisa* tremblait en quittant le sol.

— À moins que tu n'aies un code qui ouvrira la porte ?

— Il faudrait d'abord rétablir le courant. Tarla vit le regard interrogateur d'Eponi - si le capitaine avait vraiment un code, rétablir le courant pourrait être une meilleure option. Désolée, Vana ne m'a pas confié tous ses secrets.

— Et tu ne les as pas pris ?

— Je ne pensais pas en avoir besoin pour vous battre tous.

Eponi supposa que les Rangers du Crépuscule de Tarla n'avaient pas encore éliminé un seul membre de l'Escouade Sever, mais la pilote jugea préférable de ne pas attiser la colère de Tarla tant qu'elle avait besoin de ses mains sur le manche du *Prisa*. Alors que le vaisseau s'élevait au-dessus des décombres et des restes encore fumants de ce qui avait été le virus, Eponi alluma les projecteurs au maximum et se concentra sur la ligne de métal gris qui séparait la baie de la nuit étoilée d'Aurum Trois.

— Tu veux tirer à travers ça ? La voix de Gregor résonna dans l'intercom, nette et claire. Nous n'avons pas le temps.

— Non, dit Eponi. On va prendre un autre chemin.

DefenseCorp avait construit la baie dans le paysage sablonneux d'Aurum Trois, y avait enfoncé une épaisse porte d'entrée et entouré toute la plateforme de métal. Bien que la porte fût standard, épaisse et solide, Eponi estima que les autres zones de la baie n'avaient pas reçu le même traitement. Avec les lumières du *Prisa* brillant de tous leurs feux, les rainures gravées dans les murs de la baie par ces âmes piégées indiquaient clairement que les fondations n'étaient pas conçues pour se défendre contre une attaque.

Car qui attaquerait DefenseCorp, l'entreprise la plus dangereuse de la galaxie ?

— Tout autour de nous, c'est du sable, non ? dit Eponi dans le silence qui suivit son dernier commentaire. Ce n'est pas une fondation stable. Si on tire sur les supports sous cette porte, tout va glisser vers le bas, nous donnant une ouverture.

Encore du silence. Assez longtemps pour qu'Eponi commence à se demander si elle n'avait pas manqué quelque chose d'évident. Tarla la regarda comme si Eponi était devenue folle.

— Je suis pour être courageuse, dit Tarla quand elle vit qu'Eponi la regardait, mais faire s'effondrer une baie sur nos têtes ne semble pas être un bon plan, même pour toi.

— Ça ne va pas arriver, rétorqua Eponi. Nous ne toucherons pas aux autres côtés. Ils maintiendront le toit assez longtemps pour qu'on puisse s'envoler.

— Il vaudrait mieux avoir un timing parfait, ajouta Briany depuis sa tourelle. Ça va être juste.

— J'ai connu pire, dit Eponi.

C'était vrai, d'ailleurs. Au moins une douzaine de courses de karts où un écart d'un centimètre avait fait la différence entre une arrivée réussie et une collision désastreuse.

— D'accord, dit Tarla en secouant la tête. Je n'ai pas de meilleure idée, et à moins que l'un de vous deux, têtes de nœuds, n'ait quelque chose de caché dans vos caboches, je pense qu'on devrait suivre notre pilote et commencer à tirer. Chaque seconde qu'on perd ici, d'autres navettes décollent.

Gregor et Briany ne manifestèrent plus aucune opposition, alors Eponi fit avancer le nez du *Prisa* jusqu'à ce qu'il flotte à deux longueurs de vaisseau de la porte. Utilisant sa console de pilotage, Eponi désigna les sections qu'elle voulait viser, donnant des options aux deux tourelles et à son canon central. Réduisant l'énergie allouée aux boucliers et aux moteurs du vaisseau, Eponi maximisa la puissance de tir.

— Prêts ? dit Eponi.

— Prêts, répondirent Gregor et Briany à l'unisson.

— Alors allez-y, dit Tarla.

Eponi appuya sur la gâchette, et la baie se transforma en un spectacle de lumières spasmodiques tandis que les armes du *Prisa* mordaient profondément dans le mur de la baie. Le métal sous la porte encaissait les coups, devenant de plus en plus orange au fur et à mesure que le déluge continuait. Les trois centres devinrent blancs de chaleur, les bords du métal se repliant sous l'assaut avant de tomber, en cendres, sur le sol.

Gregor et Briany travaillaient de l'extérieur vers l'intérieur, tandis qu'Eponi utilisait la portée plus limitée de son canon central pour dissoudre un trou plus large directement sous le centre de la porte. La destruction se faisait dans le silence, les lasers émettant un gémissement, le métal grinçant et craquant, mais aucune explosion ne secouait la baie, aucun cri d'ennemis ne rendait leur dernier souffle.

Eponi l'aurait qualifié de méditation, serait tombée en transe, si Tarla n'avait pas commencé à pointer du doigt et à crier comme une petite fille.

— Il y a du sable ! Il passe à travers ! Tarla se redressa et pointa du doigt sous le trou brûlant d'Eponi. Je n'arrive pas à croire que ton plan stupide fonctionne !

— Stupide ? Tu pensais que c'était stupide ?

— C'est toujours stupide ! rit Tarla. Je continuerai à le

dire jusqu'à ce qu'on s'en sorte vivants, mais c'est bel et bien du sable là-bas. Incroyable.

L'enthousiasme de Tarla se révéla contagieux, et Eponi ne put s'empêcher de rire avec la capitaine des Rangers du Crépuscule tandis que les trois lasers travaillaient ensemble. Les grains d'Aurum Trois s'infiltraient maintenant à plusieurs endroits, se précipitant contre les fondations qui s'affaiblissaient. Le succès apportait cependant ses propres complications, alors qu'Eponi réduisait la puissance des lasers, en particulier pour son canon central, afin que le *Prisa* ait l'énergie nécessaire pour s'élancer à tout moment.

— La porte tremble, dit Briany. Regardez comme elle bouge.

Les pinces tenant les côtés de la porte, la maintenant par le haut, n'avaient plus de véritable support par en dessous. Le sable continuait d'affluer, la force brisant le métal sur les bords déjà affaiblis par les tirs laser.

— Quand ça arrivera, ça ira vite, dit Gregor. Soyez prêts.

— Oh, tu sais, je regarde un film, répondit Eponi. Laisse-moi juste finir la scène et je reviens tout de suite.

Au moins Tarla gloussa.

La rupture vint avec un avertissement déchirant. Avec un cri perçant qu'ils pouvaient tous entendre dans le *Prisa*, les supports latéraux de la porte cédèrent. L'énorme porte tomba dans le sable mouvant en dessous, arrachant ses attaches supérieures avec elle. Le métal se brisa, se fendit, vola en éclats et plut tout autour du *Prisa* tandis qu'Eponi poussait ces réacteurs.

Devant, l'ancien emplacement de la porte offrait une vue dégagée sur le ciel nocturne. Enfin, pas tout à fait dégagée. Des fils isolés, des poutres et des plaques pendaient sur le chemin. Gregor et Briany tirèrent sur ce qu'ils pouvaient, incinérant les débris tandis qu'Eponi poussait le *Prisa*, avec quelques éraflures et chocs à faire grimacer, dans l'air libre.

Elle aurait pu lever le poing. Aurait pu acclamer.

Le *Prisa* s'élança dans le ciel nocturne comme un oiseau dans une brise d'été, s'élevant au-dessus de la base plongée dans l'obscurité tandis qu'Eponi faisait faire demi-tour au vaisseau pour mieux voir la longue ligne de navettes s'élevant vers l'orbite.

— Donc on va voler au milieu de tout ça ? dit Eponi. Plutôt que de chercher Aurora, Rovo et Sai ?

— Aurora est occupée, dit Gregor.

— Sai et Rovo ont les autres Rangers qui s'occupent d'eux, dit Tarla. On reviendra les chercher. Allons-y.

Mais dire ces mots ne suffisait pas à faire bouger les choses. Eponi devait encore choisir une cible. Ils pouvaient renoncer aux navettes déjà en l'air et essayer d'empêcher de nouvelles de décoller, ou Eponi pouvait diriger le *Prisa* vers la flotte et essayer d'en empêcher autant que possible d'accoster...

Vana ne pouvait gagner qu'en franchissant la ligne d'arrivée.

— Attachez vos ceintures, dit Eponi, en poussant la puissance vers les moteurs du *Prisa* et en propulsant l'engin vers les étoiles.

La trajectoire de vol d'Eponi ressemblait au côté d'un triangle, s'élançant dans une ascension qui intercepterait les navettes juste avant leur sortie de l'atmosphère. Leurs cibles s'élevaient avec la régularité tranquille des pilotes automatiques. Aucune ne réagit lorsque le *Prisa* s'approcha, aucune ne prit la peine d'effectuer des manœuvres d'évitement. Chacune poursuivait son ascension, droit vers ses objectifs.

— Allez les enfants, dit Tarla. Allons les illuminer.

Pas de raison d'attendre d'avoir atteint le front de la

ligne. Pendant qu'Eponi continuait à dépasser les navettes, Gregor et Briany ouvrirent le feu avec leurs tourelles, délivrant des salves brûlantes. Les boucliers absorbèrent certains tirs, tandis que d'autres passaient à travers, pulvérisant le blindage ou perçant des trous. Les navettes de débarquement comme celles-ci étaient conçues pour survivre à un atterrissage forcé sous le feu, mais une attaque concentrée sans couverture ?

Elles tomberaient rapidement.

Le pare-brise du *Prisa* s'illumina d'un blanc aveuglant pendant une dure seconde, suivi d'une alarme stridente. Eponi coupa le son d'un geste tout en faisant entrer le *Prisa* dans une vrille. D'autres tirs suivirent, leurs lasers remplissant l'air autour du vaisseau de Sever.

— Ces navettes ont des dents, dit Tarla, fixant sa console. Pas de très bonnes dents, mais des dents quand même.

— Ils automatisent tout, dit Eponi. Je vais danser, vous continuez avec les lasers.

Elle devrait siphonner un peu plus de puissance des tourelles pour donner au *Prisa* quelques boucliers pour encaisser les coups inévitables, mais Eponi miserait son pilotage contre les canons d'un ordinateur n'importe quand. Cependant, alors qu'Eponi revenait en boucle vers la ligne ascendante de navettes et voyait les quatre tourelles par navette prendre leurs tirs d'essai vers elle, elle sentit un malaise nauséeux dans son ventre.

— Abattez-les vite, dit Eponi, alignant le *Prisa* pour que les trois canons puissent trouver une cible, car si vous ne le faites pas, nous serons les suivants.

— Je viens juste d'avoir ce vaisseau, ajouta Tarla. Je ne veux pas le voir endommagé.

Si les lasers entrants ne remplissaient pas le pare-brise

d'Eponi, elle aurait dit quelque chose. En l'état, la pilote se pencha en avant, agrippa le manche de vol, et essaya de tous les garder en vie.

MESSAGERIE

Une quête déjà désespérée pour trouver le centre de communication est devenue impossible lorsque les lumières se sont éteintes. Traversant le sable aussi vite que son armure motorisée le lui permettait — ce qui, étant donné les grains glissants, n'était pas très rapide — Rovo visait la destination trapue et éclairée que son ancien otage lui avait indiquée.

Puis le sol a tremblé, les dunes ont frémi, et tout est devenu sombre.

Enfin, pas tout : les moteurs des navettes brillaient de mille feux lors de leurs décollages, et l'immense flotte de DefenseCorp ressemblait à une constellation condensée dans le ciel. Ensemble, leur lumière argentée donnait aux dunes un aspect fantomatique, comme si Rovo était tombé dans un cauchemar.

— Ça collerait bien, marmonna Rovo, debout près de la crête d'une dune et regardant dans l'obscurité.

Il n'était pas si loin des baraquements, mais si les portes n'avaient pas d'électricité, Rovo devrait les défoncer.

Possible, peut-être, avec l'armure motorisée et ses propulseurs, mais l'idée ne prit pas d'élan alors que ses yeux revenaient vers toutes ces navettes qui décollaient. Certaines allaient bientôt atteindre la flotte de DefenseCorp, probablement bien avancées dans leurs procédures d'amarrage.

Si un message devait avoir un quelconque effet, la recrue devrait l'envoyer maintenant. Ou, de préférence, il y a quelques minutes.

Des éclairs dans le ciel maintinrent le regard de Rovo vers le haut. Un sillage de moteur plus brillant, appartenant à un vaisseau plus grand que ces navettes de largage, semblait zigzaguer entre l'assaut de Vana. Des tirs jaunes et orange jaillissaient des navettes et de l'engin en looping, ressemblant à des étincelles depuis la position éloignée de Rovo. Peut-être qu'un des vaisseaux de DefenseCorp avait compris la vérité et avait envoyé quelqu'un pour arrêter les navettes.

Un seul vaisseau, cependant, ne suffirait pas contre tous ces vaisseaux en ascension. La réponse saccadée et coordonnée des navettes indiquait que leurs ordinateurs de vol géraient le feu, mais le volume pur des tirs constellait des éclairs verdâtres autour du vaisseau combattant. Pourtant, la façon dont l'engin virevoltait, plongeait et coupait tout en maintenant ses lignes de tir arracha un sifflement des lèvres de la recrue.

— Eponi, tu devrais voir ça, dit Rovo, diffusant sur la fréquence de l'escouade, s'attendant à ce que le message n'aille nulle part. Il y a un vaisseau ici qui vole comme toi.

— C'est parce que c'est elle, espèce d'idiot, répondit la voix de Tarla sur la fréquence, et Rovo faillit tomber dans le sable. Elle est là-haut en train de sauver ton cul d'imbécile. Où es-tu ? Quelque part d'inutile à faire des choses inutiles ?

Rovo décida de ne pas réfléchir à la question de Tarla.

— Comment es-tu sur... commença Rovo, mais Tarla le coupa à nouveau.

— Nous sommes dans le *Prisa*, en train de faire ce qui doit être fait, dit Tarla. Tu ferais peut-être mieux de te taire et de laisser ce canal libre pour des informations importantes.

Rovo se tut effectivement, ne serait-ce que parce qu'il examina plus attentivement le vaisseau qui dansait à travers les faisceaux laser. Les points commencèrent à se connecter d'eux-mêmes : il pouvait envoyer des transmissions parce que l'alimentation de la base était coupée pour une raison ou une autre, et maintenant leurs signaux n'étaient plus brouillés. Eponi avait dû sortir le *Prisa* avant que cela ne se produise, dans une sorte d'accord avec Tarla.

Tarla, qui avait maintenant décidé de changer de camp ?

Cette mission devenait de plus en plus étrange.

Au-dessus, le *Prisa* plongea pour une autre passe. Des éclairs orange illuminèrent une navette, qui étincela, puis s'embrasa. Comme une fleur qui s'épanouit, la blessure de la navette s'élargit tandis que l'engin s'inclinait, puis se retournait vers la surface d'Aurum Trois dans une plongée enflammée. Rovo regarda, la brise tourbillonnant autour de lui avec son cortège de sables, la navette qui tombait devenir de plus en plus grande.

Pendant un long moment, Rovo pensa que le vaisseau en chute allait le percuter, mais les moteurs de l'engin continuaient de cracher suffisamment pour transformer sa chute en un glissement descendant. Le vaisseau en feu passa au-dessus de la tête de Rovo, emportant avec lui chaleur et une vague de débris qui rebondit sur l'armure motorisée du combattant de Sever comme s'il avait été bombardé de petits cailloux.

Rovo fit quelques pas, regardant la navette s'écraser dans et à travers la dune suivante, s'arrêtant pour se reposer pas très loin. Une situation critique, mais qui pourrait aussi présenter une opportunité.

Les navettes de largage n'avaient pas grand-chose, mais elles pouvaient communiquer.

Se lançant dans de grandes enjambées, Rovo courut à moitié, dégringola à moitié sa dune et remonta la suivante. Il avait toujours été reconnaissant que l'armure motorisée puisse supporter le vide, mais maintenant Rovo applaudissait les ingénieurs pour ce joint hermétique et sa capacité à tenir à l'écart tout ce foutu sable. Combattre contre un agent sinistre et ses combinaisons invisibles était déjà assez pénible, le faire avec du sable s'infiltrant partout aurait été le pire.

Arrivant au sommet de la dune suivante, Rovo baissa les yeux sur la navette en ruine et confirma ses espoirs : le cockpit semblait cabossé, mais par ailleurs intact. L'arrière de la navette, où se trouvaient toutes ces troupes droguées, semblait être dans un état lamentable. Les moteurs brillaient encore, mais avec si peu de lumière et de poussée qu'ils ne pouvaient pas déplacer leur vaisseau contre le grain.

Rovo n'avait rien vu d'aussi beau depuis longtemps.

— Je vais te montrer qui est inutile, marmonna Rovo en descendant lourdement la dune vers son prix.

De près, la navette en feu avait certainement l'air d'un enfer. Ayant déjà été à bord de ces vaisseaux, Rovo ne put réprimer un peu de tristesse pour l'engin. Il n'avait pas demandé à être enrôlé dans un plan machiavélique. La navette de largage aurait dû être utilisée pour un raid géant contre une pauvre population ciblée par des groupes plus riches et puissants qui pouvaient se permettre les tarifs de DefenseCorp.

Peut-être était-ce une bonne chose que Sever ait quitté les rangs de DefenseCorp. L'âme de Rovo s'en porterait peut-être mieux.

Rovo accéda au cockpit de la navette par le seul moyen qui s'offrait à lui : en brisant le pare-brise d'un puissant coup de pied amplifié par la cinétique. Enjambant les débris de verre pour pénétrer dans l'espace exigu, Rovo constata que la console du pilote fonctionnait toujours. Désactivant le pilote automatique paniqué, Rovo effectua un geste complexe — difficile avec ses gros doigts gantés — pour accéder au programme de diffusion de la navette.

Quelques tapotements supplémentaires lancèrent une transmission simultanée sur tous les canaux de Defense-Corp, garantissant plus ou moins que tout vaisseau à l'écoute entendrait ce qu'il avait à dire. Rovo s'éclaircit la gorge, tendit la main pour ouvrir sa ligne et sentit une main sur son épaule.

La main agrippa et tira, arrachant Rovo à sa transmission et l'envoyant au-delà de son assaillant dans une chute vers la moitié en feu de la navette de largage. La chaleur traversa sa combinaison, les crépitements d'un vaisseau en flammes emplirent les oreilles de Rovo, mais tout cela n'était rien comparé à ce qu'il vit.

Se dressant au-dessus de lui comme une terreur hétéroclite se tenait l'une des horreurs de Vana. Protégé par sa combinaison invisible, l'homme avait survécu à l'assaut laser avec son corps intact, bien que l'armure ait des morceaux manquants, révélant que l'uniforme bon marché en dessous avait brûlé. Le casque de l'homme, brisé, laissait voir un visage couvert de cendres, une bouche figée dans une grimace permanente et des yeux aussi rouges que Rovo en avait jamais vu.

— Salut, mon pote, dit Rovo, mais l'homme ne semblait pas avoir entendu ses mots.

Au lieu de cela, poussant quelque chose entre un grognement et un cri, l'homme arracha un couteau déformé par la chaleur d'un étui de sa combinaison et le plongea vers la poitrine de Rovo. Le bleu dévia le coup, attrapant le poignet gainé de l'homme avant qu'il ne puisse le toucher. Avec l'armure assistée, Rovo aurait dû pouvoir jeter l'homme comme une poupée de chiffon.

Au lieu de cela, alors que la visière de Rovo sonnait l'alarme, l'homme continua de pousser. Le couteau se rapprocha.

— Ça ne devrait pas être possible, dit Rovo, tendant la main droite pour dégainer un pistolet. Impressionnant, mais je ne vais pas te laisser me poignarder.

Rovo releva brusquement le pistolet et tira sur l'homme dans la poitrine. Le soldat de Vana recula d'un mètre contre le côté de la navette, permettant à Rovo de se relever. Avec la distance gagnée, Rovo leva le pistolet, le doigt sur la gâchette pour délivrer quelques réponses fatales supplémentaires à la question de savoir si le soldat survivrait au crash.

Un autre corps le percuta par derrière, projetant Rovo en avant. Le bleu eut à peine le temps de se retourner avant qu'une autre pauvre âme, celle-ci activement en feu, ne traverse en hurlant et ne plaque Rovo à travers les restes du cockpit et dans le sable au-delà. Heurtant le sol, Rovo essaya de lever les bras, essaya de placer son pistolet pour tirer, mais son ennemi d'origine revint, saisissant l'arme et l'arrachant.

Le trio brûlant, brûlé et complètement rôti se jeta sur Rovo, frappant son armure assistée, cherchant leurs couteaux et poignardant ses bras, sa poitrine, ses jambes. Le bleu frappait, donnait des coups de pied, déviait, mais chaque fois qu'il repoussait l'un des monstres, ils revenaient immédiatement à la charge, insensibles à la douleur.

Pour la première fois depuis Gillane Quatre, Rovo crut qu'il allait mourir.

La peur attaqua le bleu autant que les soldats, jetant ses mouvements dans une panique. Rien dans l'entraînement de DefenseCorp ne couvrait un assaut suicidaire comme celui-ci, rien ne couvrait des expériences scientifiques ratées vous attaquant avec une intention meurtrière.

Rien ne préparait Rovo à être si totalement seul.

— Tu veux bien arrêter de crier, mec ? Les mots arrivèrent chauds et forts, et Rovo réalisa qu'il criait effectivement. Je suis presque arrivé, mais je ne peux pas réfléchir avec toi qui hurles comme ça, tu sais ?

Rovo cligna des yeux, sentit une piqûre aiguë lorsqu'un des soldats glissa une lame dans son épaule. À peine le monstre avait-il retiré son attaque pour en faire une autre qu'un long câble jaillit, s'enroula autour du cou du soldat et l'arracha de Rovo. Le suivant reçut un tir de pistolet dans son visage confus, et Rovo lui-même s'occupa du troisième avec un coup sans entrave.

Le bleu voulait s'effondrer dans le sable, mais s'il y avait une chose à laquelle son entraînement l'avait préparé, c'était à accomplir la foutue mission quoi qu'il arrive.

Se redressant, Rovo vit son sauveur neutraliser le dernier soldat. Ou plutôt, il en vit les résultats. La combinaison de Javelin fonctionnait parfaitement, rendant l'homme presque invisible.

— Merci pour le sauvetage, dit Rovo, remontant dans le cockpit de la navette de largage et confirmant que le système de communication fonctionnait toujours. Je les aurais eus cependant. Encore une minute.

— Vraiment ? répondit Javelin de quelque part — c'était difficile, constata Rovo, d'avoir une conversation avec quelqu'un quand on ne savait pas où il se trouvait. De mon point de vue, je t'ai sauvé la mise, bleu.

Maintenant les Twilight Rangers appelaient aussi Rovo bleu ?

— Vois les choses comme tu veux, répliqua Rovo, tapotant à nouveau sur le système de diffusion. Tais-toi une minute. Je dois vendre une invasion à un tas de gens qui veulent ma mort.

Une fois qu'il commença à parler, cependant, Rovo trouva les mots qui coulaient comme d'habitude. Il commença par une déclaration d'urgence, disant à tous ces vaisseaux là-haut que les navettes entrantes n'apportaient que la mort. Pour appuyer son argument, Rovo demanda à ces vaisseaux de DefenseCorp de contacter eux-mêmes les navettes, voir ce qu'elles diraient.

— Vous verrez qu'elles ne répondront pas, même si elles vous envoient les bons codes d'amarrage, dit Rovo, tirant vers une conclusion. Ne les laissez pas atterrir sur votre vaisseau. Si vous le faites, vous le perdrez. Et, si vous avez un chasseur ou deux, envoyez-les pour nous aider à griller ces salauds.

Javelin avait retiré son casque et se tenait à regarder Rovo depuis l'extérieur de la navette pendant que le bleu terminait son discours.

— Un vrai discours pour la postérité, mec, dit Javelin. J'en aurais presque versé une larme.

Rovo aurait levé les yeux au ciel, aurait répondu quelque chose de sarcastique, mais la navette de largage émit un nouveau bruit qui ressemblait à une surcharge de ses batteries.

Alors les deux combattants coururent dans le sable à la place.

16

LES CELLULES

Si Aurora avait acheté sa survie en attirant les gardes de DefenseCorp dans le laboratoire derrière elle, elle la revendit quand le courant se coupa. Les cellules, bloquées par des portes renforcées au laser, plongèrent dans l'obscurité en même temps que le couloir, condamnant tout le monde aux ténèbres. Des jurons fusèrent de certaines voix tandis que d'autres tentaient d'organiser ce groupe disparate en un semblant d'ordre.

Aurora se redressa, son viseur affichant une belle litanie de problèmes que son armure avait détectés pendant le sprint et le choc qui avait suivi. La structure de l'armure présentait des fractures, l'articulation du genou gauche d'Aurora était endommagée, et si elle n'était pas prudente, la capacité de l'armure à l'aider à bouger ses lourds membres risquait de s'effondrer.

Ce dernier point réduirait le capitaine de l'Escouade Sever à l'état de statue vulnérable et immobile.

Le viseur, cependant, s'adapta au manque de lumière. Passant au spectre infrarouge, Aurora put voir la confusion du groupe qui l'avait poursuivie alors qu'ils se réorientaient.

Certains pointaient leurs armes — des flous bleuâtres en raison de leurs températures froides — vers Aurora, tandis que d'autres les dirigeaient vers les cellules.

L'atmosphère était tendue comme un fil, prête à se rompre.

— Ne tirez pas, s'il vous plaît, tenta Aurora, l'armure amplifiant sa voix suffisamment pour couvrir toutes les autres. Les choses ici pourraient être dangereuses, et nous sommes tous du même côté.

— Du même côté ? répliqua l'homme qui avait mené la charge. Tu es une meurtrière et une traîtresse.

— J'essaie de vous sauver, répondit Aurora, reculant d'un pas malgré tout. Plus elle mettrait de distance maintenant, plus il serait facile de faire demi-tour et de courir le moment venu. Vana essaie de vous transformer en ces choses.

Des murmures parcoururent la foule. Plus d'armes se pointèrent dans sa direction, mais personne n'avait encore tiré.

— Ah ouais ? dit le même homme, apparemment le leader du moment. Et qu'est-ce que c'est exactement, ces *choses* ?

— Des expériences, dit Aurora. Je n'ai pas le temps d'expliquer maintenant, mais quand vous retournerez à vos vaisseaux, cherchez Dynas. Helix. Vous ne trouverez peut-être rien, mais continuez à creuser. Tout sera là, y compris la raison pour laquelle vos patrons sont morts aujourd'hui.

— Ça ne va pas marcher...

La réplique fut interrompue par un bruit sourd provenant d'une cellule vitrée sur la gauche. Aurora vit la forme oblongue rouge et orange bouger comme un chat traquant sa proie dans sa cage. Il avait testé la porte et constaté l'absence de barrière électrique. Plus de chocs. Et il hurla.

Aurora frissonna lorsque le cri sifflant et vibrant résonna dans le couloir, un bruit semblable à celui d'une gorge éventrée poussant tout l'air qu'elle pouvait rassembler. Comme une meute horrible, les créatures dans les autres cellules reprirent le cri, faisant écho des mêmes tons tourmentés.

Peut-être était-ce une autre expérience, une qui transformait les soldats déjà déformés en groupes de chasse plutôt qu'en individus assoiffés de sang.

Dans tous les cas, il était temps pour Aurora de partir.

— Si j'étais vous, dit Aurora en continuant de reculer, je retournerais à vos vaisseaux et je partirais. Rien de bon ne va se passer ici.

Elle fit volte-face alors que les voix lui criaient de s'arrêter, de donner plus d'informations et d'explications. Aurora les ignora, même lorsqu'elle entendit les portes des cellules continuer à claquer, entendit le premier verre commencer à se fissurer. Elle devait trouver Vana, puis quitter cette planète cauchemardesque.

Les murs du couloir se présentaient en bleu doux, leur chaleur capturée donnant à Aurora suffisamment d'informations pour savoir où marcher. La vue froide ne lui disait pas où Vana était allée, cependant, laissant un labyrinthe frustrant à interpréter.

Ce labyrinthe, cependant, n'était pas fait que de murs.

Alors qu'Aurora s'éloignait du combat derrière elle, les cellules au-delà claquaient et se fissuraient tandis que leurs occupants cherchaient la même liberté gagnée par leurs frères. Sortant son fusil et accélérant le pas, Aurora essaya de ne pas se laisser distraire par les cris étranges, la plupart suffisamment proches d'un cri humain.

Difficile, cependant, de l'ignorer quand une cellule se brise devant vous, son verre s'éparpillant dans le couloir.

Aurora avait son fusil levé et prêt quand la chose trébucha hors de sa prison. Avec des muscles saillants et irréguliers témoignant d'une manipulation génétique qui avait mal tourné, la personne, ne portant rien d'autre qu'une fine robe déchirée, regarda Aurora avec le même chaos sauvage que le commandant de Sever avait vu depuis la tourelle du *Prisa* lorsque Sever avait atterri ici.

— Désolée, dit Aurora, et elle le pensait vraiment.

Muscles ou pas, le fusil fit son travail et envoya la victime fumante au sol. Aurora enjamba le corps, continuant plus profondément. Trois autres cellules se brisèrent alors qu'elle marchait, chacune dégorgeant une autre expérience à éliminer. Aussi perturbantes que fussent les créatures, elles avaient au moins peu de considération pour la tactique, choisissant des charges aveugles plutôt que quoi que ce soit de vraiment dangereux.

Tant que le fusil d'Aurora aurait de l'énergie, elle pourrait continuer à chercher.

Gregor avait utilisé les empreintes dans le tapis pour suivre Vana depuis leur première rencontre jusqu'à la baie, mais les sols durs ici n'offraient pas de réponses aussi faciles. Au lieu de cela, Aurora essaya d'éliminer les chemins par intuition et possibilité. Avec le courant toujours coupé, les portes avec des scanners ne s'ouvriraient pas. Aurora pouvait les défoncer avec le temps, mais plutôt que d'enfoncer chaque option, elle essaya de deviner où Vana pourrait se diriger.

La baie aurait été un choix évident. Avec la plupart de ses rivaux pour le contrôle de DefenseCorp éliminés par Aurora et Gregor, Vana aurait pu se retirer dans un vaisseau et le faire décoller vers la flotte. Déclarer son contrôle là-bas, et peut-être se retrouver à la tête d'une vaste corporation prête à s'emparer de la galaxie.

Au lieu de cela, Vana avait continué à courir. Du moins, Aurora devait le supposer. Elle imaginait que l'agent aurait pu se faufiler dans l'un de ces vaisseaux et y rester, mais la sécurité agressive suggérait le contraire. Ce qui laissait une question : pourquoi fuir ici, vers ces expériences ?

Peut-être pour entraîner Aurora à travers plus de monstres qui pourraient l'éliminer.

Peut-être pour perdre Aurora dans le labyrinthe des cellules.

Mais il y avait des signes, difficiles à lire dans le spectre infrarouge mais néanmoins présents, sur les murs indiquant les directions. Ce virage mènerait Aurora à un laboratoire de confinement, quoi que cela puisse être, tandis qu'un autre l'amènerait à l'approvisionnement central. Aucune de ces destinations ne semblait probable pour un agent poursuivi, un agent effectuant une prise de contrôle brutale.

L'administration, en revanche ? C'était une option plus plausible. Une fois qu'Aurora eut repéré le panneau indiquant la bonne direction, elle se mit à courir. Son armure de puissance protesta, les articulations affaiblies et les moteurs brisés faisant pencher la course d'Aurora vers la droite, nécessitant un redressement occasionnel vers la gauche.

Ennuyeux ? Très.

Sur la longue liste des problèmes de champ de bataille qu'Aurora avait gérés ? Près du bas.

L'entrée de l'administration avait le même aspect que toutes les autres : scanner mort, lourde traverse décourageant les ruées brutales. Elle avait aussi une différence cruciale : une teinte bleue plus vive que les autres portes qu'Aurora avait croisées. Cela ne signifiait qu'une chose : de la chaleur, peut-être provenant de quelques corps vivants de l'autre côté.

Aurora fronça les sourcils devant la porte pendant un

long moment, mais aucun miracle ne se présenta. Une entrée discrète n'allait tout simplement pas se produire. En s'approchant, Aurora planta son pied gauche et balança son pied droit. Son pied botté frappa la porte une fois, deux fois, trois fois. Chaque coup augmentait un peu plus la puissance du booster cinétique, et la visière sonna lorsqu'Aurora atteignit le maximum.

Pour le grand coup de pied, Aurora visa bas. Elle concentra toute la puissance qu'elle put rassembler, et le coup résonna d'un craquement sonore dans le couloir. Son coup de pied bas arracha la porte de ses gonds et l'envoya voler tête-bêche dans la pièce au lieu de la faire tomber au sol. Des flashs accueillirent la porte, des lasers frappant son métal au lieu de continuer et de toucher Aurora.

Levant son fusil à l'épaule, Aurora suivit la porte alors qu'elle s'écrasait au sol. Deux agents se tenaient en face, accroupis derrière un bureau couvert de postes de travail. Toute la pièce correspondait à leur position choisie : des bureaux et de larges écrans maintenant éteints. Pas de lumières, et les agents prouvèrent leur désavantage en mitraillant leurs tirs vers l'endroit où Aurora avait été, pas là où ses foulées l'avaient menée.

Ils ne pouvaient pas voir Aurora clairement. Ils ne pouvaient pas avoir un tir net alors qu'Aurora fonçait à travers la pièce. Utilisant les bureaux et leur contenu comme couverture, Aurora se baissa et utilisa son épaule pour renverser le mobilier, envoyant voler les composants et masquant ses pas avec le cliquetis des débris. Elle pouvait voir les agents, leurs formes orangées les trahissant, alors qu'ils commençaient à faire leurs propres mouvements vers une autre sortie, celle-ci étiquetée pour les urgences.

— Arrêtez ! cria Aurora alors que les deux agents réalisaient leur probable défaite et s'enfuyaient. Vous n'y arriverez pas !

Il y avait des gestes qu'Aurora faisait sans s'attendre à ce qu'ils réussissent, des mouvements qu'elle faisait vers un univers moral ou une conscience tranquille, comme pour pouvoir dire, quand une personne fatidique demanderait, qu'elle avait essayé de trouver une issue pacifique.

Ces gestes ne fonctionnaient jamais vraiment. Ils fournissaient la couverture pour les tirs qui suivaient.

Sauf que, cette fois, les agents s'arrêtèrent effectivement. Leurs mains se levèrent, et les coups secs de leurs pistolets heurtant le sol stupéfièrent suffisamment Aurora pour qu'elle ne dise rien à ses nouveaux prisonniers.

— Ne nous tuez pas, dit l'agent de droite, debout dans le seul espace ouvert au centre de la pièce. Nous nous rendons.

— Que j'accepte ou non dépendra de ce que vous pourrez me dire, dit Aurora, retrouvant sa voix. Quelques pas craquants l'amenèrent près de la paire immobile. Où est Vana ?

— Elle est partie, dit l'autre, une femme et plus âgée en plus, une voix rauque avec le temps et le stress. Nous étions censés retarder quiconque viendrait après. À moins que nous ayons la chance de vous tuer.

— Retarder pourquoi ?

— Je ne sais pas, dit l'homme, mais elle se dirige vers son vaisseau. Nous devions la rejoindre là-bas.

Donc Vana essayait de s'échapper, juste à sa manière. Peut-être qu'elle ne faisait pas confiance à tous ces gens qui avaient travaillé pour le groupe qu'Aurora et Gregor avaient exécuté. Probablement un choix intelligent.

— Alors je n'ai pas beaucoup de temps, dit Aurora, prenant un moment pour écraser les deux pistolets des agents. Ils craquèrent et fumèrent sous ses bottes. Que diriez-vous de retourner dans l'autre sens, vous deux. Il y a des gens de DefenseCorp là-bas qui pourraient vous donner un coup de main si vous demandez gentiment.

— À travers les cellules ? rit la femme. Nous n'y arriverions jamais.

— C'est votre choix, dit Aurora, ne s'arrêtant pas alors qu'elle se dirigeait vers la sortie. Si je vous attrape à me suivre, je tire.

La capitaine de Sever ne regarda pas en arrière. La visière préviendrait Aurora s'ils la poursuivaient.

— Attendez ! cria l'homme alors qu'Aurora atteignait la porte de sortie. Vous êtes avec Sever, n'est-ce pas ? Le groupe dont Vana a dit qu'il nous attaquait ?

— Quelle importance ?

— Parce qu'il y a quelque chose que vous devriez avoir. Aurora se retourna alors que l'agent sortait quelque chose de petit de sa poche. Je ne peux pas vraiment voir où le lancer ?

— Vers le panneau d'urgence.

Quand l'objet quitta la main de l'agent, il contenait assez de chaleur pour ressembler à un petit point vert, puis bleu. Laissant son fusil levé et prêt dans sa main gauche, Aurora attrapa l'objet en vol. Elle l'examina attentivement. Un lecteur, comme celui que Vana avait donné à Sai sur le *Nautilus*.

— Qu'y a-t-il dessus ? demanda Aurora.

— Je ne suis pas sûr, répondit l'homme. Vana a dit que si nous ne vous tuions pas, nous devrions vous donner ceci à la place.

— C'est tellement gentil de sa part. Aurora glissa le lecteur dans une fente de poche sur sa jambe droite. Allez-y.

Les deux agents n'offrirent rien d'autre, bien qu'Aurora n'attendît pas pour voir quel choix ils feraient. Qu'ils vivent ou meurent n'était pas le souci d'Aurora.

La sortie de secours menait à une cage d'escalier isolée montant et descendant. Des diodes oranges bordaient les marches. Aurora dut deviner, décidant qu'une trappe d'évacuation soudaine serait plus probable en bas qu'en haut. Toute attaque orbitale commencerait par le haut, laissant une fuite souterraine plus plausible.

Avec son armure déviante et abîmée, Aurora sauta d'un palier à l'autre, chaque coup la rapprochant de plus en plus. Finalement, Vana avait épuisé ses cachettes.

17

LE SOUTERRAIN

Appuyer sur le bouton de l'ascenseur aurait dû fermer les portes, bloquer les flammes, l'explosion. Appuyer sur le bouton de l'ascenseur n'a rien fait, car au moment même où Sai frappait avec son katana, la base a cessé de tirer de l'énergie. Les mines ont explosé, détruisant le boîtier de la batterie, et avant que Sai ne comprenne vraiment l'ampleur du danger, toutes les lumières se sont éteintes, ne laissant que l'illumination provenant de la lueur orange-rouge qui s'étendait.

La chaleur et les flammes qui l'accompagnaient ont déferlé sur Sai et Perro, ce dernier hurlant ce qu'il devait penser être ses derniers mots. L'armure de Sai criait aussi, lui indiquant ce que les fuites de sa combinaison endommagée lui disaient déjà par le toucher : encore quelques secondes et il serait aussi grillé que les agents à l'extérieur.

Retournant le katana, suivant un instinct désespéré pour s'éloigner de la chaleur, Sai a coupé dans le plancher de l'ascenseur. Le coup du katana a ajouté des étincelles au feu, dont l'une a trouvé la combinaison de Perro particulièrement appétissante. L'homme ressemblait à une bougie, agitant ses bras alors que les flammes l'enveloppaient.

Une deuxième coupe, puis une troisième. Les yeux de Sai se sont embués, ses jambes brûlaient. Il sentait ses propres cheveux commencer à fumer.

Une quatrième coupe et le sol s'est effondré. Un carré d'un demi-mètre s'est agrandi lorsque Sai a détaché un autre morceau d'un coup de pied.

— Vas-y ! a crié l'épéiste, bien que ses mots aient disparu dans le rugissement du feu, un bruit constant de moteur alors qu'il dévorait l'oxygène.

Que Perro ait entendu le cri de Sai ou non, l'homme en feu et sa combinaison svelte ont fait un pas et sont tombés par le trou tandis que Sai donnait un autre coup de pied, essayant d'agrandir suffisamment l'espace pour que son armure puisse passer. Pas que cela aurait de l'importance si la chute se prolongeait sur plusieurs mètres, mais une chute promettait une meilleure mort que le feu. Un autre coup de pied, un autre petit morceau.

Sa visière hurlait plus fort. L'armure elle-même devenait chaude maintenant, son propre système de refroidissement incapable de lutter contre le souffle brûlant continu venant du four explosé.

La réponse est venue quand la visière a posé une question, demandant à Sai s'il voulait évacuer son armure compromise. Faisant un dernier pas au-dessus de son trou de fortune, Sai a lâché son katana, le laissant tomber dans l'obscurité en contrebas. La lame pourrait transpercer Perro, mais si Sai devait choisir entre la vie du mercenaire et l'épée de sa famille, eh bien, il avait déjà fait son choix.

Debout au-dessus du trou, Sai a ordonné à l'armure de l'éjecter. Les engrenages ont grincé contre les fixations en fusion, mais l'armure a réussi à exécuter une dernière commande. Pendant un instant, Sai a ressenti une chaleur suffocante. Ses yeux, toujours fermés, brûlaient. Ses cheveux courts ont fini de se consumer en un feu droit.

Son estomac s'est noué alors que Sai tombait à travers le trou, la vitesse soudaine et l'air plus frais éteignant le feu dans le court instant entre la chute et une collision rebondissante et fracassante avec ce qui ressemblait à un oreiller ferme. Sai a roulé, s'arrêtant sur le dos, regardant la lueur orange au-dessus.

— Tu ferais mieux de bouger au cas où cet ascenseur tomberait, a dit Perro, sa voix plus un râle que des mots humains. Merci de m'avoir presque tué avec cette foutue épée.

Sai voulait se lever. Voulait voir comment Perro avait lui-même survécu. À ce moment-là, cependant, son corps semblait se contenter de se prélasser dans sa propre ruine. Sai avait déjà été brûlé auparavant, lors de diverses missions et par divers lasers, mais aucun brasier n'avait égalé celui-ci. La combinaison qu'il portait sous l'armure couvrait son corps de la tête aux pieds, remontant jusqu'au cou, et elle semblait avoir fait son travail : Sai avait mal, mais il n'avait pas perdu de membre.

Son visage, cependant, picotait d'une douleur différente. En y portant la main, Sai a confirmé que ses sourcils avaient disparu, tout comme ses cheveux. Un sentiment de choc et d'engourdissement le picotait au toucher, un sentiment qui, selon lui, se transformerait en agonie dans peu de temps s'il ne s'en occupait pas.

— Allez, a dit Perro, et Sai a vu la main de l'homme s'approcher. Tu as l'air d'être passé par l'enfer. Voyons si quelque chose dans ma combinaison a survécu.

— Toi, tu as survécu, a répondu Sai, prenant la main et se remettant sur ses jambes instables.

La lumière ne brillait pas au fond du puits, mais la lueur au-dessus donnait suffisamment d'éclairage pour montrer à Sai le rembourrage prévu pour un ascenseur en chute libre. Heureusement que DefenseCorp tenait ses réglementations de sécurité à jour. Le katana sortait du coussin comme un drapeau, et Sai, chaque mouvement étirant sa peau brûlée, a sorti la lame.

Perro, pendant ses moments seul, s'était précipité vers une alcôve sur le côté. Sai s'attendait à un placard d'entretien ou un petit endroit pour un poste de travail surveillant l'état de l'ascenseur. Au lieu de cela, la plateforme de Perro semblait s'ouvrir sur un autre étage, non répertorié sur le panneau de l'ascenseur. Une porte, complète avec un scanner hors tension, se tenait sans marque et en attente.

— Étrange de trouver une porte ici, non ? a demandé Perro alors que Sai s'asseyait sur le palier à côté de lui. Le mercenaire a commencé à fouiller dans les restes calcinés de son ancienne combinaison. Cela dit, connaissant cet endroit, ce n'est peut-être pas si étrange.

— Je doute que nous aimions ce qui se trouve de l'autre côté, a dit Sai.

Sa combinaison avait des endroits où le tissu avait brûlé, et celle de Perro n'avait pas meilleure allure. Ni l'un ni l'autre n'avait d'armes à part les épées, le katana de Sai et la lame rouge et bourdonnante de Perro. Que leurs pistolets n'aient pas explosé, fondant plutôt, était un coup de chance et une conception solide de la part de ceux qui les avaient fabriqués.

— Tiens, a dit Perro, tendant un tube froissé dont le bouchon manquait. Je pense qu'il a éclaté pendant l'explosion. On peut le partager.

La pommade ne couvrait pas la moitié des brûlures de Sai, mais il l'a étalée aussi finement qu'il le pouvait. Au moins, la lotion fraîche empêcherait Sai de s'évanouir à cause de la douleur à venir. Perro s'est occupé de son application, et ensemble, les deux se sont assis sur le palier, observant la lueur orange au-dessus.

— On aurait dû mourir là-dedans, dit finalement Perro. J'arrive pas à croire ce que t'as fait avec cette épée. Je viens juste de-

— J'ai vu, l'interrompit Sai. Je croyais que tu savais garder ton sang-froid en situation de crise ?

— Oh, parce qu'on a tous l'habitude de se faire exploser, c'est ça ?

— Ce ne sont pas les détails qui comptent, répliqua Sai.

— Si tu crois que je vais m'énerver pour ce que tu insinues, tu te trompes, souffla Perro. Je peux encaisser une remarque sans perdre mon calme.

— Visiblement. Sai se leva, laissant ses muscles lui dire à quel point ils détestaient cette idée. Si les mines ont fonctionné, alors il n'y a plus d'électricité dans cette base. Il faut qu'on trouve un autre moyen de remonter.

— Tu veux toujours te battre, n'est-ce pas ?

— Jusqu'à ce que je sache qu'on a accompli la mission, oui.

Perro rit et secoua la tête. — C'est ce que je ne comprends pas chez vous. La mission n'a aucune importance si tu meurs en l'accomplissant, mec. Combien tu es payé pour ça ? Qui t'embauche ?

— Rien et personne. Sai se tourna pour examiner la porte. Il prit son katana par la garde et le souleva. Celle-ci n'est pas une question d'argent.

— Une vengeance, alors ?

Ça aurait pu. Sai aurait accepté cet argument si Aurora l'avait présenté ainsi. Il devait certainement à Vana une revanche pour la nuit passée sur Gillane Quatre à se faire tabasser au fond d'un pic océanique.

— L'avenir, répondit Sai. Pas le mien, mais celui de ma famille.

Cette fois, Perro éclata d'un rire incrédule qui fit resserrer la prise de Sai sur la garde de son katana. Qui lui fit pivoter légèrement les pieds, prêt à en finir avec le mercenaire.

— Un homme de famille si loin d'ici ? Où sont-ils ? Perro prit un air horrifié. Ne me dis pas que tu les as laissés là-haut ?

— Arrête, répliqua Sai. S'il te plaît, pour ton propre bien, arrête ou je vais te tuer ici et maintenant.

— Me tuer ? demanda Perro, tout humour et toute légèreté ayant disparu. Pourquoi tu ne le fais pas, alors ? Je suis complètement cramé, coincé au fond d'un ascenseur avec une bombe qui explose là-haut. Mon équipe a disparu, et les seules autres personnes sur cette planète veulent me tuer, alors ouais. Fais-le. Je ne vais pas t'en empêcher.

Restez assez longtemps dans le combat et vous verrez quelqu'un au bord du gouffre, à une poussée de craquer. Pour sauver quelqu'un comme ça, il fallait lui montrer un chemin différent.

Sai frappa avec le katana, une longue entaille dans la porte. La coupure traversa la peau sale de la porte, passant directement de l'autre côté. Une fine barrière, donc. Parfaite pour que deux combattants blessés puissent passer.

— Allez, dit Sai. Tu pourras t'apitoyer sur ton sort autant que tu veux quand on sera sortis d'ici.

— Voilà une motivation, répliqua Perro, mais l'homme se leva.

Il tenait sa lame rouge comme s'il avait l'intention de s'en servir.

Deux coupes supplémentaires dégagèrent la porte, ouvrant sur un néant obscur au-delà. Sai aurait pu utiliser la visière et ses différents spectres, mais il devrait se fier à ce que la nature lui avait donné cette fois. Et ce que la nature lui donnait était un tunnel gris-noir disparaissant au loin. Contrairement aux couloirs polis au-dessus, celui-ci ressemblait au rebut de la base, ses murs et son sol tachetés suggérant une expansion rapide sans souci d'apparence.

— J'ai l'impression qu'on a découvert un autre monde ici-bas, dit Perro.

— Peut-être bien, répondit Sai. Sois prudent. Il n'y a peut-être pas d'agents ici, mais cet endroit existe pour une raison.

— Tu penses qu'on devrait avancer avec juste les bracelets pour s'éclairer ?

— C'est tout ce qu'on a, dit Sai. Je suppose qu'on va devoir s'en contenter.

Prenant la tête, Sai fit ses premiers pas dans le tunnel. Le sol froid correspondait à l'air qui se refroidissait à mesure que chaque pas éloignait Sai de la fournaise ouverte. Une odeur douce arrivait aussi, presque stérile et collante. Comme des produits de nettoyage.

Derrière Sai, Perro emboîta le pas, suivant à une distance respectable. Bien. Cela signifiait que le mercenaire n'avait pas totalement oublié l'espace nécessaire pour manier cette lame dans un espace confiné. Sai tenait son propre katana levé devant lui, prêt à parer à gauche ou à droite, prêt à attaquer avec des coupes courtes vers l'avant. Un coup en hauteur bloquerait l'épée dans le plafond, et tout balayage latéral heurterait les murs.

La lueur orange éclairant leur chemin se dissipa après quelques pas, laissant Sai embrasser ses propres paroles par nécessité. Ses brûlures se faisant sentir, Sai leva son bras gauche et activa un programme de lampe torche. La batterie du bracelet ne durerait pas longtemps à projeter une lumière blanche, mais une batterie morte n'aurait pas d'importance si, eh bien, Sai mourrait en marchant sur quelque chose qu'il ne pouvait pas voir.

Ensemble, le duo avança, leurs pieds couverts de combinaison foulant le sol dur. Sai s'attendait à des intersections, une grille standard, mais au lieu de cela, le couloir continuait, un seul corridor menant plus loin. Les murs ne portaient aucune décoration, seulement des panneaux grossiers occasionnels demandant à quiconque venait de rester vigilant pour les évadés.

— Eh bien, c'est amusant, dit Perro quand ils tombèrent sur le premier avis. Je me demande qui ils gardaient ici ?

— J'en ai peut-être une idée, marmonna Sai. Continuons.

La fin arriva soudainement, sans porte ni autre marquage. Le tunnel s'élargit dans une chambre caverneuse, le plafond s'élevant et s'éloignant de la lumière du bracelet de Sai. Pas qu'il le remarqua, pas qu'il s'en souciait. Sai avait les yeux fixés sur autre chose.

Au centre de la pièce, des podiums de verre, certains brisés et d'autres renversés, existaient en rangées. Des tubes étaient éparpillés à leurs pieds, beaucoup remontant vers un long faisceau disparaissant dans l'obscurité du côté opposé de la pièce.

— C'est vraiment bizarre. On ne devrait pas être ici, dit Perro.

— Non, c'est exactement là où nous devons être, dit Sai. Si Vana est à la tête de cette folie, alors nous avons trouvé le cœur.

18

DES AMIS DANS LE BESOIN

Ils gravirent l'échelle de la mort vers l'espace. Chaque mètre s'embrasait du feu crachant des lasers jusqu'à ce que la surface d'Aurum Trois disparaisse sous les nuages et le sable tourbillonnant, jusqu'à ce que les seules choses que Gregor voyait à travers le pare-brise de sa tourelle soient des navettes. Toujours plus de navettes de largage, bondées de soldats en combinaison s'élevant vers les anciens amis de Gregor.

Le *Prisa* capta le message de Rovo à son arrivée, un bref avertissement qu'Eponi s'empressa de rediffuser aussi loin que le vaisseau de Sever pouvait l'envoyer. Les mots de la recrue disaient que les navettes à venir n'offraient que destruction, et Gregor espérait que la flotte écouterait. Que les chasseurs pourraient se joindre à la bataille de Sever contre les vaisseaux automatisés et transformer un combat difficile en déroute pour les gentils.

Gregor espérait, mais il n'y croyait pas.

— Ces salauds nous traitent de menteurs, dit Eponi par l'intercom alors qu'elle faisait faire au *Prisa* un plongeon à vous retourner l'estomac, envoyant le vaisseau vers le haut et loin d'un autre groupe de navettes et de leurs lasers constants et agaçants. Nous sommes soit des traîtres, soit des idiots, soit les deux, à les entendre.

Selon les comptes de Gregor, ils avaient abattu trois navettes jusqu'à présent. Trois épaves enflammées s'écrasant sur la surface sur au moins vingt, sinon plus. Le fait qu'il y ait tant de navettes ici indiquait à Gregor que la flotte disparate n'était pas seulement une démonstration de force pour Vana et les autres cadres de DefenseCorp qui venaient, mais une mission d'approvisionnement. Ce n'était pas qu'une démonstration, mais une livraison. Les propres navettes de la flotte apporteraient la mort directement à leurs portes.

— Je commence à penser qu'ils ne veulent pas de notre aide, dit Tarla. Qui vote pour les abandonner à leur propre stupidité ?

Un Gregor plus jeune aurait peut-être accepté la proposition de Tarla. Il avait vu suffisamment de personnes et d'organisations avides de pouvoir et inconscientes frapper trop fort pour la victoire et tout perdre dans le processus. Ceux qui survivaient avaient tendance à tirer des leçons d'une crise, et les navires qui survivraient à cet assaut pourraient le faire aussi.

À l'extérieur, le *Prisa* quitta l'atmosphère, faisant apparaître l'obscurité de l'espace dans toute sa splendeur et, avec elle, les contours étincelants de la flotte. Les feux de position brillaient, les petits vaisseaux ressemblant à des étoiles filantes dansant entre d'énormes croiseurs et frégates. Tant d'argent, tant de vies investies dans ce qui se trouvait à l'extérieur des tourelles de Gregor, et la plupart de ces vies n'avaient aucune idée de ce qui volait vers elles.

— Ce n'était pas leur choix, dit Gregor alors qu'Eponi pilotait le *Prisa* hors de portée des tourelles, dans une zone neutre entre l'attaque et la retraite pour laisser les boucliers du vaisseau se recharger. Ils suivent des ordres sans connaître les conséquences.

— La galaxie est un endroit difficile, rétorqua Tarla. Ce n'est pas notre boulot de les protéger de leurs erreurs, surtout si ça va me coûter du fric.

— Je croyais qu'on ne voulait pas que ces monstres se propagent ? demanda Eponi.

— Alors on reste en périphérie. Si des navettes essaient d'aller loin, on les descend. Tarla semblait toujours avoir une réponse à tout. Tous ces gens ne veulent-ils pas ta mort de toute façon ? Laisse tes ennemis se battre entre eux. C'est une excellente tactique.

— Et c'est amusant à regarder, ajouta Briany.

— Nous ne ferons pas ça, dit Gregor. Les gens sur ces vaisseaux sont innocents.

Tarla rit. — Innocents ? On dirait que c'est peut-être toi qui l'es, mon grand. Personne travaillant pour DefenseCorp ne croit être le gentil, à moins d'être trop bête pour voir ce qui se passe. Eponi, tu m'as entendue. Bouge-toi, laisse-les jouer avec leurs jouets.

Gregor se rassit dans son fauteuil. L'installation rigide de la tourelle ne lui laissait pas beaucoup d'espace : l'ajuste-ment serré assurait que la tourelle elle-même bougeait en parfaite synchronisation avec chacun de ses mouvements. Une conception axée sur l'atteinte d'un objectif. Gregor pouvait argumenter qu'il était très semblable. Un combat-tant destiné à rien d'autre.

Et il ne resterait pas assis pour celui-ci.

Sur le scanner, s'illuminant sur l'écran de la console près de ses doigts, des points grouillaient alors que les navettes s'approchaient des carrés représentant les plus gros vais-seaux. Les chasseurs stellaires promis par la flotte apparaissaient également, des tirets formant un mur paresseux entre le *Prisa* et les navettes qui approchaient. Avant longtemps, les pilotes devraient décider d'engager le combat, et une fois ces tirs partis, changer d'avis deviendrait encore plus difficile.

À la frange de la flotte, près de la limite de l'atmosphère et de l'écran de chasseurs, une navette s'approchait d'une frégate légère en attente, le *Volucris*. La petite frégate, conçue pour gérer les chasseurs stellaires et les transports en fuite, n'aurait pas beaucoup d'équipage. Ils seraient détruits par les soldats en combinaison. Déchiquetés.

Un exemple.

— ...c'est pourquoi je dis qu'on devrait redescendre, disait Tarla. On récupère tout le monde maintenant, pendant que les petits amis meurtriers de Vana sont encore en train de se frayer un chemin à travers la flotte. Ensuite, on fait juste le ménage.

— Cap sur le *Volucris*, dit Gregor. Déposez-moi, si vous voulez. Je ne les abandonne pas à la mort.

— C'est de l'autre côté de l'écran de chasseurs, avertit Eponi.

— Tu as peur ?

— Elle est intelligente, répliqua Tarla. Mais si Gregor veut se faire tuer, Eponi, alors je ne vois pas pourquoi on ne le laisserait pas faire. Une part de moins à payer.

Qu'elle le fasse pour Tarla ou pour Gregor, Eponi commença à faire faire au *Prisa* un lent demi-tour, effleurant la limite de l'atmosphère pour revenir vers la ligne de navettes et le *Volucris*. Les chasseurs stellaires de Defense-Corp entamèrent leur propre mouvement, se déplaçant pour couper la route au *Prisa*.

— Oh, regarde, dit Tarla. Il semblerait que tes amis

mettent leur menace à exécution. Devrions-nous les détruire en chemin, Gregor ?

— Tarla, coupa Eponi avant que Gregor ne puisse répondre. S'il te plaît, tais-toi un instant pour que je puisse piloter ? On va atteindre cette foutue frégate, et on va sauver tous ces crétins d'eux-mêmes.

Gregor s'accrocha à ces mots pour remonter de sa tourelle vers la chambre centrale du *Prisa*, profitant de l'apesanteur et de sa capacité à faciliter les mouvements dans un vaisseau qui virait et esquivait. Une commande rapide ouvrit son armure de combat, ses bras et jambes bourdonnants s'écartant pour le laisser entrer. La visière se referma sur son visage, et Gregor vit à nouveau ses signes vitaux et les statistiques de sa combinaison s'afficher devant ses yeux.

Briany rejoignit ces chiffres et leur lueur verte et saine. La Ranger du Crépuscule se propulsa au centre avec Gregor. Son grand canon ne fonctionnait plus avec ses batteries endommagées, mais elle avait déniché un fusil de rechange pour accompagner ses pistolets.

— Tu croyais pouvoir t'amuser sans m'inviter ? lança Briany quand Gregor la regarda.

— Apparemment pas.

Briany semblait avoir autre chose à dire, mais Eponi la coupa d'un appel sec leur ordonnant de descendre à l'écoutille du *Prisa*. Esquiver les chasseurs signifiait que ce ne serait pas un amarrage calme et doux, mais un lancement catapulté.

Briany n'avait pas sa propre armure de combat, elle dut donc enfiler une combinaison d'évacuation flexible. D'un jaune vif pour faciliter les tentatives de sauvetage, la combinaison d'évacuation offrait la flexibilité nécessaire pour bouger mais la protection d'une simple feuille de papier. Plutôt que des holsters, Briany dut glisser ses pistolets dans des boucles prévues pour les grappins de sauvetage. Elle passa le fusil en bandoulière, où il flotta comme possédé.

— N'ose même pas rire, dit Briany quand elle eut fini la danse maladroite et flasque pour enfiler la combinaison. J'ai tué pour moins que ça.

— Je n'en doute pas. Gregor rit quand même, brièvement mais assez fort pour qu'elle l'entende.

Savoir qu'il allait bientôt entrer dans un bon combat faisait des merveilles pour l'humeur de l'homme.

Les deux se mirent en position à l'écoutille inférieure du *Prisa*. Un clic bourdonnant isola le reste du vaisseau tandis qu'Eponi s'approchait du point de lancement. Briany et Gregor, debout la tête en bas pour utiliser leurs jambes comme poussée supplémentaire, attendirent.

— On y est presque, dit Tarla, prenant le relais pour qu'Eponi puisse se concentrer sur le maintien en vie du *Prisa*, qui vibrait déjà sous les impacts sur ses boucliers. J'espère que vous deux savez ce que vous faites. Cette navette est déjà arrimée. Vous arriverez en retard à la fête.

— Mieux vaut tard que tôt, dit Briany, sa voix métallique dans l'équipement de communication bon marché de la combinaison d'évacuation.

— Plus de cibles comme ça, ajouta Gregor.

— Vous êtes tous les deux fous, et j'adore ça, dit Tarla. Préparez-vous au vide. Attendez une seconde puis allez-y.

L'écoutille s'ouvrit, l'air aspirant Briany et Gregor. Tarla cria d'y aller et les deux retirèrent leurs bras des côtés de l'écoutille, Gregor partant juste avant Briany. Sans résistance, et avec Eponi tirant fort le *Prisa* contre leur élan, Gregor fusa à travers l'écoutille dans l'espace noir.

Comme un missile fendant le vide, Gregor traversa le gouffre interstellaire entre le *Prisa* et la frégate, un espace inondé de lueurs laser provenant des chasseurs, de la frégate et du *Prisa*. Des tirs jaunes, orange et bleus flashaient sur la visière de Gregor, laissant tous place à une aura blanche plus large à mesure que le membre de l'Escouade Sever s'approchait de sa destination.

Traverser le champ magnétique recouvrant le hangar d'amarrage du *Volucris* donna l'impression d'être aspergé d'eau froide. La frégate avait assez de masse pour générer un peu de gravité, et le retour soudain à l'air chargé d'oxygène freina brutalement l'élan de Gregor, le faisant s'écraser dans une lente roulade sur le sol du hangar. Assez large pour accueillir la navette de débarquement et plusieurs chasseurs partis, le hangar offrait à Gregor amplement d'espace pour rouler sans impact.

Bien que le monde à l'extérieur de sa visière tournât comme un mauvais rêve, Gregor synchronisa une double pression des paumes pour se réorienter et retourner son corps, plaçant ses pieds en position idéale pour heurter la paroi intérieure de la frégate. En s'écrasant contre le métal, Gregor entendit le charmant carillon de ses propulseurs cinétiques. Il dépensa immédiatement l'énergie, bondissant en arrière vers une certaine traînée jaune qui suivait légèrement à droite de sa position.

Avoir grandi dans une colonie minière de l'espace lointain signifiait que des passe-temps aussi ordinaires que jouer à attraper une balle n'avaient jamais fait partie de l'enfance de Gregor. Il n'avait jamais passé un après-midi à savourer l'euphorie qui venait en recevant une balle dans un gant ou dans ses bras.

Tous ces moments manqués s'évanouirent lorsque Gregor attrapa la silhouette filante de Briany. Son élan amplifié ne compensait pas tout à fait celui de Briany, et l'armure de combat de Gregor n'était pas exactement un coussin, mais les deux s'effondrèrent néanmoins dans un atterrissage lent et rebondissant dans le hangar de la frégate.

— Hé, on est vivants, dit Briany, démêlant ses membres de ceux de Gregor. Joli rattrapage.

— Je t'en prie, répondit Gregor, puis il poussa Briany sur le côté, dégainant son pistolet pour faire face à deux dockers de la frégate et leurs propres armes levées. Et vous deux, vous devez filer.

Portant le rouge DefenseCorp et brandissant leurs propres fusils, les deux soldats qui accueillaient la navette de débarquement associèrent un déni hautain à une bonne dose de peur en contemplant le pistolet de Gregor. Ils devaient tous deux savoir que l'armure de combat surpassait largement leurs armes, même s'ils pouvaient peut-être tirer un coup avant que Gregor ne se remette sur pied.

— Vous êtes largement en infériorité numérique, dit celui de gauche, optant pour la bravade plutôt que le courage. Dans une seconde, cette navette va ouvrir ses portes et vous serez submergés. Rendez-vous maintenant et on leur dira d'y aller mollo avec vous.

— Ils vont- Gregor s'arrêta quand Briany leva un seul doigt.

— Vous avez une seconde, dit Briany, avant qu'il ne vous tire dessus. Ensuite, je vous tirerai dessus. Et puis on balancera vos corps dehors, pour que tout le monde puisse voir les deux nouvelles lunes de ce stupide caillou.

Celui de gauche ricana à la menace, ouvrit à nouveau la bouche, mais n'alla pas plus loin avant que Briany, combinaison mal ajustée ou pas, ne se redresse et ne lâche un tir de fusil. Le laser trancha le fusil du gaucher, laissant son canon fumant et une marque noire sur le plafond du hangar.

— Courez, les petits, répéta Gregor.

Cette fois, les deux soldats obéirent. Ils s'enfuirent en courant du hangar, Briany leur criant de fermer la porte en partant, bande de lâches. Les panneaux latéraux de la navette de débarquement avaient commencé à s'ouvrir dans un grincement plaintif, et Gregor voulait garder ses proies là où il pourrait les trouver.

Tendant le bras par-dessus son épaule, Gregor dégaina son marteau. Il sentit le manche dans ses mains. Il avait déjà brandi cette arme de nombreuses fois aujourd'hui, contre de faibles ennemis. Le marteau méritait un vrai défi, et-

— Hé, dit Briany. Fais attention, tueur. Tu me montres où ils se cachent et je tire. Compris ?

Gregor tapota la tête du marteau sur le sol du hangar d'amarrage, alors que les premiers bruits de claquement remplissaient la baie. Des bottes frappaient le sol, des combinaisons invisibles se tournaient dans leur direction.

— Compris, dit Gregor, et l'homme au marteau se mit au travail.

19

VOL DE FANTAISIE

Eponi sut que Gregor et Briany avaient fait le saut quand Tarla jura, impressionnée. La pilote aurait pu observer du mieux possible, sauf que le *Prisa*, tel un kart de course s'engouffrant dans une foule, était suivi de près à chacun de ses mouvements. Les chasseurs stellaires se bousculaient pour lancer leurs attaques, leur essaim étant la seule chose qui empêchait les corvettes de tirer des missiles, de peur que ces satanés projectiles ne touchent leur propre camp. Les chasseurs auraient pu s'écarter, mais ils avaient leurs propres raisons de s'en tenir aux lasers plutôt qu'aux armes plus lourdes :

Les profits. Les missiles coûtaient beaucoup plus cher que quelques rayons d'énergie, et DefenseCorp connaissait bien cet équilibre.

— Je n'arrive pas à croire qu'ils aient réussi ce coup-là, dit Tarla. Je pensais qu'ils allaient rater leur cible et brûler dans l'atmosphère.

Eponi fit pivoter le *Prisa*, plongeant brusquement pour projeter les lasers de la frégate dans la trajectoire de vol des chasseurs qui les poursuivaient. L'espace au-dessus d'Aurum Trois s'était rempli de navettes se dirigeant vers leurs cibles choisies. Et DefenseCorp accueillait les tueurs à bras ouverts.

— Tu les as laissés partir quand même ? demanda Eponi, grimaçant alors que les boucliers encaissaient un nouveau tir direct.

Le *Prisa* n'en absorberait plus beaucoup d'autres. Ensuite, Tarla devrait peut-être tenter son propre saut dans l'espace.

Eponi ? Elle coulerait avec son vaisseau.

Son magnifique vaisseau.

— Tu crois que je peux arrêter Briany quand elle a une idée en tête ? rit Tarla. C'était un miracle qu'elle garde une voix si insouciante, comme si elles n'étaient pas entourées de tout ce danger. Eponi devrait apprendre cette compétence, vu la fréquence à laquelle Sever la mettait à un flash de laser de la mort. Le mieux que je puisse faire, c'est essayer de lui faire croire que ce que je veux est ce qu'elle veut.

— Je parie que ce n'est pas si difficile pour toi.

Eponi devait faire un choix. Elle ne pouvait pas continuer à danser dans cet espace étroit pendant longtemps. Les chasseurs stellaires formaient une toile avec les corvettes, la coinçant à l'intérieur où la frégate ou un autre punk aux tourelles la réduirait en cendres. Elle pouvait s'arquer vers l'atmosphère, inverser l'échelle des navettes et tenter d'atteindre la surface. Ou le *Prisa* pouvait suivre la suggestion initiale de Tarla et se diriger vers l'espace profond pour attendre la fin des combats.

Ces deux options laisseraient Gregor et Briany pour morts.

— Tu penses que je manipule autant les Rangers ? dit

Tarla. Comme si j'étais une sorte de génie tirant toutes les ficelles pour mon équipage.

— C'est à peu près ça, ouais.

Eh bien, tant qu'Eponi n'avait pas de direction, elle ne partirait pas sans bruit. Gregor ne voulait peut-être pas que les chasseurs de DefenseCorp soient explosés dans le ciel, mais Eponi pouvait toujours leur faire une petite coupe. Faisant pivoter le *Prisa* loin de la planète et se dirigeant vers une corvette avec son duo de chasseurs stellaires, Eponi observa six autres chasseurs se former sur ses propulseurs, alignant leurs lasers.

— Je ne dirige pas une secte, Eponi, dit Tarla. On gagne du fric, et on s'amuse en le faisant. Même Sanje, qui avait passé toute sa vie à transporter des engrais, est monté à bord. C'est à peu près le boulot le plus peinard que tu puisses trouver dans cette galaxie brisée.

Eponi ne savait pas à quel point le transport d'engrais pouvait être peinard, peut-être parce que l'idée la faisait légèrement vomir. Ou peut-être était-ce les relevés d'énergie alors que les boucliers du *Prisa* encaissaient un nouveau coup et devenaient critiques.

— C'est ce qui les a amenés ici, hein ? Tu leur as dit qu'ils gagneraient du fric en nous combattant ? dit Eponi en appuyant sur la gâchette, crachant le feu du canon et de la tourelle combinés du *Prisa*. Sans tireurs aux postes, les canons latéraux du *Prisa* suivaient ses ordres et lancèrent leur lumière vers la corvette. Quelle affaire.

— C'était une sacrée affaire. Vana nous a offert plus de fric que n'importe qui d'autre. Beaucoup plus, hésita Tarla alors que les lasers volaient devant elles. Tu vas nous faire tuer, Eponi ?

— J'essaie de ne pas le faire.

Le tir d'Eponi fit ciller la corvette. Le vaisseau paniqua,

lança une salve de missiles vers le *Prisa*, mais la volée précipitée était tirée sans guidage, une tactique standard pour forcer un vaisseau en charge à changer de trajectoire. Personne ne survivait à une douzaine de missiles vous frappant de front, bien que la corvette s'attendait probablement à en perdre quelques-uns quand Eponi ferait des tentatives désespérées pour les abattre du ciel.

Sauf qu'Eponi retira sa main de la gâchette dès que les bouffées blanches apparurent, dès que la console sous ses mains hurla que leur mort arrivait, et vite.

Poussant le manche vers l'avant, Eponi détourna l'énergie de ses lasers vers ses moteurs, donnant au *Prisa* un coup de boost qui l'envoya dans une plongée moins abrupte. Ces missiles passèrent juste au-dessus, laissant des traînées d'ions sifflantes comme des étoiles filantes se dirigeant vers le groupe de chasseurs serré sur l'arrière du *Prisa*. Avec le *Prisa* bloquant la vue, et les missiles non ciblés dans leur direction, les chasseurs n'eurent qu'une fraction de seconde pour réaliser à quel point ils étaient fichus.

Tarla siffla alors que les explosions courbaient le vide derrière elles, les chasseurs tourbillonnant ou s'écrasant les uns contre les autres dans des tentatives désespérées de survie. La paire d'escorte de la corvette, s'attendant à un assaut frontal, dépassa la manœuvre d'Eponi et vola droit dans la mêlée, leurs points disparaissant du scanner d'Eponi alors que les débris les éjectaient du combat.

Le *Prisa*, quant à lui, volait vers un point vide de l'espace. Eponi ne serait peut-être pas près de Briany et Gregor quand ils auraient besoin d'un transport, mais elle était vivante, et pour l'instant, cela devrait suffire.

— Ça, je pense que c'était le plus beau coup que j'aie jamais vu, dit Tarla. Tu les as tous eus.

Les éloges n'allèrent nulle part. Ils moururent à l'impact

avec les oreilles d'Eponi, si vite que la pilote enregistra à peine les mots. Elle avait les yeux rivés sur les scanners, espérant que quelques points apparaîtraient, espérant que-

— Active les communications, fréquence de sauvetage standard, dit Eponi.

— Quoi ?

— Tu m'as entendue. Fais-le, Tarla.

— Ils ont tellement de vaisseaux, dit Tarla. Ne sois pas l'héroïne qui meurt en faisant quelque chose de stupide.

Eponi balaya la console du scanner — dangereux pour un pilote d'être aveugle, mais tant pis — et ouvrit le canal d'un tapotement. Les mots affluèrent, brouillés, des demandes de récupération et d'aide médicale se chevauchant. Un croiseur annonça qu'il préparait une navette de sauvetage, mais que cela prendrait quelques minutes.

Trop de minutes.

Avec Tarla qui marmonnait des jurons à côté d'elle, Eponi fit demi-tour avec le *Prisa*. Elle prit la mesure des résultats de ses efforts. Comme de la lumière stellaire à travers un blizzard, le nuage de débris montrait du gravier et des débris. Des morceaux de chasseurs stellaires tournoyaient, se heurtant les uns aux autres et se brisant en essaims plus petits. Des capsules d'éjection dérivaient à travers, et Eponi vit au moins trois corps flottant librement dans leurs combinaisons.

Bien qu'ils semblaient tourner sur place, tout dans ce mélange filait à grande vitesse, sans être entravé par la gravité ou la friction. Chaque impact projetait plus de lances acérées dans la mêlée, des bords dentelés qui pouvaient tuer un pilote.

— Enfile une combinaison et descends là-bas, dit Eponi. Tu as trente secondes.

— C'est pour ça que tu es ici, n'est-ce pas ? dit Tarla en

se levant de son siège. Ton fichu escadron ne s'est jamais engagé dans cette vie. Jamais.

— Tic-tac, répondit Eponi, visant le corps le plus proche tout en ouvrant le canal de communication. J'appelle tous les crétins, ici le *Prisa*. Malgré le fait que vous m'ayez tiré dessus et que vous vous soyez fait exploser, nous venons vous chercher. Tenez bon et nous vous récupérerons un par un.

Les mots d'Eponi furent accueillis par le silence, puis vinrent les protestations, une tempête critiquant les actions d'Eponi de tous les côtés. Les pilotes eux-mêmes offrirent des mots choisis pour décrire le pilotage d'Eponi, l'apparence du *Prisa*, et ce qu'Eponi pouvait faire de son sauvetage. Les plus gros vaisseaux, ceux qui mettaient trop de temps à envoyer quelqu'un, ordonnèrent à Eponi de rester à l'écart, sinon ils enverraient plus de chasseurs.

— Merci pour ces gentils mots, dit Eponi après que le bavardage se soit calmé, les insultes s'estompant à mesure que les pilotes en rotation commençaient à réaliser à quel point ils étaient condamnés. Je m'en souviendrai pendant qu'on vous ramène. Coupant le signal, Eponi passa à l'intercom du vaisseau. Tu es prête, ma chérie ?

— Tu m'appelles ma chérie ?

— J'essaie juste de t'aider à avoir des pensées agréables pendant que tu attrapes ces pilotes pour moi. Eponi fronça les sourcils alors qu'ils approchaient du premier. C'était elle qui faisait le sauvetage, et les pilotes de DefenseCorp se comportaient comme de vrais connards. Finalement, oublie ça. Traite-les comme les idiots ingrats qu'ils sont.

— Beaucoup mieux.

Revenant à la bande de sauvetage, Eponi s'attendait à plus de critiques. Au lieu de cela, elle perçut de l'inquiétude. Les pilotes ne bavardaient plus à propos du *Prisa*, mais essayaient de contacter leurs vaisseaux d'attache. Essayant, et n'obtenant que le silence au lieu d'horaires de navettes de sauvetage.

Eponi revint au scanner, regarda le flux de navettes. Plus s'étaient amarrées à toutes les frégates les plus proches, quelques croiseurs légers. DefenseCorp gardait les plus gros vaisseaux plus loin, mais les navettes de débarquement progressaient aussi vers eux, une ligne régulière.

L'invasion continuait pendant qu'Eponi et Tarla récupéraient un pilote après l'autre, chacun arrêtant rapidement ses insultes une fois qu'ils réalisaient qu'aucun sauvetage ne viendrait de leurs bases. Surtout quand de nouveaux messages commencèrent à retentir sur la bande de sauvetage, venant des mêmes frégates et croiseurs qui avaient été si déterminés à abattre le *Prisa*.

Eponi écoutait, volant d'un corps à l'autre alors que les appels s'enchaînaient. Une navette de débarquement s'était amarrée, et maintenant la garnison d'une frégate ne répondait plus. Les portes scellées de la passerelle étaient en train d'être forcées. Les offres de reddition étaient ignorées, et certaines transmissions se terminaient seulement par des cris paniqués. Des hurlements.

Engourdie, Eponi compta les navettes sur le scanner. Seulement six s'étaient amarrées à leurs cibles jusqu'à présent, et déjà le chaos avait éclaté. D'autres vaisseaux intervenaient, posant des questions et n'obtenant, avec tout le brouhaha, toutes les informations éparses, qu'une seule réponse claire :

Personne ne pouvait voir ce qui les attaquait. Des gens mouraient, et personne ne savait pourquoi.

Les navettes s'approchaient lentement, et Eponi se serra dans ses bras. Elle ferma les yeux et essaya d'être ailleurs, quelque part où Sever n'avait pas échoué. Où tout ce qu'elle avait à faire était d'amener un vaisseau au sol, collecter son argent, et boire toute la journée dans un bar. Pas de lasers, pas d'explosions, pas de mort.

— Hé, Tarla lui tapota l'épaule et Eponi ouvrit les yeux. Ils sont tous à bord. Quelques blessures mineures.

— Combien n'ont pas survécu ? demanda Eponi.

Tarla grimaça, commença à dire quelque chose quand la console d'Eponi émit un bip. Un appel entrant. Eponi chassa sa question précédente. Légitime défense. Elle ne voulait pas, n'avait pas besoin de savoir ce que ça avait coûté. Au lieu de cela, Eponi passa à une autre histoire.

— *Prisa*, je ne m'attendais pas à vous voir en l'air, la voix de Deepak, son image floue apparut sur la console. Nous sommes dans le système maintenant et nous approchons rapidement. Vous voulez bien me dire ce qui se passe ?

Parfois, l'opportunité ne venait pas à la fin d'une course, ou avec le flash d'un laser. Parfois, il fallait juste dire les mots.

— Amiral, vous devez prendre le commandement, dit Eponi. Il ne reste personne pour diriger la flotte, et les soldats de Vana sont en train de s'amarrer. Ils ne m'écouteront pas. Vous devez leur dire de détruire les navettes de débarquement ou-

Deepak coupa la communication avant qu'Eponi ne finisse. Elle revint à la bande de sauvetage, attendant, puis entendit la voix de Deepak s'élever au-dessus de la panique.

— Ici votre nouveau commandant, dit Deepak, ajoutant son nom, son rang, et le *Nautilus* pour faire bonne mesure. Les navettes de débarquement entrantes sont hostiles. Détruisez-les avec tout ce que vous avez. Si elles se sont déjà amarrées, scellez vos baies et vos passerelles. Envoyez vos coordonnées à nos croiseurs et nous enverrons des escouades d'assaut pour vous secourir.

Eponi s'adossa, écoutant Deepak continuer à exposer le nouvel objectif.

— Hé, dit à nouveau Tarla, et Eponi la regarda. Tu as fini ton service ou quoi ? Il y a tout un tas de navettes qui ont besoin d'être explosées, et tu as des pilotes dans tes tourelles qui veulent se venger. Qu'est-ce que tu dis qu'on s'amuse un peu ?

20

CONVERSATION AU CLAIR DE LUNE

L'obscurité qui tombait sur la base n'arrêtait pas les navettes. La zone de chargement à ciel ouvert continuait de grouiller d'agents utilisant leurs bracelets pour guider les phalanges droguées vers leurs cercueils volants. Rovo et Javelin, se dépêchant dans leurs combinaisons, firent un long détour pour arriver derrière un bâtiment qui semblait déchiqueté, comme si une bombe avait explosé en son cœur. Javelin avait voulu utiliser le même passage secret qu'il avait emprunté pour sortir, mais Rovo avait rejeté cette suggestion.

Il s'était déjà retrouvé coincé dans ces tunnels suffisamment de fois, merci bien.

— Presque fini, dit Javelin en ricanant. On dirait qu'on va toucher les deux contrats alors.

— Les deux contrats ?

— Vana nous a payés pour maintenir tout ça en marche, et maintenant Tarla nous paie pour te faire sortir. Le sourire de Javelin brillait dans la lumière combinée des étoiles et des moteurs venant d'en haut. Elle sait comment le jeu se joue.

— Quelle chance pour vous.

Les deux se blottirent contre les décombres calcinés du bâtiment, observant les panneaux de la dernière navette se refermer bruyamment. Ses réacteurs s'allumèrent une seconde plus tard, la navette suivant la même trajectoire que ses compagnes vers la flotte au-dessus. Bien que les paramètres de la mission de l'Escouade Sever aient été complètement bouleversés — le but était d'arrêter Vana, même si on ignorait si l'agent était toujours en vie — Rovo brûlait d'envie de se précipiter là-bas pour tirer sur la navette et l'arrêter.

Et il l'aurait peut-être fait, si son bras ne le lançait pas à cause de la blessure infligée par les monstres invisibles de Vana. Sa poitrine le faisait souffrir là où des côtes fêlées lui ordonnaient de s'allonger, et une cheville tordue, cadeau d'une dune et d'un faux pas, lui envoyait une dernière douleur insultante. Dans l'ensemble, le bilan corporel de Rovo indiquait qu'une attaque éclair contre un escadron ennemi se terminerait mal.

— Les voilà qui partent, marmonna Javelin. Je me demandais combien de temps ils allaient rester pour jouer.

Les agents qui dirigeaient les soldats de Vana s'agitaient comme des abeilles ayant reçu un ordre crucial. Abandonnant les chariots et même quelques combinaisons de rechange accrochées dessus, les agents se ruèrent vers cinq vaisseaux au bord de l'aire d'atterrissage. Rovo les reconnut à leurs formes : des rectangles élancés et effilés avec un revêtement réfléchissant, ces engins dominaient le côté furtif de DefenseCorp, conçus pour tromper les scanners tout en maximisant la vitesse dans l'atmosphère comme dans l'espace.

Les rampes d'embarquement s'abaissèrent à l'approche des agents, certains ramassant des sacs d'effets personnels déjà alignés au sol. Les agents passaient leurs bracelets devant les sacs en s'approchant, faisant apparaître des noms et des numéros de désignation. Rovo ne pouvait pas lire les mots à cette distance, mais les agents ne prenaient que quelques secondes pour choisir les bons.

— On dirait que Vana ne va pas s'attarder, dit Rovo. Je ne comprends pas. Elle avait tout ce qu'il fallait ici pour continuer à fabriquer les combinaisons ?

— Plus maintenant, répondit Javelin en hochant la tête vers le bâtiment détruit. Peut-être qu'ils abandonnent ?

— Trop rapide. Ils n'auraient pas eu le temps de rassembler toutes leurs affaires, dit Rovo. C'était prévu.

— Tu penses qu'ils ont fait exploser le bâtiment alors ?

— Qui sait ce que Vana est prête à faire. C'est elle qui a transformé un tas de civils en tueurs infectés, tu te souviens ? Bon sang, elle t'a même engagé.

— Eh, doucement.

Autant Rovo aimait taquiner Javelin, ils ne pouvaient pas rester éternellement dans l'ombre des décombres. Eponi et le *Prisa* avaient disparu là-haut, hors de portée du réseau de communication de la combinaison de Rovo. La recrue pouvait s'éloigner de l'action, trouver une belle dune pour attendre la nuit dans l'espoir que Sever survive.

Mais ce serait le choix d'un lâche.

Rovo vérifia à nouveau la fréquence de l'escouade, envoyant une autre requête, et ne reçut que le silence en retour. Javelin fit de même. Même sans le brouillage, s'il restait des membres de Sever ou des Rangers du Crépuscule sur la planète, ils étaient suffisamment enfoncés dans la base pour bloquer les signaux. Si des informations devaient être obtenues, Rovo devrait s'y prendre à l'ancienne.

— Pourquoi tu ne mets pas ce câble à profit ? dit Rovo, pointant vers le flot régulier d'agents qui arrivaient de toutes les directions vers l'aire d'atterrissage. Tu crois qu'on peut en attraper un pour discuter ?

— Tu veux commencer une nouvelle bagarre ?

— Ça te pose un problème ?

— Peut-être bien, dit Javelin, observant Rovo qui portait la main à la faux à la taille de la recrue. Je vois cette main. Tu ferais mieux de ne pas la bouger davantage.

— Ce n'est pas pour toi, Rovo fit un nouveau geste vers les agents. Au même moment, le premier vaisseau furtif s'anima, sa rampe se relevant en même temps que l'engin. C'est pour eux.

Au lieu de suivre les navettes vers la flotte, le vaisseau furtif s'éleva au-dessus de la base puis fila à travers la surface d'Aurum Trois, restant à basse altitude jusqu'à ce qu'il disparaisse à l'horizon. Clairement en fuite, clairement cherchant à ne pas se faire attraper.

— D'accord, dit Javelin. Si tu nous attires des ennuis, je dirai que tu m'as pris en otage.

— Ce qui signifie que tu t'es fait battre par une recrue, tu le sais ?

— Tu crois que j'ai de la fierté ?

Son point ayant été démontré, Javelin s'élança de leur position, fermant la visière de sa combinaison et disparaissant dans un flou. Ces avantages arrachèrent un doux soupir à la recrue. Combien de missions seraient tellement plus faciles si les cibles ne pouvaient pas vous voir venir ? Si, avec le jus que Vana fabriquait à partir du sang de Kaia, on pouvait passer partout, être assez fort pour encaisser à peu près n'importe quoi ?

À en juger par l'agent qui marchait, regardant son bracelet tout en se dirigeant vers ce qui était probablement une échappatoire sûre, le résultat était plutôt effrayant. Une seconde elle avançait sur le sable lisse vers un vaisseau, et la suivante Javelin lui couvrait la bouche, un couteau pressé contre son ventre tandis qu'il la traînait vers les ombres.

Si les autres agents avaient vu, ils n'avaient pas dévié de leurs plans. Rovo, le fusil prêt au cas où le mouvement de Javelin causerait des problèmes, n'eut pas besoin d'appuyer sur la gâchette. La voix d'Aurora flottait, parlant de la mission par-dessus le moment. Les agents de Vana devaient s'échapper avant qu'ils ne meurent tous, avant qu'ils ne soient capturés. Un membre manquant ne valait pas le risque.

— Fais vite, dit Rovo en s'approchant de l'agent, et nous te laisserons partir à temps pour attraper ton vaisseau.

Javelin l'avait traînée dans l'entrée en ruine, un endroit qui ressemblait à un tunnel menant au bâtiment détruit. Sa porte pendait sur le côté, penchée vers l'extérieur et bloquant la vue des vaisseaux furtifs. Les ombres découpaient la lumière argentée autour d'eux, le bruit un mélange de vent tourbillonnant et de pas précipités.

Dans l'ensemble, une bonne configuration pour un interrogatoire.

Retirant sa main, gardant son couteau, Javelin resta derrière l'agent, qui affichait un air disant qu'elle en avait vraiment, vraiment assez de tout ça.

— Faire quoi vite ? dit l'agent. Êtes-vous et votre ami d'autres qui ont sauté une dose ? Combien de vieilles armures assistées avons-nous sur cette fichue base ?

— Quoi ? dit Rovo. D'autres ?

— Un autre comme vous, répondit l'agent. Je peux vous en dire plus si vous me laissez partir.

— Je ne suis pas là pour te tuer, dit Rovo. Dis-moi. Qui était l'autre ?

— Alors dites à votre copain d'éloigner son couteau et je parlerai.

Rovo hocha la tête par-dessus l'épaule de l'agent. Javelin écarta le tranchant du couteau de l'uniforme de la femme, lui laissant un centimètre pour respirer, mais seulement ça.

— Il vous ressemblait. Armure assistée. Couleur différente. Il avait aussi une épée au lieu de, l'agent hésita, regardant la faux, peu importe ce que c'est que ce truc.

— Où est-il allé ?

— Il avait un autre avec lui, c'est lui qui m'a parlé de la dose sautée. Ils allaient à l'infirmerie.

— Et c'est où ?

L'agent plissa les yeux vers Rovo, la bouche ouverte dans une expression confuse, — Comment peux-tu ne pas savoir ? Tu es ici depuis des mois.

Depuis des mois ? Que pensait cet agent qu'il se passait ? Rovo écarta cette pensée dès que la question surgit. Pas le temps de corriger les théories de l'agent. Il semblait qu'elle avait vu Sai, et si Sai était passé par ici, il n'était probablement pas sur le *Prisa*. Et, si l'épéiste ne répondait pas aux requêtes ouvertes sur la bande de l'escouade, alors Sai était peut-être en difficulté.

Rovo ne serait pas, quoi qu'en dise Tarla, inutile.

— Perte de mémoire. C'est un effet secondaire, improvisa Rovo. Maintenant, où ?

— Tu aurais pu prendre un ascenseur avant l'explosion, dit l'agent. Maintenant, tu pourrais peut-être entrer de l'autre côté ? L'agent pointa droit de l'autre côté de l'aire d'atterrissage, le long du grand portail ouvert vers l'endroit où tous ces rangs avaient été équipés de combinaisons. Sans électricité, qui sait cependant.

— Dernière question. Rovo avait son chemin, maintenant il avait besoin de comprendre. Où allez-vous tous ? Que se passe-t-il ici ?

— C'est plus d'une question, rétorqua l'agent, mais l'irritation s'estompa alors qu'elle répondait. Honnêtement, nous ne savons pas. Vana nous a dit de voir les navettes partir, puis de rejoindre nos vaisseaux et de fuir. Nous nous dispersons dans la galaxie. Je ne sais pas ce qui vient ensuite.

Rovo attendit, mais l'agent n'offrit rien d'autre. Peut-être disait-elle la vérité. Il se pouvait que Vana liquide ses forces, ou les envoie attendre son prochain grand coup. C'était frustrant quand une réponse n'apportait que plus de questions, mais les bottes de Rovo le démangeaient de partir à la poursuite de Sai.

— D'accord, vas-y. Rovo fit un geste de la main à Javelin, qui relâcha l'agent. La femme ne prit pas la peine de jeter un second regard à Rovo, mais s'élança dans un sprint effréné.

— Elle va parler de nous à ses amis, dit Javelin. J'aurais dû en finir avec elle.

— Ses amis se fichent pas mal de toi et moi, répliqua Rovo, et pour appuyer ses propres paroles, il se mit à courir à travers l'aire d'atterrissage.

Il n'y avait plus autant d'agents en train d'embarquer dans les vaisseaux. Il n'en restait que deux, et parmi ces agents qui attrapaient leurs sacs, Rovo en vit quelques-uns jeter un coup d'œil dans sa direction avant de retourner à leur fuite. Ils avaient leur mission, Rovo avait la sienne, et aucun ne se souciait plus de l'autre.

Les indications de l'agent s'avérèrent exactes, les menant à une structure en pente facile à manquer parmi les dunes. Comme un coin placé sur son côté, le bâtiment s'élevait d'un seul étage au-dessus du sol et semblait, comparé aux autres endroits où Rovo avait été ici, plus ancien que tout le reste. La porte, une seule, épaisse et quelque peu rouillée, avait un scanner fixé avec des sangles métalliques visibles l'attachant à la porte. Un panneau, également fixé, était placé au-dessus de la porte et déclarait le bâtiment restreint en lettres rouges et grasses.

— Le bâtiment est restreint et il n'a pas de nom ? dit Javelin alors qu'ils approchaient. Il se passe quelque chose de louche ici.

— Je suppose que ça ne faisait pas partie de ta visite ?

— Visite ? Vana nous a montré la cuisine, les toilettes, et nous a donné nos combinaisons. C'est tout.

— Et pourtant, tu as quand même décidé de travailler pour elle.

— Le fric, c'est le fric, mon pote.

Rovo visa son fusil, régla la chaleur au maximum, et tira deux coups dans les sangles de verrouillage. Le laser les fit fondre, laissant une trace orange incandescente. Le fusil ne pouvait pas soutenir trop de tirs à haute température, mais les deux suffirent : un coup de pied puissant et la porte céda.

Des escaliers de métal froid se trouvaient à l'intérieur, descendant. Pas de lumières, naturellement. La poussière captait l'éclat argenté, s'échappant vers l'extérieur. Dans le calme relatif — les agents et leurs vaisseaux étaient tous partis, laissant les sons aux bruits décroissants des navettes — Rovo perçut quelque chose de nouveau, quelque chose qui le fit avancer même alors que Javelin reculait.

La recrue avait été suffisamment longtemps avec Sai pour reconnaître le tintement d'un katana quand il l'entendait.

Allumant son bracelet pour s'éclairer, Rovo descendit les marches, chaque claquement chassant un peu plus de son esprit le *inutile* de Tarla.

21

RAISONS

La sortie de secours n'avait aucun sens à moins de connaître le but de la base. Aurora descendait les escaliers en bondissant, acceptant son emplacement à côté de la salle d'administration comme une concession aux désastres possibles lorsqu'on jouait avec des gens. Si Aurora avait deviné juste et que la base était vraiment le berceau originel du programme Raider, alors avoir une sortie rapide sans cellules affamées sur le chemin était logique.

Cela faisait aussi des créateurs des lâches, peu enclins à faire face aux conséquences qu'ils s'étaient attirées avec leurs expériences imprudentes.

Après avoir passé quelques paliers, Aurora arriva au bas de la cage d'escalier et devant une porte ouverte, le scanner brillant en vert. Au-dessus, encore une fois, le mot « Urgence » clignotait son avertissement rouge et blanc. En dessous et au-delà, aucun couloir ne se présentait. À la place, une large chambre plongeait vers le bas depuis l'entrée, creusant suffisamment d'espace pour un vaisseau.

Un vaisseau qu'Aurora reconnaissait.

Les lumières du plafond restaient éteintes, mais, conformément à son but, la chambre avait des diodes tout le long du sol traçant un chemin vers le vaisseau stationné. L'ancien vaisseau de Renard — maintenant celui de Vana — était posé sur ses béquilles, la rampe d'embarquement baissée, prêt à partir.

Tous les instincts d'Aurora lui disaient que pénétrer dans cette chambre et s'approcher de ce vaisseau serait une très mauvaise idée. Les côtés de l'entrée empêchaient Aurora ou sa visière de voir quoi que ce soit qui attendrait un pas à l'intérieur, tandis que des menaces potentielles pourraient descendre la rampe ou contourner le vaisseau, laissant Aurora prise au piège sans aucune couverture.

Tous ses instincts lui disaient qu'un repli vers le haut, une alliance potentielle avec les soldats de DefenseCorp ou une réunion avec Escouade Sever présenterait une meilleure alternative. La logique même de DefenseCorp le dictait, préférant des assauts prudents — et les facturations supplémentaires — avec de grands effectifs plutôt que l'héroïsme individuel.

Mais Aurora n'était pas là pour DefenseCorp, et elle n'était certainement pas là pour l'argent.

Levant son fusil, voulant que son armure de combat tienne encore un peu plus longtemps, Aurora fit le premier pas au-delà du seuil. Pivotant rapidement à gauche et à droite, la capitaine de Sever confirma que seule l'obscurité déclinante occupait les deux côtés. Bien que les diodes n'éclairent pas les coins, Aurora passa en spectre infrarouge pour confirmer, avec des nuances de bleu profond, que rien n'attendait.

L'absence se poursuivit alors qu'Aurora descendait vers le vaisseau. À chaque pas, Aurora pensait qu'une attaque allait survenir. À chaque pas, rien ne se passait.

Le vaisseau s'anima, attirant l'attention d'Aurora. Le gémissement d'un moteur qui s'éveillait résonna dans la chambre. Aurora ne voyait pas, ne pouvait pas dire où serait la sortie du vaisseau, ni comment on pourrait l'actionner si la base n'avait pas de courant. Peut-être que Vana avait un plan pour se frayer un chemin en explosant.

Ou tout ceci n'était qu'une autre ruse.

— Alors tu m'as suivie jusqu'ici, fit la voix de Vana, tout proche. Juste dans l'oreille d'Aurora.

Aurora pivota vers le bruit. Regarda et ne vit rien dans les ombres. Elle écouta, essayant d'entendre les bruits feutrés de pieds touchant le sol. Aurora passa à nouveau en infrarouge et ne vit rien. Sa visière ne donnait aucune indication de menace.

— Tu ne me trouveras pas, poursuivit Vana, bien que maintenant sa voix semblait rebondir dans la pièce. Nous avons fait quelques améliorations, tu sais. Renard était vraiment un génie.

— C'était un monstre.

N'ayant nulle part où aller, Aurora décida de continuer à se diriger vers le vaisseau. Si elle ne pouvait pas voir Vana, alors Aurora devait restreindre ses options. À l'intérieur de l'engin, l'agent n'aurait pas de place pour se cacher. Ne pourrait pas disparaître et réapparaître.

— Ils le sont tous, dit Vana, injectant de la passion avant de la refroidir brusquement. Ou, devrais-je dire, l'étaient. Merci pour ça. Tu as rendu un grand service à la galaxie.

— Ravie d'avoir pu aider.

Atteignant la plateforme centrale, Aurora vit exactement comment le vaisseau pourrait s'échapper. Les diodes noyaient la lumière, mais au-dessus, un tunnel clair menait vers le ciel nocturne d'Aurum Trois. Du sable interrompait la vue, prouvant que le tunnel n'était pas grand ouvert, mais scellé par du verre. Plus facile, cependant, de briser cela que de creuser pour se libérer à travers le sable et la roche.

— C'est vrai, dit Vana, sincère et apparemment pas pressée d'arrêter l'avancée d'Aurora. Tout ce que j'ai voulu, tu me l'as donné.

— J'en doute. Aurora posa un pied sur la rampe, attendit. Où es-tu ?

— Ici, répondit Vana, à nouveau si proche. Ne t'inquiète pas, tu me verras bientôt.

— Arrête de jouer.

Un rire. — Jouer ? Je suis désolée si je ne suis pas aussi directe que toi, Aurora. Mes objectifs ne se résolvent pas simplement avec un fusil. Tu as le disque dur, n'est-ce pas ?

— Tes amis me l'ont donné, dit Aurora, faisant un autre pas sur la rampe.

Elle n'avait encore vu aucun signe de Vana dans la chambre. Les murs en pente de la pièce rendaient possible un écho, ou peut-être une diffusion directe pour que la voix de Vana sonne comme elle l'avait fait, mais le jeu de cache-cache continu de l'agent commençait à l'agacer.

Il était temps de forcer la main de Vana.

Aurora se retourna et courut sur la rampe, poussant de la puissance dans ses propulseurs endommagés pour faire ce pas supplémentaire. Si Vana attendait à l'intérieur, planifiant une embuscade, cette soudaine explosion devrait ruiner la surprise. Trois grandes enjambées amenèrent Aurora dans la salle centrale du vaisseau, un canapé familier le long d'un mur — vu quand Rovo était otage, décrit pendant la mission de sabotage de Sai, Eponi et Gregor — et rien d'autre. La carte jouée, Aurora alla à droite, se dirigeant vers le cockpit.

Vana devait protéger le vaisseau. Ses capacités furtives étaient le moyen le plus sûr pour elle de quitter la planète.

Mais le cockpit s'avéra aussi vide que partout ailleurs. Parmi les consoles, cependant, une lumière clignotait. Un appel entrant. Se sentant déjà mal à l'aise, comme si quelque chose s'était très mal passé, Aurora s'avança et tapota pour répondre.

Le visage de Vana apparut, la vue derrière elle changeant. L'agent bougeait, la caméra de son bracelet capturant le mouvement au fur et à mesure. Aurora aperçut l'obscurité, les diodes, puis vit le même escalier qu'elle venait de descendre. Aurora commença à se retourner lorsqu'un bruit différent éclata.

La rampe d'embarquement se relevait pour se fermer, et la porte du vaisseau claquait pour la rejoindre.

— Désolée, Aurora, dit Vana. Je sais à quel point tu voulais te battre. Mais ce n'est tout simplement pas mon genre.

Aurora aurait dû être en colère, aurait dû essayer de sortir de force. Au lieu de cela, elle ouvrit sa visière et regarda par le cockpit du vaisseau pour voir Vana debout à l'extérieur. Ou plutôt, le visage de Vana semblant flotter au-dessus d'un flou. L'agent avait trouvé sa combinaison, mais pourquoi choisissait-elle de s'échouer ici ?

— Je ne comprends pas, demanda Aurora, sa curiosité apaisant sa frustration.

— J'essaie de m'assurer que la galaxie comprenne, répondit Vana. Toi et ce disque n'êtes qu'une pièce. Mes agents en sont une autre. La destruction au-dessus de nous en est une troisième, et il y en a bien d'autres. Tu as fait tout ce que j'aurais pu demander, toi et ton Escouade Sever. Alors je vais te remercier maintenant et te souhaiter un bon voyage.

— Tu ne me souhaiteras rien du tout, dit Aurora en

balayant la console du regard, essayant de trouver un moyen d'arrêter le vaisseau.

Ses moteurs continuaient de monter en puissance, les jets de manœuvre s'ébranlant et soulevant l'engin du sol.

— Ce n'est pas à toi de décider, dit Vana. Tu es une soldate. Suis les ordres, comme tu le fais si bien. Vana esquissa un petit sourire. Tu n'entendras plus jamais parler de moi, tout comme j'ai hâte de ne plus jamais te voir. Au revoir, Aurora.

La transmission se coupa, et avec elle, le vaisseau de Renard, sous l'emprise du pilote automatique, s'installa sur un cours préprogrammé. Avec les jets qui s'allumaient, le vaisseau commença à pivoter vers le haut. Une voix automatisée appela tout le monde à trouver des positions de lancement. L'armure énergétique d'Aurora verrouilla ses bottes au sol quand Aurora le demanda, l'empêchant de glisser.

Tout ce mouvement empêcha Aurora de creuser les paroles de Vana. À force de mener trop de missions dangereuses, on finissait par rencontrer beaucoup de gens qui voulaient faire des déclarations cryptiques à la fin. Mieux valait s'occuper du problème et trier les déchets plus tard.

Visant avec son fusil, Aurora tira dans la vitre du cockpit, la brûlant mais sans la briser. Peut-être trop épaisse pour qu'un tir la perce, mais le travail du fusil n'était pas destiné à faire un trou. Cela arriva maintenant, alors que le vaisseau approchait de son lancement vertical. Donnant un coup de pied avec ses bottes, activant les propulseurs chargés par les sauts dans les escaliers, Aurora tira davantage en fonçant contre le pare-brise.

Le vaisseau ne céda pas facilement Aurora, le verre se fissura avant de se briser, traînant et coupant son armure. Néanmoins, son élan propulsa Aurora à travers, bien que ce fut moins un saut glamour vers la liberté qu'une lente roulade du nez du vaisseau jusqu'au sol. Aurora atterrit durement sur le dos, l'air s'échappant de ses poumons tandis que ses yeux captaient le clignotement frénétique d'alerte de sa visière.

Un vaisseau spatial était sur le point de décoller, et Aurora était allongée juste sous ses moteurs.

Avec un juron silencieux et un sursaut, Aurora essaya de rouler sur le côté. Essaya, et découvrit que son armure énergétique lançait des étincelles, refusant de bouger. Au-dessus, les moteurs devenaient plus brillants. La chaleur augmentait. Bouger semblait demander de déplacer un million de kilos.

Échapper à un problème pour en rencontrer un autre, et celui-ci n'avait pas de solution évidente.

Jusqu'à ce que, raclant le sol, quelque chose traîne Aurora. Comme si elle était attachée à un engin rapide, Aurora glissa sur le dos le long de la plateforme centrale, puis sur le côté lisse et en pente. Le vaisseau spatial s'alluma, s'embrasant alors que l'ancien vaisseau de Renard décollait. La chaleur traversa la combinaison d'Aurora, réchauffant ses jambes, sa poitrine, sa tête.

Puis les moteurs s'éloignèrent et, à part le verre qui se brisait au-dessus et qui tombait en gros morceaux dans la chambre, la pièce resta immobile et fraîche.

— Éjecte, dit Vana, en glissant un couteau sous la visière d'Aurora contre son cou. Éjecte ou je te tue maintenant.

La visière d'Aurora finit par lire la menace, mettant en évidence la forme de Vana. Tellement utile.

— Pourquoi m'as-tu sauvée ? temporisa Aurora, se demandant si elle pouvait s'échapper, peut-être sortir un pistolet. Avec son armure en panne, cependant, aucune de ces options ne semblait bonne. Mais il y en avait une troisième. Aucune chance que je survive aux moteurs.

— Le disque, idiote, siffla Vana, et maintenant la tête casquée de l'agent entrait dans le champ de vision d'Aurora. Si ça ne sort pas, tout ceci pourrait être pour rien.

— Quel "tout" ?

Le couteau bougea, trouvant le plus petit jeu, — Tu n'as pas encore compris ?

— Comme tu l'as dit, je ne suis qu'une soldate.

— Et je suis à court de temps, dit Vana. Éjecte, s'il te plaît. Je ne voudrais pas abîmer le disque en prenant ta vie.

— Voilà une belle motivation, répondit Aurora, glissant sa main gauche près de la fente de l'armure où elle avait mis l'appareil. Qu'y a-t-il sur le disque, Vana ?

— Tout sur cette base et ce que Renard a essayé d'en faire, ce que j'ai réellement fait. Une histoire qui doit être partagée. Vana resserra sa prise sur le couteau. Je sais comment fonctionne une armure énergétique, Aurora. Je te donne cinq secondes.

Serrant son poing gauche, Aurora le leva, — Tu veux le disque ? Le voilà.

Les doigts tendus de Vana semblaient flous, mais Aurora les sentit néanmoins lorsqu'ils touchèrent et tirèrent sa main fermée. Comme une araignée frappant, Aurora ouvrit son poing et saisit la main de Vana. En même temps, Aurora tendit le bras, posa sa paume droite sur le bras de Vana.

Et activa le Shock-Jock.

Conçu pour réanimer un soldat, la fonction d'urgence de l'armure énergétique envoya suffisamment de courant à travers la main d'Aurora pour projeter Vana en arrière, faisant tomber le couteau alors que l'agent chutait. Aurora suivit le choc avec une seconde commande, détachant l'armure énergétique. Faisant sauter ses propres articulations, la combinaison se désintégra autour d'Aurora alors qu'elle se relevait, attrapant le pistolet toujours fixé à la taille de la combinaison.

— Un sale coup, même pour toi, dit Vana alors qu'Aurora trouvait le pistolet.

La capitaine de Sever brandit son arme, la pointant là où elle avait entendu la voix. Vana se tenait debout, sa combinaison invisible couverte de lignes noires là où le Shock-Jock avait brûlé ses circuits réfléchissants. Le casque de l'agent fumait, et Vana l'arracha, le jetant au loin.

— Je pensais que tu savais, dit Aurora, tout est permis dans un combat.

— C'est vraiment ça alors, ton souhait ? demanda Vana, sans sourire dans ces mots cette fois. Tu es venue jusqu'ici, tu as fait tous ces dégâts, pour un combat ?

Aurora pointa le pistolet sur la tête exposée de l'agent, — Tu peux parier ton cul que oui.

22

LA DANSE

Parmi les nombreuses vérités que Sai avait adoptées au cours de son temps chez DefenseCorp, comprendre qu'il n'aurait jamais l'occasion d'agir sur ses erreurs était un pilier. Une mission qui tourne mal, un tir qui rate sa cible, ou un plan mal conçu, tout cela se produirait et mijoterait dans l'histoire, cristallisé dans son erreur pour toujours.

Cette vérité s'est brisée dans l'obscurité parmi les podiums. Elle s'est brisée lorsque des sons grouillants et gargouillants sont venus des coins de la pièce. Elle s'est brisée lorsque la première chose s'est précipitée vers Sai et Perro, une masse bouillonnante et saumâtre avec un seul objectif : consommer.

Sai avait déjà vu ces choses auparavant, sur Dynas. À l'époque, elles avaient été lâchées sur l'épéiste comme une sorte de test, bien que Sai n'ait jamais su si le but était de prouver que les monstres attaqueraient quelles que soient leurs chances, ou que Sai lui-même valait la peine d'être gardé comme sujet de test.

Impossible d'oublier, cependant, ce qui est venu après.

Les injections, les fièvres brûlantes, la sensation que ses entrailles allaient se dévorer elles-mêmes dans une frénésie... Sai ne dirait à personne combien de nuits il s'était réveillé en sueur, ressentant la même chose. Difficile de dire si l'expulsion du fléau de la galaxie ferait disparaître ces cauchemars, mais cela semblait valoir le coup d'essayer.

Alors Sai balaya son katana pour rencontrer la chose, tranchant sa masse écumante en deux. La substance gluante s'écarta de Sai comme s'il était une sorte de prophète high-tech, laissant place à trois autres créatures qui se précipitaient derrière.

— Allez ! dit Sai, s'avançant pour affronter la ruée, sa lame tachée de noir.

En tant que cri de guerre, ces mots laissaient à désirer, mais Sai se laissa emporter par les mouvements. Une coupe transversale de gauche à droite prit la bête du centre et permit à Sai de faire un pas sur sa gauche, gagnant un demi-mètre de distance en faisant pivoter la coupe transversale. La vague entailla la créature de droite, la ralentissant suffisamment pour que Sai puisse compléter sa rotation, tranchant à gauche et revenant en travers pour achever la destruction du trio.

Les mouvements ressemblaient à un film, seulement réalisables parce que ces choses étaient à peine vivantes, à peine maintenues ensemble. Contre des ennemis armés ou blindés, le katana se serait coincé dans leurs os, leurs barrières. Ici, Sai pouvait flotter.

Sans l'armure de puissance, l'épéiste atteignit une vitesse fébrile, attrapant chaque créature qui s'approchait sur son chemin. Se rappelant toutes ces soirées avec sa mère et son père, Sai revint à la danse qu'il connaissait dans ses os. Les créatures, ces choses fanées et oubliées, plongeaient sans égard pour leur vie. Elles se ruaient sur Sai par le côté, par derrière, et tombaient d'en haut.

Toutes trouvèrent leur délivrance sur sa lame, et Sai dans leur fin.

Du moins jusqu'à ce que son pied, nu, glisse sur le sol glissant. Essayant de garder son équilibre, le charme rompu, Sai réalisa qu'il se tenait dans une mare bouillonnante. Une personne vivante pourrait être tuée par un coup de poignard ou une coupe transversale, mais un virus comme celui-ci ne respectait pas une telle précision. Trébuchant, tombant, Sai atterrit sur le dos dans la maladie.

Et entendit Perro crier, hurler. Pas les sons confiants de quelqu'un qui pourrait venir à son secours. Sai, gardant sa prise sur le katana, roula sur son épaule, essaya de se relever. Ce qui avait été glissant, cependant, se coagulait maintenant autour d'une nouvelle opportunité. Le virus aspirait les pieds de Sai, ses jambes, ses mains. Une sensation de picotement se transforma rapidement en une brûlure glacée, une traction engourdissante.

Le monstre que Sai avait vaincu une fois revenait à la charge une seconde fois.

Il ne le laisserait pas gagner.

Relevant le katana dans sa main droite, Sai le planta dans le sol. Le bord en diamant de l'épée mordit dans le sol, donnant à Sai un point d'appui. Il poussa, lutta contre le froid qui déchirait ses membres, et se remit sur ses pieds. Utilisant à nouveau le katana, Sai tenta un saut, se propulsant vers le haut en même temps. Le sol trahit à nouveau son appui, et le prétendu saut de Sai pour se libérer de la flaque devint une chute, un trébuchement désespéré.

L'homme réussit. L'épée non.

Heurtant un sol béni de propreté, Sai roula et se remit sur

ses pieds. En regardant en arrière, la lueur argentée de son bracelet illuminait le puits viral bouillonnant dont les tentacules dévoraient le katana. Que le virus puisse réellement endommager l'épée ou non n'avait pas d'importance : sans arme, Sai ne vivrait pas assez longtemps pour s'en soucier.

Au lieu de cela, il se tourna vers les cris brisés de Perro. Le Ranger du Crépuscule s'était réfugié dans un coin, à peine visible sous une avalanche infectée. Avec son armure de puissance, Sai serait allé le libérer, aurait combattu pour le sauver. Sans elle, il ne ferait que sauter vers sa propre mort.

— Tu ne veux pas le sauver ?

Les mots résonnèrent de manière aqueuse, décomposés, mais reconnaissables.

Sai jeta un coup d'œil à sa droite et vit une femme qu'il ne voulait plus jamais revoir, mais qui, néanmoins, apportait un peu d'espoir : si Sai devait mourir dans ce maudit donjon, au moins il pourrait emporter la bonne personne avec lui.

Anaskya ne ressemblait plus guère à la femme qui avait abandonné l'Escouade Sever sur Wexer après avoir utilisé et été utilisée par l'escouade pour échapper à une existence condamnée sur Dynas. Elle avait été une scientifique de premier plan avec un goût pour les choses raffinées, une qualité qui ne semblait pas être satisfaite ici, où Anaskya avait l'air d'avoir subi les effets néfastes de ses propres inoculations un peu trop souvent.

Mais Sai n'oublierait jamais ce visage, peu importe à quel point il était marqué par la maladie, déformé par ses propres échecs.

On ne perd pas de vue celle qui a failli vous arracher à votre famille.

— Je préfère te tuer, dit Sai, cherchant un moyen de le faire.

Anaskya, cependant, ne semblait plus appartenir à son ancien corps. Comme les créatures que Sai avait découpées, les bras et les jambes d'Anaskya paraissaient en grande partie sombres et grouillants, seule une zone partant de sa poitrine et remontant jusqu'à sa tête restant reconnaissable. Sai pouvait donner un bon coup de poing, essayer de lui briser la nuque, mais est-ce que cela l'arrêterait vraiment ?

— Tu n'auras pas à le faire, répondit Anaskya. Je serai bientôt morte, comme tous ceux qui restent ici. Ensuite, ce virus couvrira la planète. Ma vie aura son héritage dans la création d'un autre. Que peut-on demander de plus ?

— Un peu de bon sens, peut-être ? Sai se retourna vers Perro, toujours en difficulté. Tu peux leur dire de le laisser tranquille ?

— Pourquoi m'écouteraient-ils ? Anaskya rit, un son éventré, comme un poisson haletant. Leur seule pensée est la faim.

— C'est ce qui va arriver à tous les costumes dans les navettes ?

— Vana a commencé sa croisade ? dit Anaskya. Alors oui, éventuellement. Une fois que leurs doses suppressives se seront dissipées.

— Mais pourquoi ? Quel est l'intérêt de tuer tous vos soldats ?

— Il faudra demander ça à Vana, fronça Anaskya. C'est elle qui m'a ordonné de régresser le virus. Avec le sang de la fille, ils auraient pu être invincibles. Au lieu de cela, elle voulait qu'ils soient transformés en bombes.

— Et tu l'as fait sans hésiter.

— Je l'ai fait avec beaucoup d'hésitations, que j'ai parta-gées avec Vana à de nombreuses reprises après que ses agents m'aient emmenée, dit Anaskya. Elle les a ignorées. Elle m'a forcée à créer ceci. Ceux-ci.

— Pourquoi l'aurais-tu fait ? Si tu savais que tu allais mourir de toute façon ?

— Tu es père, n'est-ce pas ? demanda Anaskya. Ce sont mes enfants. Ils ne sont peut-être pas comme je l'espérais, mais au moins je les ai vus vivre. Sans Vana, je n'aurais rien eu. Mon travail aurait été gaspillé.

Un calme étrange s'empara du spadassin. Peut-être le même calme qui semblait avoir pris possession d'Anaskya. Ils étaient tous deux condamnés, destinés à servir de nourriture à ces choses une fois qu'elles en auraient fini avec Perro. Sachant qu'Anaskya le suivrait dans l'au-delà, partager une dernière conversation semblait presque normal, semblait la seule chose que Sai pouvait faire.

L'idée de s'enfuir fit une brève apparition dans le répertoire de décisions de Sai. Il pouvait sprinter dans l'obscurité, se guidant à travers des virages aléatoires avec le bracelet en espérant trouver une sortie avant que les monstres ne le trouvent.

Et pourtant.

— Deux choix, dit Sai. D'autres créatures étaient entrées dans la pièce, sans doute les restes du stock expérimental d'Anaskya. Perro s'était tu, bien que la foule enveloppât toujours l'homme. Le reste donnait un large espace à la scientifique, comme une famille respectant son parent. Je peux te donner une mort rapide maintenant, ou tu peux laisser ces choses te dévorer.

— Comme elles le feront pour toi après ma disparition. Pourquoi me donner la meilleure fin ?

— Parce que ce sera la dernière chose satisfaisante que je ferai.

— Me détestes-tu vraiment autant ? Suis-je si horrible ?

— Oui. Sai se mit en position. Prêt à y aller. Choisis.

Anaskya se regarda, puis secoua la tête, — Je suis désolée, Sai. Si je dois mourir, ce sera par mes propres créations.

Parfait. Bien plus satisfaisant d'abattre un ennemi qui se bat, plutôt qu'un qui abandonne simplement.

Sai tenta un coup de poing. Un direct venu de nulle part, destiné à mettre Anaskya hors d'état de nuire avant qu'elle ne puisse se défendre.

Son poing n'atteignit jamais sa cible. Une autre créature, que Sai n'avait pas vue arriver derrière lui, plaqua le spadassin au sol. Anaskya émit un rire humide tandis que la créature s'empilait sur Sai, sa masse visqueuse et grouillante le plaquant au sol.

La créature, cependant, avait toujours un corps, et Sai avait toujours sa force. Poussant avec ses bras, Sai fit rouler la créature et lui-même sur le dos, enfonçant son coude dans le visage de la chose. C'était comme frapper un oreiller rempli de steak, mais le coup étourdit suffisamment la chose pour que Sai puisse se relever, tournoyer avec son bracelet pour ne trouver aucune trace d'Anaskya.

Sai continua de tourner, essayant de trouver quel chemin Anaskya aurait pu emprunter. Il bougeait en regardant, s'éloignant des bras qui cherchaient à l'agripper. Il refusait de céder au désespoir qu'Anaskya avait disparu, que Sai n'obtiendrait pas la dernière satisfaction de la vengeance. Cette voie menait à une obscurité plus profonde que toutes celles trouvées ici-bas.

Le bracelet capta un éclat cramoisi, et Sai se focalisa sur la lame de Perro. L'épée bourdonnante avait dû tomber de la poigne de l'homme, son tranchant dépassant de derrière le trio de créatures qui grouillait sur le mercenaire.

Si Sai ne pouvait pas attraper Anaskya, autant mourir en faisant quelque chose de bien.

Le spadassin plongea avec un crochet du droit, éclaboussant les fibres gluantes de la créature centrale et la projetant sur celle de gauche. Le bruit de succion des tendons collants de la créature se décollant de Perro plissa le nez de Sai autant que l'odeur fétide qui inondait la pièce, mais le coup donna assez d'espace à Sai pour se pencher et arracher l'épée de sa mare noire.

La créature à la droite de Sai réalisa que son festin avait été interrompu, se jetant sur Sai avec une masse de vrilles grinçantes à la place d'un visage. Ces choses pouvaient être changeantes, amorphes et malades, mais elles n'avaient pas beaucoup de vitesse.

Sai leva l'épée, la poussant en avant tout en le faisant. Là où le katana coupait avec un tranchant raffiné, la lame de Perro fonctionnait comme une scie chauffée, bouillonnant et tranchant à parts égales tandis que ses dents travaillaient d'avant en arrière à une vitesse trop rapide pour être vue. Le flou brûla à travers la menace, la laissant sifflante en deux tas sur le sol.

Des mains gluantes agrippèrent les épaules de Sai et déchirèrent sa combinaison, tandis que d'autres s'enroulaient autour de ses pieds. Inversant sa prise sur la poignée, Sai enfonça la lame en arrière le long de son côté, embrochant la créature derrière lui. Son hurlement furieux amena un dernier sourire sur le visage de Sai, un sourire qui resta même lorsque d'autres mains infectées et dégoulinantes arrachèrent ses pieds.

En tombant, Sai atterrit à côté de Perro. Dans la lumière de son bracelet, le mercenaire avait l'air mal en point, avec des taches sanglantes partout et des marques noires s'étendant sur sa peau et ses vêtements. Malgré tout cela, alors que Sai agitait l'épée en arc, tranchant à travers la prochaine créature qui avançait, il vit la poitrine de Perro se soulever et s'abaisser.

— Oh merde, dit Sai, repoussant d'un coup de pied d'autres mains de créatures tranchées qui cherchaient à atteindre ses pieds. Je ne peux pas mourir pendant que tu es encore en vie, n'est-ce pas ?

Perro, comme prévu, ne répondit pas. Les créatures, toujours plus nombreuses, hurlèrent.

— Très bien alors, dit Sai, tendant le bras derrière lui et se redressant. Tranchant vers le bas avec l'épée, il se débarrassa des restes qui le harcelaient en dessous. Allez, bande de salauds. On n'en a pas encore fini.

Si le défi de Sai avait effrayé les créatures, elles ne montraient aucune peur dans la lumière argentée de son bracelet, chacun de ses rayons révélant un autre monstre surgissant de l'obscurité.

COMBINAISONS

La visière de Gregor confirma ce que ses oreilles lui avaient transmis lorsque les bottes touchèrent le sol dans le hangar d'amarrage. Les deux côtés de la navette de largage s'ouvrirent, leurs ailes s'élevant haut et déversant la douzaine de passagers à l'intérieur. Gregor, son marteau à la main, prit la tête, chargeant droit vers ce qu'il ne pouvait pas voir dans l'espoir qu'ils le verraient.

Un essaim serait facile à abattre pour Briany.

Plus difficile, aussi, pour Gregor de rater sa cible quand tout le monde était bien regroupé. Un marteau de combat comme le sien n'était pas fait pour la précision.

Il était très efficace pour la destruction, cependant.

— Enflammé à droite, dit Briany, sa voix résonnant près de l'oreille de Gregor.

L'ordre envoya le premier coup de Gregor vers la gauche, un large balayage cherchant à atteindre les menaces rouges que sa visière lui présentait. Il s'attendait aux démons dans le hangar ensanglanté du *Prisa*, aux goules sans cervelle prêtes à être détruites.

Au lieu de cela, son coup ne rencontra que du vide. Des

clics se firent entendre alors que les bottes quittaient le sol du hangar pour s'élever dans les airs, et Gregor perdit l'équilibre lorsque le marteau ne rencontra aucune résistance, l'envoyant dans un tourbillon alors que les tirs de Briany éclaboussaient de bleu sur sa droite. Elle eut plus de chance : les acrobaties involontaires de Gregor amenèrent une cible sur le chemin de Briany, permettant à la tireuse de marquer deux coups solides.

La cible ne faiblit pas, continuant à courir juste à côté de Gregor d'une manière qu'un prédateur aveugle n'aurait jamais adoptée.

Merde.

— Ils ne sont pas...

Gregor finit par un cri lorsque quelque chose le frappa violemment, le projetant au sol et l'envoyant rouler à travers le hangar.

Utilisant le marteau pour se stabiliser en accrochant sa tête autour de quelques caisses de fournitures, Gregor se remit sur ses pieds à temps pour encaisser un autre coup. Celui-ci, un coup blindé à la visière, fit craquer l'armure de Gregor contre son front, brouillant sa vision et le faisant trébucher par-dessus les caisses pour atterrir sur le dos.

Pas un très bon départ.

Sur la droite, un bruit différent remplit le hangar. Un son de broyage, le hurlement du métal alors que des lasers de découpe déchiraient la résistance. D'autres signes que ce n'étaient pas des bombes stupides, mais des démons calculés et entraînés avec les moyens et les méthodes pour atteindre leur objectif.

— Tu comptes aider ? coupa Briany à travers l'étourdissement. Parce que si je ne vois pas ce marteau se balancer bientôt, je vais être vraiment énervée.

La visière de Gregor, comme si elle suivait les paroles de

Briany, émit une autre alarme stridente. Droit devant. Toujours sur le dos, Gregor lâcha le marteau et croisa les poings alors qu'un couteau, scintillant dans la combinaison du soldat qui déviait la lumière, fonça droit sur lui. Les avant-bras de Gregor firent rebondir la lame, l'enfonçant dans le sol à côté de sa tête. Dès que la pointe effleura le sol, son attaquant l'avait déjà retirée, prêt pour un autre coup.

Relevant brusquement son genou, Gregor sentit qu'il avait touché une forme floue qu'il ne pouvait pas voir, et vit le deuxième coup de l'homme rater sa cible alors que la chose perdait l'équilibre. Gregor tendit le bras, saisit le bras armé du couteau et tira vers le bas, utilisant l'élan pour se rouler sur son attaquant alors que le soldat en combinaison heurtait le sol.

Le couteau, libéré de son fourreau, ne pouvait pas se cacher aussi bien que la combinaison. Gregor utilisa l'arme comme indice, frappant sa poignée contre le sol — ignorant les coups de poing sur sa poitrine et ses jambes — jusqu'à ce que l'homme lâche prise, envoyant le couteau au sol. Asséné un coup assommant à la tête de l'homme, suivant les lignes floues le long de ce qui ressemblait autrement à un carrelage bleu-noir propre, Gregor récupéra le couteau et l'utilisa pour mettre fin définitivement au combat.

— Gregor ! Briany n'avait plus l'air si sûre d'elle maintenant.

Saisissant son marteau et se relevant, Gregor vit que Briany menait un combat de repli. Une combinaison fumante gisait sur le sol du hangar, mais il semblait qu'au moins deux autres avaient poussé Briany à reculer vers le côté du hangar. Au lieu de tirer, la Ranger du Crépuscule tenait son fusil comme une épée, l'utilisant pour bloquer les coups de couteau dans une défense frénétique.

Une défense qui n'offrait aucune issue autre que la mort.

Avec le marteau dans une main, Gregor dégaina un pistolet en commençant à courir. Il visa là où Briany balançait son fusil, là où les étincelles jaillissaient chaque fois qu'une lame touchait son canon. Les tirs orange, trouvant un juste équilibre entre assez puissants pour percer l'armure et assez faibles pour préserver la batterie, plongèrent dans les combinaisons et laissèrent des marques carbonisées sur leurs propriétaires.

S'ils s'en souciaient ne serait-ce qu'un peu, Gregor ne pouvait pas le dire.

Briany remarqua l'approche de Gregor et changea de tactique, arrêtant sa retraite pour retenir les combinaisons là avec une série furieuse de balayages destinés à faire reculer les monstres invisibles de quelques pas. Le premier coup avec le fusil frappa dans le vide — un succès — mais le coup de retour s'arrêta brutalement. Briany grimaça derrière l'écran de son casque, visible alors que Gregor commençait son propre élan, et elle lâcha le fusil, optant plutôt pour un coup de poing vers celui qui avait attrapé son arme.

Le poing n'arriva jamais à destination.

Un couteau jaillit et frappa la poitrine de Briany, s'enfonçant dans l'armure et la repoussant. Laissant la lame plantée, l'attaquant devait avoir un grand plan secondaire. Gregor ne le saurait pas parce qu'il ne pouvait pas voir ce que l'homme faisait.

Mais la visière de Gregor lui indiquait exactement où l'homme se tenait.

Le marteau de Gregor frappa avec une force qu'il n'avait pas déployée depuis longtemps. La colère l'envahit à la vue de Briany poignardée, au fait d'avoir lui-même failli être embroché. Une rage contre la façon dont ces choses enfreignaient les règles avec leur camouflage, contre la façon dont les nouveaux sons derrière eux indiquaient clairement que les autres attaquants avaient dépassé le hangar et se répandaient dans la frégate.

En bref, Gregor avait beaucoup de raisons d'être en colère, et il les déchargea sur l'idiot qui n'avait pas pris le temps d'esquiver.

Le coup brisa le revêtement réfléchissant de la combinaison, envoyant une fracture courbée voler à travers le hangar et hors du bouclier magnétique ouvert de la frégate. Renversant sa prise, Gregor utilisa l'élan du coup pour renvoyer le marteau dans l'autre sens, seulement pour rencontrer le fusil de Briany alors que son nouveau propriétaire l'utilisait pour bloquer le coup.

Laissant tomber le fusil froissé, la combinaison répéta sa stratégie, s'emparant du marteau de Gregor et le tenant fermement. La silhouette floue imita Gregor, tirant sur l'arme, les rapprochant l'un de l'autre. Lâcher prise pour donner un coup de poing pourrait signifier perdre le marteau, et étant donné que ces choses pouvaient frapper très vite, Gregor ne voulait pas prendre ce risque.

Au lieu de cela, il tira. La combinaison tira aussi, leurs prises s'enroulant autour du manche du marteau comme deux dieux pris dans une lutte immortelle.

Bloqués jusqu'à ce que Gregor remarque une brûlure rouge-noir traversant l'endroit où se trouvait la tête de la combinaison. La prise de la chose se relâcha et tomba, révélant Briany avec son pistolet dégainé derrière.

— C'est beaucoup plus facile quand ils restent immobiles, dit Briany. Tu es vivant ?

— Et toi ?

— J'ai une belle entaille sous cette armure, répondit

Briany, agitant le couteau libéré maintenant dans sa main gauche. Ces trucs sont tranchants.

— Oui. Gregor regarda vers les portes de la baie. Il y en a d'autres.

— Alors qu'est-ce qu'on attend ?

— Les chances ne sont pas bonnes, répondit Gregor. On pourrait prendre la navette et partir.

Briany rit. — Toi, tu as peur ? Je ne pensais pas que c'était ton truc.

— Tu es blessée.

— Et la mission n'est pas terminée, répliqua Briany. Allons-y, grand garçon. Je commence à m'ennuyer à rester plantée ici.

Ayant donné aux préoccupations l'attention qu'elles méritaient, Gregor ne perdit plus de temps à s'apitoyer sur Briany. Ensemble, ils passèrent devant la navette de largage et traversèrent les portes de la baie découpées, qui avaient maintenant une ouverture ovale encore fumante découpée en leur centre de haut en bas. Au-delà, le corridor central de la frégate partait vers la gauche et la droite.

Toute décision facile mourut lorsque les deux regardèrent des deux côtés du long couloir. Des affiches standard de DefenseCorp, à la fois éducatives et de propagande, s'accrochaient aux murs en lambeaux, certaines brûlant activement là où les tirs laser avaient laissé leurs traces. Des corps, aussi, jonchaient le sol là où le service de sécurité de la frégate et des passants au hasard avaient connu une fin rapide.

Ces corps allaient dans les deux directions aussi, suggérant que la force d'invasion était moins intéressée par la prise de contrôle du vaisseau que par le nettoyage de la frégate. Une fois de plus, l'estomac de Gregor se durcit avec son cœur, sa mâchoire se serrant face au carnage efficace.

Ces pauvres âmes ne savaient pas contre quoi elles se battaient. Elles n'avaient aucune chance.

— Le pont ou les moteurs ? demanda Briany, l'attitude arrogante disparue face à, eh bien, tout ça.

— Le pont, dit Gregor. Ils sont après les gens, pas les machines.

Il devait aussi parier que les monstres ne sauraient pas comment désactiver ou affecter les moteurs s'ils arrivaient jusque-là. D'après ce dont Gregor se souvenait, le programme Raider n'était pas connu pour l'intelligence de ses soldats.

— Tu penses qu'il y aura des survivants ? demanda Briany alors qu'ils allaient à gauche.

— Nous verrons, répondit Gregor. Sinon, nous nous assurerons qu'ils soient vengés.

Alors qu'ils laissaient la baie derrière eux, les quartiers du vaisseau défilèrent sur la droite, leur porte hermétiquement fermée. Cela, au moins, donna à Gregor une certaine confiance. Quelqu'un avait été assez intelligent pour fermer l'espace, et les monstres ne s'étaient pas souciés de le démolir.

Pas encore.

— Tu es vraiment à fond pour aider ces gens, n'est-ce pas ? demanda Briany.

— J'en étais un, autrefois, dit Gregor. On n'oublie pas d'avoir été utilisé.

— Dit quelqu'un qui a passé combien d'années à faire exactement ça ?

— Pas comme ça. Pas trompé et laissé pour mort.

Briany ne répondit pas à cela, et Gregor était tout à fait pour le silence. Non que le vaisseau manquât de sons. Les alarmes retentissaient maintenant, leurs tintements stridents appelant les soldats à rejoindre leurs postes, et tout le monde d'autre à trouver une arme. Personne, cependant, ne fit irruption dans le corridor pour combattre les intrus. Soit des ordres plus intelligents prévalaient, soit quiconque ayant une once de courage était déjà mort.

Le pont prouva que ces deux pensées étaient fausses.

Barré par une autre entrée, plus épaisse, le pont restait inviolé lorsque Gregor et Briany arrivèrent par derrière. Son viseur détectant les combinaisons invisibles, Gregor en compta quatre attaquant la porte avec le même découpeur qu'ils avaient utilisé pour traverser la baie. À leur approche - le corridor droit offrant peu d'opportunités de furtivité - deux combinaisons se tournèrent vers Gregor et Briany.

Contrairement à celles quittant la navette de largage, ces deux-là avaient des fusils. Les armes contrastaient avec l'armure invisible, éclatantes dans leur noirceur. Encore plus éclatant était le marquage DefenseCorp sur les armes.

Les combinaisons n'étaient pas venues avec ces fusils. Elles avaient pillé les morts.

— Vas-y, dit Briany, soulevant son propre fusil récupéré et ouvrant le feu.

Le marteau levé, Gregor chargea. Il resta au centre du corridor, laissant Briany tirer autour de lui. Les deux combinaisons concentrèrent leurs tirs sur Gregor, choisissant le fou furieux qui fonçait comme la cible la plus facile. L'armure assistée de Gregor encaissa les tirs entrants avec alarme, mais les tirs touchèrent la poitrine de Gregor, la partie la plus solide, la seule plaque qui pourrait durer assez longtemps pour qu'il arrive à portée de marteau.

Le feu de couverture de Briany fit la différence après la première salve, envoyant les deux soldats armés de fusils plonger pour s'écarter. Leur instinct de conservation ne fit que sceller leur destin, alors que Gregor virait brusquement à droite, resserrant sa prise sur le manche et envoyant la puissance cinétique à travers la tête du marteau. L'homme tenta de bloquer avec le fusil, interceptant le marteau haut dans sa trajectoire.

Le fusil se brisa en deux, son gaz rouge s'échappant alors que le marteau de Gregor frappait de plein fouet. L'énergie cinétique fit rebondir l'arme de Gregor même si elle ruina l'homme, l'écrasant au sol du couloir. Gregor pivota avec le rebond du marteau, utilisant l'élan pour traverser le couloir vers le partenaire de l'homme.

Un flash rouge frappa les yeux de Gregor et le viseur fondit, encaissant le coup et laissant à Gregor une vue sirupeuse du monde. Une vue qui contenait toujours une cible claire : Briany avait criblé l'armure de marques d'impact, laissant la chose préparer un autre tir.

Gregor sentit la chaleur dans son ventre alors que le fusil tirait, sentit l'éclaboussure sur son visage alors que son marteau rendait ce dernier tir le final de la chose.

Se tournant vers la paire qui découpait la porte du pont, Gregor aperçut deux cadavres fumants, chacun criblé des tirs du fusil de Briany.

— Ils ont continué à couper même pendant que tu chargeais, dit Briany en rattrapant Gregor. Ils sont peut-être coriaces dans un combat, mais ils restent bornés.

Gregor grogna son accord, mettant le marteau de côté pour arracher le reste du verre de son viseur. Cette chaude lueur dans son estomac n'avait pas disparu. En fait, maintenant qu'il y prêtait attention, la lueur ressemblait plus à un saignement chaud. Il baissa les yeux, vit là où son armure avait été, il ne restait plus que de la peau, et pas beaucoup non plus.

— Oh, ce n'est pas bon, dit Briany, écartant la main de Gregor. Assieds-toi, espèce d'idiot. Briany poussa presque Gregor à terre alors qu'elle se tournait vers le pont. Hé, il y a quelqu'un là-dedans ? Les gens qui viennent de vous sauver les fesses ont besoin d'un médecin ! Maintenant !

Gregor cligna des yeux. Essaya de secouer l'engourdissement grandissant. Une sensation étrange, celle-ci. Chaude, et paralysante en même temps. Comme si son âme même essayait de trouver un moyen de sortir par le trou. Il avait déjà été touché auparavant, de nombreuses fois, mais pas ici, pas dans le ventre.

Peut-être que c'était pour ça qu'il avait gardé son foutu courage tout ce temps : Gregor n'avait jamais été touché au bon endroit.

Briany s'approcha de la porte du pont, continuant à crier. Une autre voix lui répondit, mais Gregor ne saisit pas bien ce qu'elle disait. Ses oreilles, bien que bourdonnantes, avaient capté un bruit plus important. Un son de cliquetis et de claquements, venant du bout de la galerie. Se dirigeant par ici.

— Briany, dit Gregor, s'étouffant presque en prononçant son nom. Il y en a d'autres.

— Quoi ? demanda Briany, jetant un rapide coup d'œil en arrière. Tais-toi, mon vieux. Économise ton souffle.

Il y aurait le temps pour ça plus tard. Il y en aurait toujours.

Agrippant son marteau, Gregor se remit sur pied et regarda en direction du bruit qui approchait. Mourir en défendant un pont innocent ?

Ouais, Gregor pouvait faire ça.

24

LE PARI DU PILOTE

La navette brilla intensément lorsque le *Prisa* l'attaqua, ses tourelles rejointes au-dessus et en dessous par des chasseurs d'escorte tandis que la flotte de DefenseCorp reprenait ses esprits. Comme un corps luttant contre une maladie, les corvettes, les chasseurs et les plus gros vaisseaux cherchaient les navettes pour les détruire. Les attaques d'Eponi se faisaient maintenant avec une escouade plus importante, répartissant les tourelles automatisées entre les cibles.

— Et c'est pour ça qu'on a encore des humains aux commandes, dit Tarla alors que le *Prisa* encaissait des tirs épars, pas assez pour percer les boucliers. Ces trucs stupides ne pourraient même pas détruire un cargo.

— Ils ont failli nous tuer, répliqua Eponi.

Tarla balaya ces mots d'un geste tandis qu'Eponi suivait les chasseurs vers la prochaine navette à détruire.

— Ce n'était jamais vraiment serré.

D'après les données du *Prisa*, Eponi n'était pas d'accord. Son vaisseau avait quelques brûlures sérieuses sur la coque, et certaines pièces devraient être remplacées à leur prochain atterrissage. Une autre salve de chasseurs aurait pu percer, envoyant le *Prisa* et son équipage tournoyer dans le vide spatial.

Cela dit, les situations délicates faisaient partie du jeu.

— Sever, vous êtes libre pour une mission ? La voix de Deepak passa par leur ligne ouverte. Nous avons perdu le contact avec l'un des croiseurs. J'ai besoin que vous survoliez leur passerelle pour voir s'il y a encore quelqu'un à l'intérieur.

— Un croiseur ? Vous voulez dire un des gros ?

— Je crois que vous avez de l'expérience pour vous approcher de la passerelle d'un vaisseau et effrayer ses officiers, dit Deepak. Je vous envoie les coordonnées.

Sur le grand pare-brise, une nouvelle ligne apparut, inclinant le *Prisa* vers Aurum Trois. La cible de Deepak s'avérait être le croiseur le plus proche de la planète. Pas vraiment une surprise — les navettes auraient frappé celui-là en premier.

— Il veut qu'on fasse quoi maintenant ? demanda Tarla.

— On est censés leur dire bonjour de près, répondit Eponi. Il espère que leurs systèmes de communication sont en panne, et rien d'autre.

— Donc voler près d'un énorme vaisseau hérissé de canons qui n'est peut-être pas de notre côté ? Sans récompense ?

— Même accord qu'avant, Tarla.

— Quand ils changent les termes, tu peux en faire autant, dit la capitaine des Twilight Rangers en s'enfonçant dans son siège, secouant la tête. Tu as encore beaucoup à apprendre si tu veux jouer à ce jeu.

Eponi ignora les paroles de Tarla, se concentrant plutôt sur le vecteur d'approche du *Prisa*. Le croiseur n'était pas tout à fait de la taille du *Nautilus*, et sa masse arrondie n'avait pas l'intégration rocheuse d'un astéroïde, mais le vaisseau avait quand même de l'espace à revendre. Il planait au-dessus d'Aurum Trois comme une lune rebelle, ses réacteurs arrière éteints, laissant le vaisseau à la dérive.

Pour autant qu'Eponi puisse en juger, les navettes avaient adopté une stratégie de ciblage d'un vaisseau par navette, ce qui les avait rendues faciles à détruire lorsqu'elles s'étaient séparées de leurs groupes. Malgré tout, beaucoup avaient atteint leurs destinations avant que DefenseCorp ne retrouve ses esprits, et l'une d'elles avait dû s'amarrer ici. L'idée qu'une seule navette de largage puisse s'attaquer à un croiseur entier, avec des centaines et des centaines de personnels, de troupes et d'armes à bord, semblait insensée.

Mais un groupe concentré et mortel de maraudeurs invisibles pourrait être capable de prendre d'assaut une passerelle.

Inclinant le *Prisa* pour passer au-dessus du côté gauche du croiseur, Eponi détourna l'énergie des armes de son vaisseau pour la diriger vers les boucliers. Bien que les tourelles du croiseur ne tiraient pas encore, leur nombre et leur puissance de feu pouvaient griller rapidement un vaisseau sans méfiance comme le *Prisa*. Les pilotes dans les tourelles du *Prisa* protestèrent, mais un rappel rapide de qui les avait sauvés d'une mort réelle dans le froid spatial mit fin aux plaintes.

Tarla passa ces secondes à envoyer des requêtes sur les fréquences de Sever et des Twilight Rangers, essayant d'obtenir une réponse de quelqu'un à la surface. Personne ne répondit et, pour une fois, Eponi aperçut de l'inquiétude sur le visage de Tarla.

— Alors tu t'en soucies, dit Eponi après que le dernier message de Tarla soit resté sans réponse.

— Difficile de gagner de l'argent sans une équipe.

Eponi soupira et secoua la tête. Un jour, peut-être, Tarla montrerait une fissure dans son armure arrogante. Il devait y avoir quelque chose de plus chez la capitaine que des répliques et de l'argent.

À l'extérieur, la passerelle du croiseur fit sa première apparition. La courbe de verre couvrait l'espace à plusieurs niveaux de la passerelle, où un groupe d'officiers aurait dû s'affairer avec les systèmes du vaisseau. En regardant depuis l'espace, Eponi devait voir au-delà de l'étoile éblouissante d'Aurum Trois, qui projetait un éclat blanc-bleu.

S'appuyer sur la simple vue dans une galaxie où les vaisseaux volaient d'une planète à l'autre semblait un peu absurde à Eponi, mais elle se pencha quand même en avant, essayant de trouver des signes de vie. En s'approchant lentement, coupant les moteurs du *Prisa*, ils s'approchèrent de la vitre.

Tarla jura tandis qu'Eponi retenait son souffle. Elle ne pouvait pas, ne voulait pas être surprise par quoi que ce soit que ces créatures puissent faire, pas après les avoir vues foncer vers le *Prisa* dans cette baie sanglante, et pourtant...

Même alors que la vision macabre se dessinait, le croiseur bougea. Sa vitesse augmenta, et Eponi se précipita pour relancer les moteurs du *Prisa*, poussant le vaisseau plus petit à s'éloigner tandis que le croiseur s'élevait en orbite plus haute.

— Tu n'as pas vu de pilote là-dedans, n'est-ce pas ? dit Eponi alors que le croiseur passait sous le *Prisa*.

— Je n'ai vu personne, dit Tarla. Je sais que j'ai dit qu'on garderait tous les fuyards ici, Eponi, mais je pense qu'on ne peut pas abattre ce croiseur.

— Elle ne part pas, dit Eponi en regardant sa console

qui traçait la direction probable du croiseur. Si quelque chose, elle semble se diriger droit vers le centre de la flotte.

— Pourquoi ?

Eponi jeta un coup d'œil à Tarla, et toutes deux comprirent au même moment.

— Vana les a vraiment transformés en monstres, marmonna Tarla tandis qu'Eponi rouvrait le canal vers Deepak. L'homme répondit rapidement, son visage granuleux apparaissant sur la console.

— Amiral, dit Eponi. Le pont de ce croiseur est compromis, et je ne pense pas que vous allez apprécier sa trajectoire.

Le visage de l'amiral montrait tout le stress mais aucune surprise aux paroles d'Eponi. — Alors je vais avoir besoin que vous le détruisiez. Nous avons pu contacter des survivants sur le vaisseau, et ils contrôlent encore le pont de secours. Si vous pouvez couper l'avant, nous pourrons peut-être encore le sauver.

— Vous voulez que j'affronte un croiseur toute seule ?

Deepak grimaça. — Je ne le veux pas, mais nous n'avons pas le choix. Je vais lancer un appel à l'aide, mais bien que votre croiseur soit notre plus gros problème, ce n'est pas le seul. D'autres frégates tombent, et il y a encore des navettes à abattre.

Eponi se surprit à réprimer un autre soupir — elle le faisait trop souvent ces derniers temps. Les pilotes de kart devaient croire qu'ils allaient gagner, ce qui signifiait garder les émotions négatives à distance. Au lieu de cela, elle augmenta la puissance des moteurs et commença à détourner l'énergie des boucliers vers les tourelles.

— Quand tout sera terminé, peut-être pourrez-vous dire à ceux qui restent de faire attention quand l'Escouade Sever donne des conseils, d'accord ? dit Eponi.

— Vous avez ma parole, Eponi, répondit Deepak. Occupez-vous du croiseur. Bonne chance.

Le visage disparut alors que le *Prisa* commençait à ramper sur la coque du croiseur, progressant vers le pont. Lors de la première approche, Eponi ne vit aucune activité dans les armes du croiseur. Les tourelles restaient immobiles, douces et silencieuses. Exactement comme elle préférait ses ennemis.

Maintenant, ces mêmes lances pointant vers l'espace commencèrent à tourner. De si près, Eponi vit les armes bouger, et pire encore, bouger à l'unisson. Impossible que des soldats entreprenants déplacent ces tourelles si uniformément.

— Tu vois ça, n'est-ce pas ? demanda Eponi à Tarla.

— J'essaie juste de ne pas y croire, répondit Tarla. Et moi qui espérais que ces choses n'aient pas l'intelligence de faire de grands mouvements.

— Elles n'ont pas besoin d'en savoir beaucoup, dit Eponi. Apprends-leur à définir une cible, à activer le pilote automatique. C'est suffisant pour ruiner cette flotte.

— Ce contrat ne cesse d'empirer.

— Si tu veux que ça s'améliore, dis à ces pilotes de se tenir prêts, dit Eponi. Je parie que ce croiseur ne va pas apprécier quand on commencera à tirer.

Le fait que le croiseur n'ait pas ouvert le feu immédiatement signifiait que les envahisseurs n'étaient pas si intelligents après tout. Définir une destination et activer le pilote automatique, engager les défenses automatiques ? C'étaient les options les plus simples qu'un croiseur comme celui-ci avait, donc un grand vaisseau prévu pour un millier de personnes pouvait avancer tant bien que mal avec seulement quelques personnes à bord.

Le *Prisa* et tous les autres vaisseaux à côté du croiseur

apparaîtraient comme neutres, peut-être même amicaux. Dès qu'Eponi enverrait quelques lasers dans le pont, cependant, cela changerait. La pilote de kart pouvait voler avec style, mais le *Prisa* n'était pas assez petit pour éviter le feu d'un croiseur entier.

— *Prisa* ? L'appel interrompit Eponi dans son cockpit. Ici l'Escadron Blade ? Deepak nous a envoyés vers vous, il a dit que vous pourriez avoir besoin d'aide pour mettre ce gros garçon hors service ?

Eponi cligna des yeux, regarda le scanner. Elle vit quatre points se rapprocher de sa position. Loin d'être suffisant pour défier un croiseur.

— Dites-moi que vous êtes beaucoup plus gros que vous n'en avez l'air, Escadron Blade, dit Eponi.

— Deux chasseurs, deux corvettes, répondit le chef de l'Escadron Blade, pas du tout découragé par leurs perspectives. Standard DefenseCorp, à votre service.

Tarla mit son visage dans ses mains tandis que, dehors, le croiseur terminait son virage. Le grand vaisseau s'était maintenant éloigné de l'orbite et faisait face à la flotte, la bataille laser continue étincelant entre les vaisseaux capturés, les navettes et les alliés ressemblant, si Eponi plissait bien les yeux, à une ligne d'arrivée.

— Voici la situation, dit Eponi. Nous devons détruire le pont de ce croiseur, mais ses boucliers sont levés. Dès qu'il pensera que nous sommes les méchants, il enverra tout ce qu'il a dans notre direction.

— Nous ne sommes pas équipés pour gérer ce genre de puissance de feu.

— Oh, vous croyez ?

Le chef d'escadron ne dit rien, et Eponi se sentit presque mal pour cette pique. Presque. Au lieu de cela, alors que le *Prisa* survolait le pont une seconde fois et regardait dans son centre apparemment vide, Eponi essaya de trouver une autre option.

— Dites-moi ce que vous avez, dit Eponi à l'Escadron Blade.

— Des missiles et des lasers, Sever. C'est ce dont nous disposons.

— Des missiles et des lasers, marmonna Eponi, réfléchissant aux options. Elle avait besoin d'une stratégie ici, quelque chose qui donnerait aux cinq vaisseaux débrouillards une chance contre un géant monstrueux. Enfin, un monstre qui, pour l'instant, ne savait pas que ces cinq vaisseaux étaient l'ennemi. — Attendez, pouvez-vous me dépasser ? Formez une ligne à quelques kilomètres derrière mes moteurs ?

— C'est possible.

En s'adaptant à la vitesse du croiseur, Eponi poussa le *Prisa* au-dessus du pont et devant la vaste vitre. Retournant le vaisseau, Eponi mit son pare-brise face à l'objectif.

— Tu vas l'éperonner ? demanda Tarla. Parce que je ne t'ai pas donné l'autorisation de me tuer, ni de détruire mon vaisseau.

— Je ne travaille pas pour toi, répliqua Eponi.

Tarla sortit un pistolet plus vite qu'Eponi ne l'aurait cru possible. La capitaine des Rangers du Crépuscule le pointa droit sur la tête d'Eponi.

— Sors-nous de là, dit Tarla. J'ai décidé que ces vaisseaux de DefenseCorp n'en valaient pas la peine.

— Je me fiche de ce que tu penses, dit Eponi, rouvrant le canal vers l'Escadron Blade. Verrouillez vos missiles sur moi. Tous, de tout le monde. Nous n'aurons qu'une seule chance.

— Sur vous ? demanda le commandant de l'Escadron Blade, sur ce ton inquiet qu'Eponi entendait assez souvent de la part d'Aurora.

— C'est un ordre, dit Eponi. Quand je le dirai, vous tirerez.

Tarla fronça les sourcils, tenant toujours son pistolet. — Eponi, je n'aime pas ce jeu.

Eponi ne répondit pas. Elle devait rapprocher le *Prisa*. Utilisant les propulseurs de manœuvre du vaisseau, elle réduisit un peu la vitesse, rapprochant le *Prisa* du pont centimètre par centimètre. Des alarmes commencèrent à retentir alors que l'Escadron Blade tenait sa promesse, se mettant en formation et verrouillant leurs missiles sur le *Prisa*.

Le nombre de verrouillages et de missiles attendus continuait d'augmenter, bien au-delà du nombre qui réduirait Eponi et tous ceux à bord en cendres.

— Réponds-moi, Eponi, dit Tarla. Ou je tire.

— Si tu appuies sur la gâchette, on est tous les deux morts, rétorqua Eponi. C'est ça, la vie avec moi, Tarla. Tu l'acceptes ou tu la refuses, mais pour l'instant, s'il te plaît, tais-toi.

Et, pour une fois, Tarla s'exécuta.

Une fois les verrous en place, une fois le pont du croiseur si proche qu'Eponi avait l'impression de pouvoir tendre la main et toucher la vitre, elle donna l'ordre.

— Feu, bande de magnifiques salauds, dit Eponi. Tirez tout ce que vous avez.

Les missiles furent lancés par dizaines, filant vers le *Prisa* tandis qu'Eponi poussait les moteurs à pleine puissance.

L'heure était venue de gagner la course, ou de mourir en essayant.

25

DANS L'OBSCURITÉ

Ce qui se trouvait sous la zone d'atterrissage devint clair bien avant que Rovo n'atteigne le fond. Des taches noires, des flaques encore frémissantes de matière vivante, en disaient long à Rovo. Les cauchemars provoqués par Felix et ses créations malades hantaient le sommeil de Rovo, et les voilà qui réapparaissaient.

— Remonte, dit Rovo à Javelin, qui suivait la recrue à quelques pas.

— Remonter ? Pourquoi ?

— Parce que je ne capte pas de signal ici et qu'on aura besoin d'aide, répondit Rovo. Si je devine juste, ce qu'il y a ici est vraiment mauvais.

— Nous aussi, on est mauvais, mon pote.

— Mon pote ? Rovo jeta un regard par-dessus son épaule au mercenaire. Et non, pas comme ça. On a besoin de renforts. Plus de puissance de feu.

— Mais toi, tu vas quand même y aller, c'est ça ?

— Si Sai est là-dedans, alors il est en danger. Toi et moi sommes les seuls à le savoir. Si on meurt tous les deux, qui viendra nous chercher ?

— Si on est morts, mec, pourquoi on s'en soucierait ?

Rovo ferma les yeux, inspira et expira dans le bon ordre, puis dit : — Javelin, s'il te plaît, va-t'en. Maintenant. Avant que je ne te tire dessus pour m'épargner un mal de tête.

Ricanant, Javelin finit par faire ce que Rovo lui demandait et remonta à la surface. Peut-être que le mercenaire pourrait contacter Tarla et Eponi, leur faire descendre le *Prisa* ici s'ils avaient fini avec les navettes de largage là-haut.

Ou bien faire venir Gregor et son marteau.

Cependant, alors que la recrue descendait la dernière marche métallique sur un sol rugueux, la soudaine solitude alluma un feu différent dans ses os. La dernière fois que Rovo avait suivi Felix dans les recoins sombres et malades, seul, il avait été capturé et presque dévoré. Cette fois, la recrue avait une seconde chance de prouver qu'il pouvait y arriver. Qu'il n'était pas une victime facile.

Penser cela et le prouver nécessitait de franchir un gouffre grandissant à mesure que Rovo s'enfonçait dans le labyrinthe souterrain. Son bracelet captait de rares panneaux indiquant que tous les nouveaux sujets devaient aller d'un côté tandis que les soignants devaient aller de l'autre. Forcé de choisir entre les deux, Rovo opta pour les sujets.

De retour sur Gillane Quatre, au milieu des océans, Vana avait pris le sang de Kaia dans le but de transformer ses agents en une force de combat invincible. Rovo avait pensé, à l'époque, qu'un groupe furtif capable de s'infiltrer dans n'importe quel environnement et d'en ressortir sans une égratignure serait le pire des scénarios. Maintenant ? Vana avait franchi une étape supplémentaire, choisissant de sacrifier ses agents expérimentés pour des civils aléatoires et malchanceux.

Des centaines de personnes avaient été mises dans ces

navettes, mais si l'assaut de la baie du *Prisa* révélait ce qui était arrivé aux gens que Sever avait laissés derrière sur Dynas, alors des milliers d'autres pourraient être ici. Des civils, même des familles, piégés dans ces terriers et attendant le virus qui les transformerait en monstres sans cervelle.

Rovo n'avait pas vu ces gens partir avec les agents lors de l'évacuation. Où ils pouvaient être, ce qui avait pu leur arriver, la recrue essayait de ne pas y penser. Surtout alors que les murs autour de lui s'assombrissaient de plus en plus avec des taches virales. L'air devenait épais et humide, contrairement à l'état sec d'Aurum Trois au-dessus. À travers la visière, une odeur fétide s'infiltra dans la combinaison de Rovo, provoquant des toux jusqu'à ce que la recrue demande à l'armure assistée de commencer à la filtrer.

De nouveaux sons s'élevèrent à mesure que Rovo s'enfonçait, un pas hésitant après l'autre. Un goutte-à-goutte constant et humide, et des glissements, comme si des serpents gorgés d'eau de marais rôdaient dans les profondeurs avec Rovo. Derrière eux, de plus en plus fort, venaient des claquements occasionnels lorsque deux objets durs s'entrechoquaient. Ce qui aurait pu être une machine retint l'attention de Rovo alors que les coups résonnaient à intervalles aléatoires, comme si quelqu'un balançait un objet.

Comme une épée.

Rovo avait entendu le katana de Sai pendant qu'il descendait les marches, mais la lame était devenue silencieuse. Maintenant, ce bruit, similaire ? Peut-être que Sai se battait encore dans les profondeurs de ces catacombes.

Maudissant ses propres pensées vagabondes — spéculant sur le sort des citoyens de Dynas tout en cherchant un ami — Rovo se mit à courir, faisant des choix au hasard et traversant de grandes salles remplies de bureaux renversés, d'équipements de laboratoire détruits et d'écrans vides et fissurés sur son chemin vers le bruit. Chaque choix suivait le son et Rovo accéléra le rythme, utilisant les boosters cinétiques de l'armure pour de longues foulées, alors que ces claquements devenaient de plus en plus lents.

Rebondissant sur les murs, projetant du noir autour de lui en courant, Rovo fit irruption dans la plus grande salle jusqu'à présent, remplie de podiums renversés et trempée de crasse tourbillonnante et sombre. Avec les lumières de son armure brillant depuis ses épaules, Rovo pivota vers la droite en direction du son.

Sai se tenait debout, le dos contre le mur et favorisant son bras gauche. Rovo ne pouvait rien voir de plus de l'homme, car des formes sombres chargeaient et se brisaient encore et encore sur l'épée de Sai. Une épée qui n'était pas, étrangement, le katana de l'homme.

Pas que l'arme importait maintenant.

Levant le fusil, Rovo tira des rafales à la gauche de Sai, abattant une paire qui se rapprochait du côté aveugle de l'épéiste. Pivotant, Rovo balaya la ligne de lasers, évitant tout tir qui pourrait toucher Sai directement.

— Arrête ! cria Sai, les premiers mots qu'il adressait à Rovo. Perro est à ma droite.

À sa droite ? Rovo regarda et ne vit rien d'autre que d'autres formes grouillantes. Des ombres, cependant, trouvaient de l'espace à travers leurs bras agrippants et leurs membres pliants, un espace que Rovo voyait Sai garder dégagé avec de larges balayages.

Rovo devait donc être précis. Il pouvait le faire.

Ciblant ses tirs, Rovo abattait les créatures qui se dirigeaient vers Sai et, maintenant, vers lui aussi. Chaque décharge bleu-blanc laissait une flamme orange sur la cible, un feu qui se propageait alors que les créatures tombaient les unes sur les autres. Cette vision stupéfia Rovo jusqu'à ce qu'il se souvienne exactement comment Gregor avait éliminé ces choses sur Dynas : en brisant un tuyau et en réduisant les créatures en cendres.

Il n'y avait pas de tuyaux ici que Rovo pouvait voir, mais le fusil semblait être à la hauteur de la tâche.

— Tu vas nous enfumer ? cria Sai à travers la pièce.

L'homme avait raison. Le travail de Rovo avait fait ramper une épaisse fumée dans la pièce. L'armure assistée du bleu tenait la fumée éloignée de ses yeux, empêchait les débris filtrés d'entrer dans ses poumons. Sai — dans une réalisation qui frappa Rovo comme un tigre bondissant — ne semblait plus avoir son armure. Si le feu se propageait, il risquait autant de mourir que les créatures.

— J'arrive ! répondit Rovo en s'élançant vers le sabreur.

Le puissant sprint commença et se termina par un seul pas dans la substance visqueuse et enflammée qui recouvrait le sol. Comme dans une émission comique, les lourdes bottes de Rovo ne trouvèrent pas d'adhérence et glissèrent sous le bleu, envoyant Rovo et son armure assistée dans une glissade. Des gerbes enflammées jaillirent lorsque le dos de Rovo heurta le sol, et plus d'une créature y vit l'occasion de frapper.

Dans la navette de largage écrasée, Rovo avait subi les coups de poing et de couteau du trio homicide, les uns après les autres. Leurs combinaisons, associées au cocktail de drogues que Vana leur avait fourni, donnaient à ces démons assez de force pour fissurer l'armure de Rovo, pour enfoncer leurs couteaux à travers sa protection.

Ces créatures n'avaient aucun de ces avantages. Leurs mains visqueuses, leurs dents cassées essayaient en vain de pénétrer les défenses de l'armure assistée. Rovo aurait pu rire, aurait ri s'il n'avait pas ressenti la même chose qui avait emporté le bleu sur Dynas : une sensation lente d'aspiration alors que le virus s'accrochait à ses bras, ses jambes, son dos.

Cela prendrait peut-être beaucoup de temps à cette fichue maladie, mais elle dévorerait Rovo tout de même.

Le bleu essaya de se redresser, mais les créatures utilisaient leur poids pour le maintenir au sol. Il ne pouvait pas non plus lever le fusil, car d'autres créatures grimpaient dessus, coinçant l'arme dans le bourbier.

— Où es-tu ? appela Sai, ses mots se glissant à travers un paysage sonore dominé par des bruits de succion et des cris rauques.

— J'ai fait une mauvaise chute, répondit Rovo, passant en revue ses options et n'en trouvant aucune qu'il aimait.

Mais en trouvant une qu'il pouvait utiliser.

— Éloigne-toi autant que tu peux, dit Rovo. Cinq secondes !

Il lâcha le fusil, un acte qui n'envoya l'arme nulle part dans la mare de boue qui lui arrivait maintenant à mi-corps. Rovo nagea avec sa main à travers la vase jusqu'à sa ceinture, où deux grenades attendaient, prêtes à l'emploi. Saisir ses doigts autour de l'orbe rainurée tandis que des poings crasseux frappaient son visage et sa poitrine prit quelques secondes de tâtonnement, donnant à Sai ses cinq secondes et plus.

Puis Rovo activa la bombe. Compta jusqu'à trois.

Libérant son bras d'un coup sec, Rovo lança la grenade de toutes ses forces. Il ne pouvait pas la voir voler avec toutes les créatures qui le recouvraient maintenant, tourbillonnant ensemble dans une masse informe qui rongeait son armure. Il entendit cependant le léger claquement lorsque la bombe frappa le plafond.

Rovo entendit distinctement le boum quand la grenade explosa.

Comme une aube rapide, les créatures qui grattaient disparurent dans un déluge de feu. L'armure de Rovo elle-même afficha des alertes sur sa visière indiquant que l'armure assistée n'avait plus beaucoup d'intégrité. La porter dans l'espace ou sous l'eau serait un voyage rapide vers une mort lente. La chaleur s'infiltra autour des points les plus légers de l'armure au niveau des articulations, brûlant Rovo à travers sa combinaison.

Armure endommagée ou non, le bleu se redressa d'un coup, poussant avec ses bras alors que la matière virale brûlait autour de lui. Des roches tombèrent du plafond, où un bon morceau avait été soufflé, ses restes créant une pluie de pierres dans la pièce. D'abord, Rovo vérifia l'endroit où Sai s'était tenu et ne vit rien. Puis, alors que sa visière notait une menace à ses pieds, il s'enfuit.

Deux grands bonds, étincelants alors que l'armure de Rovo luttait avec le mouvement, le portèrent jusqu'à l'ancien emplacement de Sai. Il se rattrapa au mur de pierre, criblé de rayures là où les larges coups de Sai avaient entaillé la barrière, et Rovo aperçut la meilleure sortie de Sai sur la droite, un couloir parallèle à celui que Rovo avait emprunté pour venir ici.

Il l'aperçut, puis perdit toute visibilité lorsque les débris enflammés atteignirent le fusil vulnérable de Rovo. Le gaz dans la cellule d'énergie de l'arme s'enflamma dans un flash aveuglant, parcourant les couleurs et envoyant une seconde série brûlante à travers les articulations de Rovo.

Il aurait besoin d'un long bain de baume après ça.

Cette pensée, alors que les yeux de Rovo retrouvaient leur concentration, fit naître un sourire. Le voilà, dans une pièce en ruines entourée d'une maladie mortelle et des monstres sans cervelle qu'elle créait, en train de penser à un bon bain.

Aurora disait toujours que Sever devait garder sa confiance. Pourquoi s'arrêter maintenant ?

— Sai ? appela Rovo dans le passage. Tu es par là ?

— Tu es toujours en vie, bleu ? répondit Sai.

— Ce n'est rien ! dit Rovo, se dirigeant vers le sabreur. Un peu de feu n'a jamais fait de mal à personne.

Sai, qui attendait dans le couloir avec Perro accroché à son épaule, secoua la tête alors que Rovo approchait. L'armure assistée du bleu avait encore une lumière fonctionnelle, et Sai avait une main levée pour protéger ses propres yeux alors que Rovo s'approchait.

— Je ne veux plus jamais voir de feu de ma vie, dit Sai. Comment nous as-tu trouvés ?

— J'ai suivi le carnage ?

En dehors de la pièce en feu, les murs étaient à nouveau recouverts de boue noire. Des morceaux s'accrochaient aux bottes de Rovo depuis le sol, tuant toute envie d'avoir une belle conversation de rattrapage avec Sai. Il y avait un temps et un lieu pour échanger des histoires, et ce serait autour d'une bière sur un monde très, très loin de celui-ci.

— Ça te dérange si on continue à bouger ? demanda Rovo quand Sai ne fit aucun geste pour continuer dans le couloir. Ou y a-t-il quelque chose que je ne vois pas ?

— Mon sabre, répondit Sai. Je ne pars pas d'ici sans lui.

— Et ton sabre est ?

— Quelque part sous tout ça. Sai fit un signe de tête vers la pièce.

— Et si je vais le chercher, on peut partir ?

Quelque chose dans le regard de Sai, dans la façon dont l'homme avait une posture déterminée malgré ses blessures, même avec ce qui ressemblait à la moitié d'une combinaison déchirée sur lui, disait que ce n'était pas seulement à propos du katana. Un sentiment confirmé quand Sai secoua la tête.

— Elle est toujours ici, dit Sai. Je ne partirai pas tant qu'on ne l'aura pas trouvée.

— Aurora ? proposa Rovo.

— Anaskya, répondit Sai. Notre mission ici n'est pas terminée tant qu'elle n'est pas partie. Jusqu'à ce que le dernier de tout ceci soit détruit. On l'a laissée partir après Dynas. Pas cette fois.

Rovo jeta un coup d'œil à son armure. Cabossée et brûlée, les seules armes du bleu étaient les deux pistolets à sa ceinture. Deux pistolets, et deux poings.

Ce serait suffisant.

— Un katana, dit Rovo, c'est comme si c'était fait.

26

MARCHE ET DISCUSSION

Vana éjecta son armure endommagée, faisant face à Aurora. Toutes deux se tenaient en combinaison moulante, Aurora pointant le pistolet vers Vana, ne croyant pas ce que l'agent lui disait. Une ligne après l'autre. Au fur et à mesure que les mots sortaient, Aurora recula d'un pas, puis d'un autre, s'assurant suffisamment d'espace pour empêcher Vana de tenter une saisie surprise.

La capitaine de l'Escouade Sever devait faire un mouvement, car ce que Vana disait avait trop et trop peu de sens. L'agent parlait d'un plan qui se formait depuis longtemps, facilité par l'ambition aveugle de Renard et la cupidité excessive de ceux qui auraient dû savoir mieux. Selon elle, Vana avait empêché qu'une terreur ne soit déchaînée, avait été celle qui sabotait le futur qu'Aurora et l'Escouade Sever s'efforçaient d'arrêter.

En bref, Vana avait été le plus grand allié de l'Escouade Sever depuis le début.

— Des conneries, dit Aurora pour la troisième fois alors que Vana concluait un autre chapitre, expliquant comment elle avait continué à mener l'Escouade Sever en bateau pour garder Renard sous contrôle, sachant qu'elle pourrait devoir compter sur l'escouade si les choses allaient trop loin, trop vite. Tu as tout dirigé sur Gillane Quatre. Tu as orchestré tout ça. Ce sont tes navettes qui montent vers les vaisseaux de DefenseCorp.

— Ce sont des navettes de DefenseCorp qui montent vers des vaisseaux de DefenseCorp, dit Vana, s'en tenant à son calme exaspérant. Elles apportent le produit que Renard voulait, le produit que tous ces gens que vous avez massacrés désiraient plus que tout. Ils verront leur erreur de près, et apprendront...

— Ils n'apprendront rien du tout parce qu'ils sont déjà morts, rétorqua Aurora. Tous ceux sur ces vaisseaux essaient juste de gagner de l'argent, comme toi et moi. Ils ne savent pas ce qui les attend.

— Essayer de gagner de l'argent en exploitant une galaxie terrible, la voix de Vana se refroidit. Tu sais ce que DefenseCorp fait aux mondes qu'elle « sert ». Tu sais qui perd quand vos amiraux signent leurs contrats, et qui gagne.

Aurora voulut lever les yeux au ciel, mais s'en empêcha. Tout ce que Vana disait pouvait être une distraction, une tentative pour détourner son attention. Malgré tout, Aurora avait entendu des variantes de cet argument moral maintes et maintes fois. Oui, il y avait des perdants. Oui, Defense-Corp n'était pas un sauveur qui aidait toujours les moins fortunés. La réalité n'était pas tendre.

Mais obtenir une motivation banale n'aiderait pas Aurora et Deepak à arrêter ce que Vana avait mis dans ces navettes. Elle avait besoin de vraies réponses, avec de vraies solutions.

— Ta réponse à ça est d'envoyer ces choses dans la galaxie, où elles tueront d'innombrables innocents ?

demanda Aurora. Que se passera-t-il quand ils prendront un vaisseau loin d'Aurum Trois et atterriront sur un vrai monde ?

— Ils n'y arriveront jamais, répondit Vana, se courbant dans un rictus suffisant. Chacune de ces pauvres âmes se désintégrera en quelques jours. Le virus même qui les maintient en vie les détruira et laissera les vaisseaux qu'ils prennent comme des cimetières contaminés. Des exemples éternels de l'erreur commise par DefenseCorp.

— Comment ? Aurora n'était pas ingénieure en génétique, mais Vana non plus. Toute bombe placée dans ces choses ne pouvait pas être l'œuvre de Vana. Un des scientifiques de Renard ?

— Oh non. Ils n'en avaient aucune idée, Vana secoua la tête. Comme ceux de Dynas, ils ont travaillé et travaillé jusqu'à ce qu'ils reçoivent leur injection et découvrent leur propre destin. Trop attachés à leurs objectifs pour voir le changement glissé par quelqu'un d'encore plus obsédé qu'eux-mêmes. Vana leva une paume alors qu'Aurora s'apprêtait à poser une autre question. Nous perdons du temps, Aurora. Ce lecteur contient tout ce que tu veux savoir, tout ce qui peut montrer à la galaxie ce qui a mal tourné ici, et pourquoi DefenseCorp devrait être démantelée.

Vana recula d'un pas, jeta un coup d'œil vers la sortie de la chambre, — Maintenant, j'ai encore un dernier problème à régler avant que tu ne me tues, si tu peux retenir ton envie de meurtre encore un petit moment ?

Les choses ne se passaient jamais bien quand on laissait l'otage mener la danse, mais Aurora se surprit à hocher la tête pour que Vana avance quand même. Aurora avait besoin d'une minute pour repasser les mots de Vana, pour décoder ce qu'ils signifiaient réellement. À première écoute, il semblait que tout le plan de Vana n'avait pas du tout été la domination galactique, mais l'inverse, via une démonstration sanglante et terrible.

Alors qu'Aurora suivait Vana hors de la chambre, remontant les mêmes diodes d'urgence pour retourner dans la cage d'escalier, la capitaine de l'Escouade Sever replaça les pièces du puzzle de Vana là où elles s'emboîtaient le mieux. L'agent aurait pu tout faire comme elle l'avait dit pour les raisons qu'elle avait données, un sabotage systématique du plan de Renard couplé à un coup de maître purificateur pour détruire tous ceux qui avaient aidé les efforts de Renard.

Et, peut-être, suffisamment de données pour horrifier la galaxie afin que personne ne tente à nouveau.

Audacieux, effronté, et plus qu'un peu terrible d'envoyer des centaines, voire des milliers de personnes à la mort pour prouver un point.

Pendant qu'elles montaient, Vana resta silencieuse tout du long, comme si elle savait qu'Aurora avait du travail à faire. La clé manquante de toute l'explication résidait en Vana elle-même. La motivation. La plupart des missions de l'Escouade Sever avaient un méchant bien défini, que ce soit une populace se battant pour ses droits ou une autre entreprise dépassant les bornes. Ces méchants avaient des objectifs : la liberté, un astéroïde précieux.

Vana voulait réduire DefenseCorp en cendres, mais pourquoi ?

— Peu importe, dit Vana alors qu'elles entraient dans la salle d'Administration, toujours sombre. L'agent avait son bracelet allumé. Les deux autres agents avaient disparu. J'ai mes raisons et je les garderai pour moi.

— C'est difficile pour moi de te croire si je ne sais pas pourquoi tu fais ça.

— C'est ton problème.

— J'ai le pistolet.

— Alors tire-moi dessus si tu veux, lança Vana en jetant un coup d'œil en arrière, l'air presque ennuyé. Si tu n'as pas l'intention d'appuyer sur la détente, arrête avec tes menaces et laisse-moi écouter.

Aurora laissa son doigt glisser loin de la détente, fit comme Vana l'avait dit et tendit l'oreille. Au-delà de la salle d'administration se trouvaient toutes ces cellules, ces laboratoires et autres horreurs qu'Aurora avait traversés en courant, armée et blindée. Avec le courant toujours coupé, Aurora s'attendait à entendre ces créatures se déchirer entre elles, et possiblement les gardes de DefenseCorp, en morceaux.

Au lieu de cela, le silence. Un silence de mort, total, presque inconnu d'Aurora, qui avait passé une grande partie de sa vie sur des vaisseaux grondants, des stations spatiales et d'autres mecques technologiques. Le calme comprimait l'espace, repliant le monde autour d'Aurora jusqu'à ce qu'il ne se compose plus que de son pistolet, de son bracelet et sa lumière argentée, et de Vana, regardant à travers la sortie détruite de la pièce.

— Joli travail, dit Vana, brisant le moment et faisant un geste vers la porte. J'aime toujours voir celles-ci se faire casser. Elles sont toutes pareilles, tu as remarqué ? Toutes ces bases, tous les vaisseaux, toutes les portes se ressemblent.

— D'accord... Es-tu satisfaite ? Où est cette chose que tu cherches ?

— Je crains que nous ayons fait du meilleur travail que je ne le voulais, dit Vana alors qu'elles se mettaient en route. C'est difficile d'empêcher des scientifiques brillants de progresser. Ces cellules étaient la prochaine étape. Humain, animal, alien. Toutes les additions possibles à l'arsenal des Raiders.

Leurs pas interrompant le silence, Aurora suivait Vana alors qu'elles traversaient les couloirs et leurs pièces brisées. Le voyage fut rapide, Vana n'hésitant pas en choisissant chaque direction. Leur seul arrêt survint lorsqu'elles trouvèrent deux corps empilés au milieu de tables renversées et de verre brisé. Aurora les reconnut même lorsque Vana soupira.

— Ils étaient censés m'attendre, dit Vana, s'agenouillant pour vérifier leur pouls. Tu aurais dû rester sur le vaisseau. Ensuite, nous trois allions finir ensemble.

— Finir quoi ?

— Tu verras, répliqua Vana en lançant un regard noir à Aurora. Maintenant, c'est ta responsabilité.

— Je n'ai aucune responsabilité, répondit Aurora. C'est sur toi.

Vana répondit à l'acier d'Aurora par le sien : — C'est sur nous, Aurora. Tu as eu toutes les occasions de mettre fin à ça sur Dynas. Tu aurais pu partager ce que tu as vu avec la galaxie, mais tu ne l'as pas fait. Ton escouade s'est enfuie et cachée. Si tu veux mériter ce ton supérieur que tu adoptes si vite, alors aide-moi, et fais en sorte que leur sacrifice en vaille la peine.

Elles tombèrent sur les choses qui avaient tué les deux agents peu après. Les monstres portaient des marques de tirs laser ainsi que des lambeaux de vêtements coincés dans leurs dents et leurs griffes. Vana marmonna quelque chose à propos de chiens, et Aurora pouvait voir la ressemblance. Quant aux tueurs de ces créatures ?

Les gardes de DefenseCorp s'étaient formés en une force cohésive, parcourant les laboratoires et exterminant tout ce qu'ils trouvaient. Vana et Aurora auraient été abattues elles-mêmes, sauf que leur dispute sur qui était plus terrible que l'autre avait suscité de la curiosité plutôt que des tirs. Une curiosité qui passa d'intense à extrême quand ils réalisèrent qui était Vana.

— Stop, dit Vana, coupant court à une série de questions en boule de neige du trio menant la dizaine de combattants qui tournaient dans la zone. Vous me demandez ce qui s'est passé ici ? Elle a un lecteur avec toutes vos réponses. Prenez-le et partez.

Les lumières des fusils se tournèrent vers Aurora.

— Tu sais de quoi elle parle ? demanda un homme bourru dont Aurora ne pouvait pas voir le visage. Et garde ce pistolet baissé, s'il te plaît. On est sur les nerfs en ce moment. Ça n'a pas été des heures faciles.

Sur ce point, Aurora ne pouvait qu'être d'accord. Elle fouilla dans une des fines poches de sa combinaison, faite pour les cartes d'identité et autres petits essentiels. Sortant le lecteur, elle le tendit.

— Combien avez-vous perdu ? demanda Aurora.

— Quelques blessés, dit l'homme. Les gens qui ont fait irruption ici ont fait des dégâts avant de s'enfuir. Les bêtes ici ne nous ont pas eus, mais nous en avons trouvé quelques-uns qui n'ont pas survécu.

— Bien, répondit Aurora. Vous devriez faire ce qu'elle a dit et partir.

— Ne pense pas que tu peux nous donner des ordres, répliqua l'homme. En fait-

— Mais moi, je le peux, le coupa Vana. Vous vous êtes bien débrouillés, vous tous, et maintenant vous devez rentrer chez vous.

— Les gens qui ont tué nos commandants sont toujours là-bas, protesta l'homme.

— Ils ne sont plus ici, répondit Vana. Si vous voulez les

trouver, remontez à vos vaisseaux et commencez par là. C'est un ordre, capitaine. Un ordre que vous devriez suivre, pour le bien de vos propres hommes.

Cette dernière phrase, étant donné tout ce qui les entourait, sembla avoir un impact. Le chef prit une grande inspiration, soupira, et donna l'ordre de se retirer. Alors que les pas traînants commençaient à retourner vers la baie, l'homme leur offrit une escorte.

— Ça, dit Vana, nous pourrions l'utiliser.

Aurora passa la marche de retour vers la baie à se demander à quel point elle avait eu de la chance que les gardes ne la reconnaissent pas. Sans son armure de combat, Aurora ressemblait peu à la guerrière prête au combat qui s'était frayé un chemin à travers la base. Même ainsi, le visage et le nom d'Aurora auraient dû être placardés partout dans les registres de déserteurs de DefenseCorp.

Cela dit, qui penserait aux déserteurs dans un moment et un endroit comme celui-ci ?

De retour à la baie, les gardes embarquèrent dans leurs vaisseaux, une expérience accélérée dès que les pilotes revinrent dans leurs cockpits, ouvrirent leurs communications et entendirent parler des assauts qui se produisaient au-dessus. Toutes ces unités ici représentaient ce que chaque groupe de DefenseCorp avait de mieux à offrir, des gardes du corps spécialisés maintenant incapables de défendre leurs vaisseaux.

— Une autre partie de ton plan ? demanda Aurora à Vana alors que les navettes partaient, tous surpris que les deux refusent le passage. Garder les meilleurs défenseurs loin de chez eux ?

— Tu ne me croiras peut-être pas, mais non, dit Vana. Ce n'est pas la quantité de morts qui compte, juste le visuel.

C'est tout ce dont nous avons besoin pour convaincre la galaxie que DefenseCorp n'est pas digne de confiance.

— Je suis sûre que ce sera un argument convaincant lors de ton audience.

Vana rit : — Mon audience ? Il n'y a que deux façons pour moi de quitter cette planète, Aurora. Aucune ne sera avec des menottes paralysantes.

Avant qu'Aurora ne puisse répondre, Vana marcha vers la large ouverture de la baie, qui surplombait la vaste aire d'atterrissage que les navettes avaient utilisée. Ce qui avait été une étendue plate et bondée ondulait maintenant, comme si un tremblement de terre localisé se produisait sous la surface. Des fosses apparurent, l'une après l'autre, s'enfonçant.

— Elle avance plus vite que je ne le pensais, dit Vana.

— Anaskya ?

Vana hocha la tête : — Elle voulait voir ses créations prendre vie. Je lui ai dit qu'elles ne survivraient pas, mais peut-être qu'Anaskya a trouvé un moyen.

— Alors, agent, tu vas m'aider à l'arrêter, dit Aurora, serrant son pistolet encore plus fort.

— Eh bien, Aurora, je croyais que tu ne me le demanderais jamais.

RÊVES DE MALADIE

Même à travers la visière, Sai pouvait sentir la frustration de Rovo. L'épéiste l'ignora tandis qu'il nettoyait son katana avec un morceau déchiré de sa combinaison ruinée. Rovo aurait lui-même bien besoin d'un nettoyage : la crasse noire recouvrait son armure après la recherche pour retrouver la lame.

— Il a besoin d'aide, et il ne l'obtiendra pas ici-bas, répéta Sai. Tu as dit que Javelin était en haut ? Alors dépose Perro et reviens.

— Comme si tu allais attendre.

Sai endossa alors son rôle de père, lançant son meilleur regard directement à Rovo. La responsabilité jaillit de ce regard, frappant durement la recrue et dirigeant les yeux de Rovo vers Perro, qui respirait faiblement sur le sol à proximité.

— On ne peut pas risquer qu'Anaskya s'échappe, répondit Sai. Sans Perro, je pourrai me déplacer rapidement.

— Sans armure, tu mourras rapidement aussi.

— Beaucoup de gens ont essayé de me tuer, Rovo. Anaskya aussi. Aucun n'a réussi.

— Ouais, parce que je t'ai sauvé les fesses.

Sai esquissa un sourire narquois. — Alors dépêche-toi et tu auras peut-être une nouvelle chance.

La recrue frappa du poing contre un mur, éclaboussant partout la substance visqueuse noire.

— Je sais que tu n'attendras pas, dit Rovo. Alors fais attention. Ne fais pas l'idiot. Je reviendrai aussi vite que possible.

Sai acquiesça et la recrue n'hésita pas une seconde de plus, ramassant Perro et s'enfonçant dans les profondeurs. Sans la lumière de l'armure motorisée, le bracelet de Sai émettait une faible lueur blanche. Les murs sombres semblaient s'étendre à l'infini, comme si Sai marchait dans une nuit sans fin. Les bruits continuels de grattement, de raclements et de clapotis produits par les créations d'Anaskya empêchaient cette idée d'être paisible.

Au début, Sai suivit les bruits de pas et de cliquetis de Rovo, laissant derrière lui la salle du podium et ses bassins de maladie brûlante. Anaskya était déjà partie avant que Sai ne rejoigne Perro, et rien n'indiquait qu'elle était revenue. Quant à l'endroit où la scientifique aurait pu fuir, Sai n'avait qu'un seul indice.

Anaskya avait dit qu'elle voulait mourir des mains de sa propre création. Bien que cela puisse signifier s'allonger et trouver la paix avec le premier monstre qui la croiserait, Anaskya avait déjà abandonné cette idée en quittant la salle du podium. Elle devait avoir une autre destination en tête, et dans ce labyrinthe, mis à part les cages et les salles d'injection, il y avait l'endroit où Anaskya faisait réellement ses expériences, où elle transformait ses hypothèses en produits. Si Sai devait parier sur un endroit où Anaskya se rendrait, ce serait là où elle donnait vie à ses cauchemars.

Ce maudit labyrinthe, cependant, ne donnait pas beaucoup d'indications à Sai sur l'emplacement d'un tel endroit.

Esquissant une carte mentale, le spadassin marchait, remplissant les espaces au fur et à mesure qu'il avançait. Sai plaça la cage d'ascenseur dans laquelle Perro et lui étaient tombés du côté éloigné du laboratoire, avec les escaliers que Rovo avait descendus du côté opposé. Si la salle du podium servait de centre névralgique du laboratoire, avec un accès facile à l'ascenseur pour que ses sujets puissent monter et s'équiper, alors les quartiers d'Anaskya seraient plus loin. Tout au fond du laboratoire.

Un endroit parfait pour garder une scientifique dont l'emprise sur la réalité s'effritait.

Les questions que Sai avait accumulées continuaient de s'empiler. Il ne s'était pas attendu — personne dans l'Escouade Sever ne s'y était attendu — à ce que cette mission soit un assaut simple, mais chaque minute semblait rendre les choses plus étranges. Non seulement Vana avait assemblé une armée dérangée et infectée, mais elle avait pris la ville abandonnée sur Dynas et l'avait exploitée pour son capital humain. De plus, un laboratoire de cette taille nécessitait plus d'un scientifique pour le gérer, mais Sai n'avait vu aucun autre rat de laboratoire ici.

Bien qu'ajouter ces nombres aux victimes d'Anaskya ne serait pas exagéré.

Mais pourquoi Vana laisserait-elle sa mine humaine s'effondrer ? Que gagnerait l'agent à montrer tout ce potentiel à DefenseCorp, seulement pour le voir se désintégrer autour d'elle ?

Peut-être qu'Aurora ou Gregor avaient trouvé des réponses, parce que Sai n'en avait certainement aucune.

Et il devrait continuer à avancer à l'aveuglette encore un moment.

Les bruits de pas de Rovo disparurent alors que la boue virale s'épaississait. Sai sentait son emprise aspirante à chaque pas, ses pieds nus s'enfonçant dans la vase. Ses coupures le piquaient alors que la maladie s'infiltrait sans doute dans ses plaies, détournant son sang à ses propres fins. Même si Sai parvenait à remonter vivant, il aurait besoin d'un traitement médical de première classe pour éviter de se transformer en l'un de ces monstres qu'il avait taillés en pièces.

Une raison de plus pour se dépêcher.

Alors que les couloirs se transformaient en tunnels noircis, la croissance moisie s'étendant dans les coins et s'accumulant en tas grouillants sur le sol, Sai arriva à ce qui devait être une porte. Le scanner, identifiable uniquement comme une bosse sous son revêtement noir, restait aussi inerte que tout le reste. Là où la porte métallique aurait dû se tenir, un mur épais de boue se dressait à la place. Stabilisant son épée, Sai donna deux coups en travers du haut, cisaillant le support de la vase et l'envoyant s'écraser au sol.

De l'autre côté se trouvait ce que Sai cherchait : bien que son bracelet ne fût pas particulièrement lumineux, Sai vit le poste de travail solitaire et les écrans suspendus qui le surplombaient depuis des bras au plafond. Anaskya, travaillant au centre de la pièce, aurait des écrans au-dessus et autour d'elle, ainsi que des commandes pour manipuler des assistants robotiques.

Ces partenaires mécaniques se tenaient autour de l'espace, leurs membres recouverts de la même crasse que tout le reste. Ils auraient dû avoir leurs propres batteries, auraient dû pouvoir fonctionner, mais ils restaient aussi morts que le reste de la base.

Contrairement au reste de la base, cependant, la pièce avait une autre source de lumière. Une lueur jaune ensoleillée venant de la droite. Sai franchit la porte, s'attendant à une embuscade et n'en recevant aucune. Se tournant vers la lumière, Sai vit un dos familier, avec des cheveux mi-longs emmêlés par la vase qui s'étirait à travers ses mèches.

Anaskya se tenait au-dessus du seul endroit propre du laboratoire, une longue table s'étendant d'un coin à l'autre. Le bracelet de Sai, couplé à la lumière jaune, révélait des boîtes de nourriture cellulaire empilées, ainsi que des supports pour fioles et seringues. Anaskya, cependant, bloquait toute vue de la lumière et de son objet.

— Je t'ai trouvée, dit Sai. Se déplacer dans la boue ferait de toute façon trop de bruit pour une attaque surprise. Autant voir si Anaskya avait une surprise en réserve. Joli endroit que tu as là.

— Tu plaisantes encore. Après tout ce que tu as vu ? demanda Anaskya sans se retourner. Comment ?

— Sever m'a appris à ne pas me perdre tant que je n'abandonne pas, dit Sai en faisant un premier pas clapotant vers la scientifique. La boue s'épaississait ici, ondulant au contact de Sai. Elle collait à sa peau, comme du ruban adhésif se décollant à chaque mouvement. Et je n'ai pas encore abandonné.

— C'est très bien pour toi, répondit Anaskya, et maintenant son bras bougeait, prenant quelque chose dans la mallette. D'une certaine façon, je suppose que moi non plus.

— Difficile de voir comment tu pourrais faire plus de dégâts.

Trois grandes enjambées auraient mis Sai à portée de frappe, mais il gardait ses mouvements courts. Après être tombé et avoir vu Rovo faire de même, toute course agressive dans cette merde avait pour fin probable Sai, sur le dos, s'étouffant alors que la crasse inondait sa bouche.

Non merci.

— Vana et moi avons conclu un marché. Tout comme l'un de vos contrats. La main d'Anaskya apparut, tenant une seringue remplie d'un liquide rouge, couleur cerise. Elle aurait son spectacle et toutes les morts qui l'accompagnaient, et j'aurais mon laboratoire et une chance de construire mes enfants.

— Bon à savoir que j'ai une raison de plus de ne pas aimer cet agent, répliqua Sai. Plus que deux enjambées maintenant. Qu'est-ce qu'il y a là-dedans ?

— Le sang de la petite fille contenait un vecteur que Vana m'a fait utiliser. Une option propre pour donner de la force à ses sacrifices et, en même temps, une fin rapide, soupira Anaskya en terminant. Elle voyait le trésor de l'enfant comme un moyen d'arriver à ses fins, et moi je le voyais comme autre chose.

— C'est une mauvaise surprise que tu tiens, Anaskya ? demanda Sai, essayant de faire parler la scientifique. Plus qu'une enjambée. Qu'est-ce que ça fait ?

— Regarde.

Ne s'attendant pas à cette réponse d'un mot, Sai manqua l'occasion de charger alors qu'Anaskya s'injectait le produit, plantant la seringue dans son épaule. Le liquide coulait tandis que Sai s'avançait pour frapper, mettant fin proprement à la scientifique. Elle s'effondra dans la boue, sa main tenant toujours la seringue alors que les deux disparaissaient sous la surface sombre.

Sur la table, sous une lampe branchée à une batterie, se trouvait une cuve de la taille d'une marmite. Plus de liquide cerise y reposait, inerte. Sai l'observa pendant une minute, cherchant une réponse, une explication, et n'en trouva aucune. Anaskya avait raté mille versions avant que Sai ne la rencontre sur Dynas. Peut-être avait-elle aussi raté celle-ci.

Finir sa vie sur une expérience ratée. Ce serait triste si ce n'avait pas été le choix d'Anaskya elle-même.

Sai examina la cuve. Elle ne contenait aucune réponse, et l'épéiste de Sever ne savait pas quoi en faire. Laisser la mixture semblait être une mauvaise idée, car quiconque la trouverait ensuite pourrait tomber sur l'horrible formule conçue par Anaskya. La verser dans la boue vivante semblait également suspect : Sai avait vu les films, il savait ce qui avait tendance à se produire quand on mélangeait deux choses terribles.

Mais mélanger électricité et liquide avait tendance à griller complètement la vie. Sai avait passé beaucoup de temps à trouver les meilleures façons de court-circuiter les ordinateurs et les circuits sur lesquels ils fonctionnaient, et sacrifier de l'eau dans ce but tendait à mieux fonctionner que de nombreuses méthodes plus alambiquées. Pratique, donc, qu'Anaskya ait laissé sa lampe juste là avec une batterie en état de marche.

De sa main gauche, Sai poussa la lampe chaude dans la cuve. Il appuya suffisamment fort pour briser l'ampoule de la lampe dans le liquide cerise, provoquant une étincelle, de la fumée, et un obscurcissement rapide à l'intérieur de la cuve alors que le courant de la lampe faisait son œuvre. Tout ce qui vivait à l'intérieur aurait dû recevoir une sacrée décharge.

— Et reste mort, murmura Sai en se tournant vers la sortie. Une fois de plus, son bracelet servait de guide solitaire à Sai. Tu vois, Rovo ? Tu n'avais aucune raison de t'inquiéter.

Pataugeant lentement, Sai se dirigea vers la sortie du

laboratoire. Jetant un dernier coup d'œil, il éclaira avec son bracelet le corps à moitié dévoré d'Anaskya, observant pendant une longue respiration, attendant que la femme montre un signe que sa dernière expérience n'avait pas échoué.

Rien.

Se retournant vers le couloir, Sai avait fait cinq secondes de chemin avant qu'un bruit ne l'arrête. Comme une machine faisant mousser une boisson, le gargouillement régulier fit fermer les yeux à Sai pour une courte respiration résignée. Bien sûr, ce serait trop beau de laisser le combattant, déjà ensanglanté, battu, et probablement infecté par quelque chose de terrible, s'en aller.

Son katana levé, mais gardant ses distances — Sai pensait que le couloir offrait une certaine protection comparée à une ruée aveugle en arrière — l'épéiste écouta le bruit s'amplifier. Auparavant, les créatures d'Anaskya avaient clapotéet dégouliné, sonnant comme des robinets qui fuient mortellement. Ceci ressemblait plus à un grondement bouillonnant, comme un tuyau d'arrosage à pleine puissance.

La boue monta aux pieds de Sai, dépassant ses chevilles. Dans la lumière du bracelet, la couleur du slime commença à changer, comme si quelqu'un y avait trempé un stylo rouge. Un nuage cramoisi saignait du laboratoire d'Anaskya, moussant et s'étendant à travers le noir à mesure qu'il approchait.

Sai ne voyait rien à couper, ne voyait aucune créature se précipiter vers lui pour être tranchée.

Alors Sai se retourna et courut, parce qu'il savait, comme toutes les histoires, tous les films le lui avaient toujours dit : toucher le rouge signifiait la mort.

28

MARTEAUX ET COUTEAUX

L'armure de combat de DefenseCorp transformait ses soldats en armes vivantes. Pour Gregor, *vivant* devenait l'élément clé alors que l'armure enregistrait la chute de ses signes vitaux et se mettait en action. La combinaison enveloppait sa peau, ses os, et délivrait un cocktail glorieux dans le sang de Gregor tandis qu'il attendait derrière les portes du pont. En toute logique, la brûlure du laser à travers son estomac aurait dû terrasser Gregor, mais le rayon même qui l'avait tué avait cautérisé la blessure, ralentissant suffisamment les dégâts pour que l'armure de combat le porte jusqu'à un dernier combat.

Et il n'allait pas y aller seul.

Avec l'aide de Briany, le combattant avait réussi à entrer sur le pont, où une douzaine d'officiers et de membres d'équipage paniqués s'étaient recroquevillés en espérant un miracle. Certains avaient des pistolets, et quelques-uns avaient ramassé les fusils tenus par les combinaisons maintenant mortes. Aucun n'avait l'air de vouloir se battre.

Derrière l'équipage, le pare-brise panoramique du pont offrait une belle vue divisée montrant les sables dorés d'Aurum Trois à droite et l'espace rempli de lasers à gauche. Parsemé de postes de travail servant, maintenant, de couverture, le pont semblait par ailleurs un endroit immaculé. Dommage de laisser les bâtards venant du couloir le ruiner.

— Combien de temps ? demanda le capitaine, l'homme ayant assez de cran pour se tenir au centre.

— Ils sont patients maintenant, dit Gregor. La surprise a fait son effet.

Gregor avait lancé une grenade électromagnétique loin dans le couloir, l'orbe bleu argenté promettant une fin rapide à tous les circuits pris dans son rayon d'action. Le quatuor invisible et fonçant avait dû être assez intelligent pour reconnaître la grenade, car ils avaient cessé leur ruée bruyante dès que la bombe avait rebondi.

L'arrêt avait donné le temps à Gregor et Briany d'entrer, à l'équipage du pont de piller ce qu'ils pouvaient. Au grand agacement du capitaine, Gregor avait insisté pour qu'ils laissent le découpeur laser dans le couloir.

— J'ai besoin de récupérer mon vaisseau, se plaignit le capitaine. C'est le chaos dehors, et nous sommes en première ligne pour la défense.

— Vous avez laissé la navette atterrir, dit Gregor.

— Comment aurions-nous pu savoir ?

— Je peux lui tirer dessus ? demanda Briany à Gregor, assez fort pour que tout le monde l'entende. Tu es en train de mourir, je suis blessée, et il se plaint de ses propres erreurs. On mérite mieux.

Gregor ne pouvait pas être en désaccord sur ce point, mais il secoua néanmoins la tête.

— Garde ton énergie pour les combinaisons.

Le capitaine saisit le ton, peut-être vit-il le doigt de Briany serré sur ses deux pistolets, et décida sagement de se taire. Gregor, appuyant sa tête contre la porte et appréciant le métal froid contre sa peau, ferma les yeux. L'attente ne serait pas longue. Jusque-là, il pouvait se concentrer sur la douleur, et sur la façon de la combattre.

— Tu vas t'en sortir, mon pote ? dit Briany, doucement cette fois.

— Je m'en inquiéterai quand les combinaisons seront mortes.

— Ça pourrait être un problème si tu meurs en premier.

— Alors, si tu veux bien, tire-leur dessus rapidement ?

Briany gloussa, un rire qui mourut quand un nouveau son s'éleva derrière eux, à travers la porte. Les tremblements prudents alors que les combinaisons ramassaient le découpeur laser, se préparant à se mettre au travail. Gregor croisa le regard du capitaine, hocha la tête. L'homme lui rendit le geste, bien qu'avec une profonde déglutition.

— Ç'a été un sacré plaisir, dit Briany à Gregor. Si on s'en sort, tu devrais venir avec nous. On pourrait faire ça tout le temps.

Gregor adressa à Briany le plus léger des sourires. Il était un Sever, serait toujours un Sever jusqu'à ce que lui ou l'Escouade Sever cesse d'exister. Peu importe à quel point cela pourrait être amusant de se déchaîner à travers la galaxie avec la bande de Tarla, les loyautés de Gregor étaient forgées.

Sa main se resserra sur le manche du marteau, l'arme lui semblant bonne et solide dans sa poigne, même si Gregor lui-même avait l'impression d'avoir besoin d'une sieste de mille ans. Pas maintenant.

Pas encore.

Le capitaine leva un seul doigt d'une main, brandit son pistolet de l'autre. Gregor, s'appuyant sur son armure de combat, se leva et souleva le marteau. Juste à côté du centre de la porte, il leva l'arme au-dessus de sa tête tandis que

Briany se tenait en face, remplaçant ses pistolets par les couteaux en diamant volés aux combinaisons abattues.

Prêts.

La porte se brouilla, le *vrombissement* retentit et Gregor frappa avant de voir sa cible. Deux combinaisons tenaient le grand découpeur, son lourd rayon prenant vie alors que les portes s'ouvraient. La courte flamme bleu-blanc jaillit sur un mètre entre Gregor et Briany, comme une ligne divine séparant le duo. Avec leurs mains tenant le découpeur, les combinaisons n'avaient aucune défense à part leur armure floue.

Gregor n'avait pas besoin de voir sa cible pour la fracasser. Le marteau s'écrasa sur l'épaule de la combinaison, envoyant l'ennemi au sol avec le craquement combiné des os et de la barrière. Dès que la combinaison relâcha la gâchette du découpeur, son rayon s'éteignit, remplacé par des étincelles plus brillantes et colorées alors que le capitaine et ses officiers ouvraient le feu sur les deux autres combinaisons.

Pendant que Gregor levait et abattait le marteau une seconde fois, l'armure brisée de sa cible ressemblant à du verre fracturé sur le sol, des lasers fusaient autour de lui. Les deux combinaisons qui tiraient ne restaient pas immobiles, utilisant leur armure qui pliait la lumière pour plonger et esquiver les tirs entrants tout en ripostant avec des fusils volés. Quelqu'un cria sur le pont, suivi d'un autre alors que les combinaisons ignoraient Gregor et Briany pour des cibles plus faciles.

En parlant de ça - Gregor jeta un coup d'œil à droite, vit Briany agenouillée sur sa propre victime, maniant les couteaux comme Gregor utilisait autrefois un marteau-piqueur. Des coups droits d'avant en arrière, réduisant la cible en poussière. Elle semblait aller bien, plus que bien.

Gregor souleva son marteau, essaya de trouver un endroit où se concentrer.

Trouver ces choses était beaucoup plus difficile sans visière pour les marquer. Heureusement, de si près, il était vraiment difficile de les manquer.

Les tirs venant du pont cessèrent. Gregor ne savait pas si les forces du capitaine étaient toutes mortes, ou si les combinaisons les avaient clouées au sol. Dans tous les cas, sans les tirs entrants, les combinaisons lâchèrent leurs fusils et passèrent à ces couteaux en diamant. Plus difficiles à voir, plus mortels dans la mêlée.

— Tu prends à droite ? dit Briany alors qu'ils avançaient.
— Oui.

Rovo ou Eponi auraient probablement trouvé une réplique spirituelle pour l'occasion, mais Gregor n'avait jamais eu le bagout pour ça. Il n'en avait pas vraiment envie non plus, avec son estomac qui bouillonnait à cause de ce tir laser.

Gregor lut les lignes en enjambant les débris de sa première victime. Au premier coup d'œil, les combinaisons offraient une invisibilité presque totale, captant la lumière derrière et la reproduisant devant. Gregor n'avait pas lu les spécifications techniques sur le fonctionnement de ces foutus trucs, mais Sai avait donné un aperçu à Escouade Sever pendant les jours mornes sur la station périphérique. En bref, pour voir les combinaisons, il fallait trouver les contours.

Là, le reflet n'était pas parfait. La jonction entre la combinaison et tout le reste était floue, comme l'air au-dessus de l'asphalte chaud. Difficile à voir de loin, plus facile de près et avec la concentration que donne la proximité de la mort.

Le couteau trahit la combinaison. Une attaque fulgurante, visant la gorge de Gregor dans une tentative de mettre fin au combat d'un seul coup. Un miroitement précurseur fit pivoter Gregor vers l'avant, recevant le coup de poignard sur l'épaisse plaque protégeant le haut de sa poitrine. Le couteau mordit, faisant jaillir des étincelles et produisant un crissement assourdissant, mais la pointe ne transperça pas. Cette charge coûta à Gregor l'occasion de donner un coup de marteau, forçant le combattant de Sever à mener l'attaque avec son épaule.

Alors que Gregor frappait, il épuisa l'énergie restante de ses amplificateurs cinétiques, se projetant contre la combinaison avec assez de force pour envoyer l'homme voler. Gregor ne pouvait pas voir la combinaison en vol, mais il entendit l'homme atterrir et vit les étincelles là où les couteaux heurtèrent le sol. Sans relâcher la pression, Gregor utilisa cet élan pour bondir à nouveau, s'élevant avec le marteau et l'abattant là où les flous révélaient la présence de l'homme.

La combinaison n'attendit pas le coup. Alors que le marteau de Gregor s'abattait, la combinaison s'écarta, les flous se déplaçant juste hors de portée du coup. Le sol du hall se cabossa là où Gregor frappa, et il fit pivoter sa prise avec l'impact, faisant tourner le marteau et l'envoyant dans un balayage assez rapide pour intercepter le coup de poignard de la combinaison, le déviant largement et créant une distance entre les deux.

Un juron sonore attira l'attention de Gregor vers le pont, où Briany arborait une ligne cramoisie brillante sur un bras, sa combinaison spatiale en lambeaux alors qu'elle échangeait des coups de couteau avec sa cible. Son ennemi invisible était, maintenant, très visible avec des entailles rouges sur toute son armure. Aucun des deux ne lâchait prise, choisissant plutôt d'encaisser les coups que d'esquiver.

Gregor aurait parié sur la victoire de Briany face à n'importe quel ennemi sain d'esprit. Contre ces choses ?

Sa propre cible profita de cette hésitation pour se rapprocher. Ces couteaux n'avaient pas la portée du marteau, alors Gregor répondit à l'avancée de la combinaison en reculant d'un pas, lançant le marteau dans un autre mouvement transversal pour tenir la combinaison à distance. Après la charge à l'épaule de Gregor, le reflet parfait de la combinaison présentait des fissures par endroits, ressemblant à du verre brisé.

Facile à voir, toujours difficile à toucher.

La combinaison feignit une attaque fulgurante, poussant Gregor à un autre coup de revers. Utilisant sa propre agilité, l'homme bondit, prenant appui sur le mur voisin pour éviter le coup transversal de Gregor et tenter de poignarder le visage du combattant de Sever.

Un mouvement audacieux et dangereux.

Une fois que la combinaison s'était engagée dans le saut, il avait perdu toute capacité à ajuster sa trajectoire. Gregor lâcha le marteau, trop lent à ramener, et attrapa plutôt l'attaque en plein vol. Le couteau érafla la joue de Gregor, un coup insignifiant comparé à ce que Gregor avait déjà subi. À ce que l'ennemi subit quand Gregor le projeta contre le mur. La combinaison tenta de retirer le couteau, mais Gregor le frappa encore et encore, le troisième coup faisant lâcher prise à la combinaison.

Le quatrième coup, amplifié par la force de l'armure, rendit la combinaison inerte. Gregor en ajouta un cinquième pour être sûr, puis jeta le corps au loin.

Les jurons de Briany continuaient, et Gregor vit que les deux combattants étaient dans un état pire qu'avant. Le capitaine et son équipage du pont, derrière eux, avaient sorti leurs pistolets, mais ne semblaient pas assez confiants pour tirer dans la mêlée rapprochée.

Ils n'auraient pas à le faire.

Gregor se baissa, ramassa le couteau tombé. Il visa soigneusement, et après que Briany se fut écartée d'un autre coup de poignard, Gregor lança la lame. Un projectile, prêt à embrocher et mettre fin au combat.

Jusqu'à ce que le manche du couteau rebondisse sur la tête de la combinaison, le côté tranchant de la lame tombant inoffensif sur le sol. La combinaison hésita, et Briany en profita. Cette fois, son coup fit mouche, coupant la capacité de son ennemi à respirer. La combinaison s'effondra, laissant Briany affaissée et saignante.

— Beau lancer, dit Briany. La prochaine fois, essaie l'autre bout.

— Je ne suis pas doué avec les objets tranchants, dit Gregor, se penchant pour ramasser le marteau.

Se penchant, et tombant. Le problème n'était pas difficile à diagnostiquer depuis le sol du couloir : les efforts de son armure, plus l'adrénaline de Gregor, l'avaient maintenu debout. Le combat terminé, ces méthodes s'estompaient, le laissant souffrant, étourdi et haletant.

— Hé, dit Briany alors que l'équipage du capitaine sortait du pont pour confirmer les victimes. Reste avec moi, grand gars. Je ne me suis pas fait poignarder juste pour te laisser mourir.

— Je ne meurs pas sur toi, dit Gregor, levant les yeux vers la Ranger du Crépuscule. Je suis par terre.

Roulant des yeux, Briany se pencha, mit le bras de Gregor sur son épaule et le remit sur ses pieds.

— Capitaine, dites-moi que vous avez une infirmerie sur ce tas de ferraille ? dit Briany.

— Par où vous êtes venus, dit le capitaine, l'air trop

abasourdi pour prendre offense. S'il est encore debout, il y a un robot qui peut l'aider.

Briany n'attendit pas, faisant pivoter Gregor et partant dans cette direction. Chaque pas semblait faire rebondir le monde de Gregor de haut en bas. Chaque son arrivait creux, comme un écho. Ses jambes avaient disparu dans un vide engourdi. Des problèmes, oui, mais qu'il pouvait surmonter. Remplir à nouveau les réserves de drogues de son armure et Gregor pourrait continuer.

— Nous devons aider Sever, dit Gregor. La mission n'est pas terminée.

— Pour nous, mon pote, elle l'est définitivement, répondit Briany. On va te trouver un bon lit et de meilleurs médicaments pour aller avec. Et je vais me procurer un baume pour ne pas avoir trop de cicatrices.

Gregor voulait protester, mais comme pour tout le reste, sa bouche ne voulait pas coopérer. Ses yeux papillonnèrent, sa langue goûta quelque chose d'humide, métallique. Gregor entendit Briany jurer, puis il n'entendit plus rien du tout.

29

GARDER SES DISTANCES

Si une astuce fonctionne une fois, il faut la réessayer. Cette maxime ne tient peut-être pas sur le long terme — les pilotes de kart qui ne comptent que sur une seule manœuvre finissent généralement par se faire écraser — mais Eponi pensait que les monstres infectés de Vana n'avaient pas observé son vol de si près.

Les missiles verrouillés sur le *Prisa* fonçaient à toute allure, tandis qu'Eponi dirigeait toute l'énergie possible vers les moteurs de l'engin. Frôlant la passerelle, le *Prisa* bondit en avant alors que les missiles se rapprochaient, filant vers un croiseur dont les capteurs, privés de verrouillages qui ne venaient jamais, restaient inconscients. La manœuvre n'avait aucune chance face à une véritable observation, face à des gens qui pourraient voir l'appât s'attarder et le chasser avec des tourelles.

Mais contre des ennemis bornés qui, même s'ils voyaient la manœuvre d'Eponi, ne savaient pas quoi en faire ?

La perfection.

Les missiles ne pouvaient pas ajuster leur direction sur

une trajectoire précise. Pas dans l'espace. Ils essayèrent de dévier leur course alors que le *Prisa* filait en avant, grimpant vers le sommet de la passerelle et au-dessus du croiseur. Ils essayèrent, et leur élan emporta les bombes balistiques droit sur les boucliers de la passerelle et au-delà. Observant à travers sa console, Eponi vit l'éclat vert lorsque la barrière d'énergie du croiseur tenta de consumer les missiles, la vit absorber les deux, trois, quatre premiers impacts en succession rapide.

L'effondrement du bouclier survint sans avertissement. La barrière cessa simplement d'exister, disparaissant à temps pour que les cinq missiles suivants filent à travers et s'écrasent sur l'épais verre protégeant la passerelle. Ce verre, comme le bouclier, absorba les premiers impacts, les fissures se répandant sur l'armure conçue pour donner à l'équipage derrière une chance d'évacuer.

Aucune chance ne se présenta cette fois-ci, car les missiles continuaient de frapper. Tarla siffla lorsque la passerelle s'effondra, son pare-brise en verre volant en éclats. Trois autres missiles s'arc-boutèrent à travers le trou, tentant de trouver un chemin vers le *Prisa* à travers l'intérieur du croiseur. Leurs fleurs de nova déversèrent du feu, pendant une fraction de seconde, dans l'espace.

L'explosion aurait dû marquer la fin, aurait dû faire taire les alarmes du *Prisa*, mais le vaisseau continuait de se plaindre d'un verrouillage de missile. Eponi trouva les coupables, deux bombes fusant, sur le scanner.

— Un chasseur a tiré tardivement, jura Eponi, surchargeant ses boucliers pour pousser le *Prisa* à son maximum.

Et elle réserva une infime partie pour les tourelles jumelles.

— Armez vos canons, dit Tarla à travers l'intercom du vaisseau, prenant le relais pendant qu'Eponi traînait le *Prisa* aussi près du croiseur qu'elle osait. Deux missiles en approche, et si vous en laissez un toucher mon vaisseau, je vous balance par le sas.

Le *Prisa* n'était pas assez petit pour zigzaguer entre les tourelles du croiseur et ses modules en saillie, une danse qui aurait pu envoyer les missiles s'écraser contre un mur au hasard — risquant des vies innocentes à l'intérieur — alors Eponi rasa la surface à la place. Faire onduler le vaisseau envoyait les missiles et leur poursuite prédictive dans un bégaiement ondulant, chaque plongée pouvant potentiellement écraser les bombes contre le croiseur.

— Un peu d'aide serait la bienvenue, dit Eponi, regardant la distance diminuer alors que les missiles refusaient d'échouer.

Derrière le *Prisa*, se lançant dans le sillage, les deux tourelles du vaisseau envoyèrent leurs tirs de riposte. Utilisant le tir dispersé, les tourelles pulvérisèrent une lumière de faible puissance dans l'espace. Les missiles avaient peut-être évité les feintes d'Eponi, mais ils n'avaient aucune réponse aux vagues laser. Les deux bombes explosèrent en succession rapide, des nuages bleus et verts jaillissant et mourant rapidement.

— Merci, souffla Eponi, commençant à se rasseoir dans son siège.

— Vous deux, vous venez de gagner votre sauvetage, dit Tarla à travers l'intercom. Beau tir. Avez-vous déjà envisagé un changement de carrière, disons, vers une petite organisation ?

Toute réponse à la question de Tarla s'évanouit lorsqu'Eponi se pencha en avant, voyant et essayant de comprendre le mouvement à la surface du croiseur. Tous ces gros canons, ceux qui étaient restés passifs tout ce temps, tournèrent, visant le *Prisa*.

— Croiseur, dit Eponi, passant sur une bande ouverte à courte portée. S'il vous plaît, dites-moi que toutes ces tourelles ne sont pas sur le point de me réduire en poussière spatiale ?

— Quoi ? demanda Tarla, aussi énervée qu'Eponi voulait l'être. Pourquoi nous tirent-ils dessus ?

Le croiseur ne répondit pas, un problème qui devint une crise lorsque le premier laser tira par-dessus la proue du *Prisa*. Eponi équilibra maintenant les boucliers avec les moteurs — ils ne pouvaient pas distancer le croiseur ou la portée de ses tourelles — et coupa à droite, s'orientant vers les baies d'amarrage du croiseur. Ils devraient traverser le dessus du vaisseau et descendre sur son côté, mais le calcul instantané d'Eponi n'offrait pas d'autre option.

— Les tirs dispersés, répondit Tarla à sa propre question, l'agrémentant de quelques mots bien choisis alors qu'elle rouvrait l'intercom. Un de vous, imbéciles, a touché le croiseur. Considérez mon offre comme retirée, et tout dommage à ce vaisseau...

— Tarla, dit Eponi. Tais-toi, s'il te plaît, que je puisse nous garder en vie !

Les rayons arrivaient maintenant chauds et rapides, forçant Eponi à une danse saccadée. Sa main droite sur le manche de vol, envoyant le *Prisa* de haut en bas, restant proche du croiseur pour maintenir au minimum le nombre de tourelles ayant une ligne de tir, Eponi tapotait sur la console avec sa main gauche. Chaque toucher de doigt poussait de l'énergie vers un jet de manœuvre, envoyant le corps du *Prisa* à droite et à gauche, verticalement ou horizontalement. Comme pour les missiles, l'IA indiquait aux tourelles où tirer, donc tant qu'Eponi n'était pas prévisible, ils pourraient...

La console explosa. Son écran fondit alors que les

lumières au plafond du *Prisa* s'éteignirent. Le vaisseau lui-même trembla lorsqu'un autre laser le frappa, une alarme hurlant puis mourant tandis que le vaisseau tentait de rediriger l'énergie vers les systèmes critiques. Tarla continuait de jurer, et Eponi, incapable de basculer l'alimentation ou d'activer les propulseurs, fit la seule chose qu'elle pouvait.

— Désolée, murmura Eponi en poussant légèrement le manche de vol vers l'avant.

Le *Prisa* rebondit en glissant le long de la surface du croiseur. Les deux coques se frottaient l'une contre l'autre tandis qu'Eponi faisait monter et descendre son vaisseau au rythme de la peau irrégulière du croiseur. Le grincement strident du métal fit grimacer la pilote et poussa Tarla à lui demander ce qu'elle fabriquait, bon sang.

— Je nous maintiens en vie, dit Eponi, effleurant à peine le rebord avant de plonger de l'autre côté du croiseur. Ces baies ne devraient plus être loin maintenant. Si on reste près, ces tourelles ne pourront pas nous toucher.

— Ça n'aura plus d'importance si on s'écrase !

— On ne s'écrasera pas.

Les mains moites, Eponi tenait fermement le manche de vol. Elle luttait alors que le *Prisa* tressautait à chaque éraflure provoquant des étincelles, l'espace au-dessus s'illuminant chaque fois qu'une tourelle pensait avoir une chance pour un dernier tir. À gauche pour éviter un autre canon qui dépassait, à droite pour retomber entre deux excroissances cubiques. Les yeux d'Eponi la piquaient, mais cligner signifiait la mort.

Sous tout cela, son cœur s'emballait. C'était le frisson, c'était l'adrénaline qui lui avait manqué depuis qu'elle avait quitté les karts. Certes, une bulle aurait été agréable. Une foule en liesse. Mais les espaces restreints, un jeu de centimètres à grande vitesse ?

Grande vitesse !

— Ta console fonctionne encore ? dit Eponi. Dis-moi que oui.

— Elle fonctionne ? répondit Tarla.

— Réduis notre vitesse. Vingt pour cent. Maintenant.

Devant, une douce lumière bleue interrompait le vide habituel de l'espace, flottant au-dessus de l'extérieur métallique gris du croiseur. Le signe révélateur d'une baie d'amarrage, et une que le *Prisa* serait trop rapide pour attraper sans quelques changements drastiques.

— C'est fait. Pourquoi ?

— Tais-toi, dit Eponi. Fais ce que je te dis.

Le *Prisa* passa au-dessus de la dernière bosse avant la baie, laissant une traînée plate devant l'ouverture. La réduction de poussée du *Prisa* ne fit rien pour ralentir le vaisseau parce que l'espace était l'espace et la physique était la physique. Pas de friction, que de la liberté.

— Active les propulseurs avant, ordonna Eponi.

Tarla s'exécuta, prouvant qu'elle connaissait la règle d'or pour diriger une équipe : laisser travailler ses experts.

Le *Prisa* bascula bout à bout, son cockpit soudainement face à la direction d'où ils venaient, mais avec l'élan du vaisseau l'envoyant toujours vers la baie d'amarrage. La faible poussée poussant maintenant contre l'ancienne trajectoire du *Prisa* réduisait la vitesse, ralentissant mais n'arrêtant pas le vaisseau.

S'arrêter signifiait mourir.

Les tourelles, utilisant l'espace dégagé autour de la baie d'amarrage, essayèrent de viser le *Prisa*. Leurs hardis rayons orange arrivèrent trop haut tandis qu'Eponi gardait son vaisseau collé au métal, la coque maintenant au-dessus de la tête d'Eponi, avec l'espace et Aurum Trois en dessous.

— On ne peut pas s'éloigner de la coque ou on se fait

tirer dessus, dit Eponi. Quand je te le dirai, active à nouveau les propulseurs avant. Cinquante pour cent cette fois.

D'un geste, Tarla fit l'ajustement. La lumière bleue de la baie d'amarrage devint plus vive. La vitesse du *Prisa* diminuait.

Eponi avait perdu sa carrière de pilote de kart en faisant des manœuvres folles comme celles-ci. Toutes avaient été des cascades d'exhibition jouées pour la foule et l'argent des prix. Pas cette fois.

— Maintenant ! cria Eponi alors que l'ouverture de la baie d'amarrage entrait dans leur champ de vision.

Tarla frappa la console et le *Prisa* bascula à nouveau, remplaçant la coque du croiseur par l'intérieur brillamment éclairé de la baie d'amarrage. Les vingt pour cent de poussée du *Prisa* rattrapèrent la vitesse du vaisseau alors que le retournement commençait à pousser le *Prisa* loin du croiseur et droit dans la zone de tir des tourelles. Pendant une longue seconde, Eponi put voir leur salut s'éloigner d'eux.

— Propulseur bâbord, à fond ! cria Eponi. Dix pour cent de poussée principale.

La capitaine des Twilight Rangers s'exécuta à nouveau, activant le propulseur gauche pour remettre le *Prisa* à l'endroit. Avec la poussée achevant leur élan restant, le *Prisa* se glissa à l'intérieur de la baie d'amarrage, les tirs orange des tourelles n'illuminant que leur sillage de moteur et rien de plus.

— Remets-nous à zéro, Tarla, dit Eponi, la chaleur du moment se transformant en sueur froide. Sors les trains d'atterrissage.

— Avec un plaisir absolu, dit Tarla, puis elle rit, un seul rire soulagé. Sacrée pilote.

S'adossant et restant ainsi, Eponi regardait droit devant

elle tandis que le *Prisa* se posait dans sa position d'amarrage. Le pont de secours aurait leurs excuses, et le chasseur de l'Escadron Lame qui avait tiré ses missiles tardivement s'excuserait. Tarla s'assurerait de faire payer la facture des réparations à DefenseCorp, plus les frais pour avoir maintenu ses pilotes en vie.

Tout cela pourrait être réglé, mais alors qu'Eponi redescendait de son état d'excitation, elle commença à scanner les bandes de communication, essayant de savoir ce qui était arrivé au reste de son escouade.

30

LEVIERS

Rovo atterrit sur la surface sombre d'Aurum Trois, Perro sur son épaule, cherchant Javelin sans le trouver. La vaste zone d'atterrissage était vide, bien que de profonds cratères parsemaient maintenant sa surface. De nouvelles dépressions se formaient, tandis qu'une secousse constante provenait du laboratoire souterrain que Rovo avait laissé derrière lui. La mission de Sai là-bas ne ménageait pas les fondations.

Peut-être que Sai avait décidé d'enterrer Anaskya et son virus ?

Cette pensée fit se retourner Rovo vers la porte et l'escalier descendant. Il pourrait bondir en bas, rejoindre Sai et...

Laisser Perro mourir ?

Rovo avait vu le virus se propager. Même si Sai lui balançait des rochers dessus, cette chose pourrait continuer à croître, pourrait dévorer tous les microbes vivant dans le sable pour recouvrir la planète. Rovo devait trouver un moyen de monter, convaincre quelques puissants lasers orbitaux de griller les restes d'Anaskya à une distance de sécurité et obtenir une vraie aide médicale pour le Ranger du Crépuscule.

Comme en réponse à ses pensées, le grondement des moteurs de vaisseaux spatiaux résonna dans l'air tourbillonnant. Rovo regarda un vaisseau après l'autre jaillir de la structure centrale de la base, filant vers le ciel. Qui les pilotait ? Rovo n'en avait aucune idée, mais avec Javelin introuvable, Rovo devait tenter sa chance.

— Appel à l'aide depuis la zone d'atterrissage, dit Rovo, diffusant sur la fréquence d'urgence standard de DefenseCorp. Nous sommes bloqués dans un endroit dangereux et avons besoin d'être récupérés.

La transmission partit, aurait dû être captée par ces vaisseaux en fuite. Rovo regarda ces jets filer vers le haut et au loin sans la moindre pause, sans la moindre réponse. L'unité de communication de l'armure n'émettrait pas de signal jusqu'à l'espace, donc Rovo n'avait aucun espoir que le *Prisa* l'entende, et il ne pensait pas que la flotte de DefenseCorp viendrait à son secours même s'ils recevaient son appel.

— Enfoirés, marmonna Rovo, adressant un geste particulier avec sa main blindée vers les vaisseaux en fuite.

Alors que de nouveaux plans se formaient et échouaient les uns après les autres, un signal bourdonnant résonna dans l'oreille de Rovo. Un appel entrant sur la fréquence de DefenseCorp.

— Hé, mec, la voix de Javelin arriva faible et grésillante. J'ai capté ton message. Tu veux un transport, on l'a, mais on aurait besoin d'un coup de main.

— Où es-tu ? Rovo pivota sur le sable, ne voyant aucun signe.

— Côté est, répondit Javelin. Suis le signal, tu nous trouveras.

— Nous ? demanda Rovo, mais Javelin coupa la communication.

Rovo essaya de le recontacter, renvoyant l'appel sur la même fréquence. Pas de réponse. Le signal de Javelin avait été faible, peut-être que l'homme était tombé trop loin de la portée. C'était l'explication la plus probable. Pas, vous savez, l'une des autres choses mortelles qui rôdaient dans ce trou d'enfer.

Faisant appel à son sens de l'orientation médiocre, Rovo s'aligna sur la structure centrale de la base. Sur son côté ouest se trouvait la baie ensanglantée du *Prisa*, ce qui faisait de l'étendue sablonneuse à l'Est l'endroit où Javelin lui avait dit d'aller. Sans aucun point de repère et peu de lumière hormis celle fournie par les étoiles, Rovo mit son armure en mouvement, veillant à garder Perro bien calé sur son épaule.

Malgré tout le temps qu'il avait passé à voyager à travers la galaxie, Rovo en avait vu très peu. La plupart des vaisseaux spatiaux, à la fois pour se protéger des radiations cosmiques et pour garder leur coque épaisse, offraient peu d'occasions de regarder à l'extérieur pendant les voyages. Les stations spatiales faisaient de même, limitant les ponts d'observation, faisant de l'acte de les visiter une compétition avec les autres besoins de Rovo, comme prendre un verre ou regarder un autre mauvais film d'action. En bref, le cosmos restait à distance, une chose capturée sur écran ou dans son imagination.

Jusqu'à maintenant, jusqu'à ce que ses bottes blindées martèlent le sable au milieu d'une base sombre et morte. Au-dessus, la lumière des étoiles brillait sans interférence, des lances argentées inondant les dunes autour de Rovo. Une traînée bleu-violet coupait aussi le ciel au-dessus, diffuse mais néanmoins magnifique : la galaxie que Rovo avait traversée s'étalait dans toute sa splendeur.

Filant entre les points, de minuscules flashs orange et bleus indiquaient clairement que tout n'était pas paisible là-haut. Les lasers continuaient à délivrer la destruction, leur importance et les vies en danger, y compris celles d'Eponi et de Gregor, volant un peu de la magie du moment.

Mais seulement un peu.

Malgré tout le désir d'aventure de Rovo, ce feu audacieux qui l'avait précipité de sa couchette à son armure le matin où l'Escouade Sever était partie pour Dynas, ces derniers mois avaient forgé ce désir en quelque chose de plus aigu, plus ciblé. Alors que le sable se soulevait à chacun de ses pas, Rovo réalisa qu'il ne ressentait pas l'envie de replonger dans le gouffre de la maladie d'Anaskya, ne voulait pas se mêler à un monstre de plus juste pour le plaisir de se battre.

Pas à moins que cela n'aide quelqu'un qui lui était cher.

— Cliché, souffla Rovo pour lui-même en atteignant le sommet d'une autre dune, regardant vers une excroissance trapue. Bien sûr que le héros veut aider les gens.

Comme la baie du *Prisa* mais sans l'abri rocheux, la structure embrassait la base dure d'un rectangle et les côtés lisses et arqués d'un dôme. Construite pour résister à une tempête de sable, Rovo devina que le bâtiment, si c'était bien la cible de Javelin, s'ouvrirait comme une fleur. Les côtés pivoteraient sur d'énormes charnières, offrant une protection aux vaisseaux entrant et sortant.

Sans aucune énergie, cependant, la baie ne s'ouvrirait pour personne.

— On dirait que le héros va devoir leur donner un coup de main, marmonna Rovo, souriant pour lui-même.

Dévalant la dune, la taille de Rovo par rapport à la structure devint de plus en plus évidente. La baie dominait le combattant de Sever, assez grande pour contenir des transporteurs de troupes entiers ou de massifs cargos. Apparemment, DefenseCorp s'attendait à ce que cet endroit produise des divisions entières, prêtes à submerger la galaxie avec leur rage meurtrière.

Une belle image, en effet.

Toute inquiétude concernant une entrée s'évanouit lorsque Rovo découvrit que les portes principales avaient déjà été explosées. Quelqu'un armé d'un fusil ou d'une arme plus lourde avait brûlé les portails, les laissant carbonisés et sur le côté. Au-delà, le hall d'entrée était plongé dans l'obscurité, éclairé par une lumière orangée vers le fond, là où le hall rejoignait le hangar proprement dit. Toute la scène semblait si rude que Rovo prit Perro et l'installa à l'extérieur des portes, le dos contre le mur.

— Essaie de rester en vie, d'accord mon pote ? dit Rovo, détachant le kit médical du dos de l'armure énergétique et appliquant un peu de pommade, injectant à Perro un cocktail anti-infection. Rovo ne pouvait savoir si cela ferait une différence, mais en regardant l'homme ensanglanté et inconscient, il se dit que ça ne pourrait pas faire de mal non plus. Je... euh... reviens tout de suite.

Décrochant sa faux de sa ceinture, Rovo l'assembla en sa grande configuration balayante. Le hall et le hangar au-delà offraient l'espace nécessaire pour la manier, et certains sons laissaient entendre que l'appel de Javelin pour l'assistance de Rovo n'avait pas été fait à la légère.

Lorsque le *Prisa* s'était amarré, avec Gregor et Sai embarquant pour leur quête meurtrière, Rovo était dans une tourelle. Il avait entendu les grognements, les rugissements, les cris étouffés des infectés alors qu'ils lançaient leur charge désespérée. Ces mêmes sons revenaient maintenant, filtrant à travers les portes détruites avant de se perdre dans les tourbillons nocturnes d'Aurum Trois. Parmi eux se mêlaient le sifflement strident des batteries d'énergie qui brûlaient et le pop étouffé d'une grenade qui explosait.

La principale différence entre les hangars ?

Ici, les grognements, les bagarres et les cris étaient beaucoup plus forts. Ils emplissaient le hall alors que Rovo entrait, les bruits rebondissant depuis l'intérieur du hangar. Si nombreux que les sons se fondaient en un rugissement constant.

— Javelin ? dit Rovo, projetant le nom de l'homme. Dis-moi que tu joues juste de la mauvaise musique.

— Pire, mon pote. On a commencé la mauvaise fête. Amène-toi au milieu, et ne traîne pas.

Quelque chose vacilla à travers la lumière orangée au-delà. Une ombre grandissante, suivie maintenant de pas lourds sur le sol.

— Stop ! cria Rovo, un test que la forme approchante échoua lorsqu'elle ne s'arrêta décidément pas, ne ralentit pas.

L'ancienne occupation de Rovo, son rôle original au sein de Sever, concernait les communications. Rapprocher l'escouade de ses objectifs sans conflit, ou trouver des moyens d'atteindre ennemis et alliés. Parfois, cela signifiait utiliser des mots.

Parfois, faire passer le message signifiait utiliser une pointe.

Se mettant en position, Rovo fit tournoyer la faux en synchronisation avec l'ombre chargeante. Rovo activa en même temps les lumières de son armure énergétique, éblouissant la créature de leur éclat blanc. Le flash soudain étourdit la chose, un être mi-humain, mi-maladie en décomposition, suffisamment longtemps pour que le coup de Rovo l'attrape et la tranche comme un épi de blé particulièrement laid.

Héros : un. Monstres : zéro.

Rovo n'eut guère le temps de savourer sa victoire : dès que les morceaux de sa victime touchèrent le sol, la lumière émanant de l'armure de Rovo s'étendit tout le long du hall et dans le hangar au-delà. Ce que Rovo avait pris pour des caisses empilées, peut-être des monticules de métal rouillé comme les statues dans le hangar d'origine du *Prisa*, s'avéra être bien, bien pire.

Comme un public de concert entassé dans chaque centimètre, la masse compacte de créatures se tourna vers le nouveau spectacle. Leurs bras, jambes, corps se décollèrent et se séparèrent les uns des autres tandis que la foule se précipitait vers Rovo. De nouveaux grognements, sifflements et appels s'élevèrent alors que les choses se lançaient à la poursuite de leur proie.

Le bleu s'était demandé où étaient passés les autres gens de Dynas, ce que Vana et Anaskya avaient fait des épaves pas assez bonnes pour le service militaire.

On dirait que Rovo avait répondu à une question aujourd'hui.

Une question à laquelle le bleu n'avait aucune envie de répondre, cependant, était de savoir combien de temps il tiendrait sous la pression d'un millier de corps. Faisant passer la faux dans sa main droite, Rovo dégaina son pistolet de son holster gauche, le pointa vers le haut et tira dans le plafond du hall d'entrée. Les tirs montèrent en flèche et brûlèrent les panneaux mous, les brisant. Au-dessus se trouvaient les bureaux épars des chargeurs de cargaison et du contrôle du trafic, standards pour des hangars comme ceux-ci et, vu l'histoire miteuse de cette base, probablement jamais utilisés.

La vague se rapprochait alors que Rovo levait les yeux, activait toute l'énergie stockée dans ses boosters cinétiques et se préparait pour le saut de sa vie. Remettant le pistolet dans son holster, Rovo fit un petit signe à la horde chargeante, ramena la faux au-dessus de son épaule et sauta.

Faisant tournoyer la faux, Rovo en fit passer la pointe à travers le trou ouvert par son pistolet. Le coup arracha davantage de plafond, l'affaiblissant suffisamment pour que, lorsque la tête casquée de Rovo s'écrasa contre les panneaux, ses mains glissant le long du manche de la faux, Rovo ne rebondisse pas directement dans les griffes avides de ses amis les plus proches et les plus affamés.

Avec la faux plantée, Rovo enfonça sa main gauche à travers le sol et se hissa, les dalles affaiblies s'effondrant sous lui. S'éloignant en rampant du trou, Rovo se retrouva exactement là où il le pensait : un étage de bureau vide et ouvert avec de larges fenêtres donnant sur le hangar. Là, au milieu d'une horde grouillante qui semblait parfois composée d'individus et, la seconde d'après, d'une masse malade unique, se trouvait un vaisseau bulbeux que Rovo reconnut.

Les Rangers du Crépuscule volaient dans quelque chose qu'on pouvait au mieux décrire comme une gourde armée. Des lumières de balisage oranges couraient autour de l'engin, montrant un vaisseau assiégé. Avec le hangar fermé, ce n'est pas comme si le vaisseau pouvait partir, et Javelin n'était pas un pilote de toute façon, alors...

— Hé, dit Rovo, plissant les yeux vers le vaisseau. Tu ne peux pas voler. Je ne suis pas vraiment un pilote. Alors c'est quoi le plan ici ?

— Sanje est à l'intérieur, répliqua rapidement Javelin. Il est prêt à partir, mais on ne peut pas décoller avec le hangar fermé. J'espérais que tu aurais une idée pour ça.

— Faire sauter les portes ?

— Déjà essayé, répondit Javelin. Trop solides. Ou alors ces tourelles manquent de punch. Utilise ton cerveau de Sever, mec, et trouve-nous un moyen de sortir.

Son cerveau de Sever ?

Rovo jeta un coup d'œil autour de l'espace, cherchant une solution. Le sol nu se mêlait à quelques bureaux à moitié construits, comme si les personnes chargées d'aménager cet espace avaient été appelées ailleurs en plein milieu de leur travail. Aucun poste de travail ne se présentait, aucun gros bouton signalant une source d'alimentation d'urgence. Les portes du hangar avaient bien une commande manuelle, un levier sombre appuyé contre les fenêtres. Rovo s'y rendit, essaya de le tirer, mais le levier ne bougea pas.

Tant pis pour cette idée.

Dans le hangar, les créatures innovaient : grimpant les unes sur les autres, leurs membres ici et là fusionnant en une sorte de toile couverte de moisissure, les anciens citoyens de Dynas rampaient sur le vaisseau des Rangers du Crépuscule. Frappant de leurs poings sur la coque, les choses grimpantes ne posaient probablement pas grand danger pour l'appareil.

Mais elles pouvaient enterrer le vaisseau. Rovo se souvenait de la piqûre du slime se glissant entre les fentes de son armure, à quel point il avait été difficile de libérer son bras du marécage dans le laboratoire souterrain. Il faudrait beaucoup de corps pour immobiliser un vaisseau, mais il y avait beaucoup de corps là-bas. Ils finiraient par entrer dans le vaisseau, ou enterreraient Javelin et Sanje si profondément que les deux ne pourraient jamais s'en sortir.

Rovo examina le levier de plus près. Il devait être relié à des engrenages, un interrupteur qui rétracterait les portes du hangar. Sans électricité, il ne ferait peut-être pas ce lien. Tout revenait à cette fichue électricité.

À moins que.

Le levier était posé contre le mur, sur un support où n'importe qui pouvait le saisir fermement et le tirer. Rovo sépara la faux et s'accroupit, utilisant le crochet libéré pour tracer une ligne dans le bloc gris sous le levier. Un coup, deux et trois suivis d'un coup de poing, et Rovo put voir à l'intérieur. Grâce aux lumières de sa combinaison, le problème se révéla dans toute sa clarté stupéfiante.

Cette baie d'amarrage auxiliaire n'avait jamais été approuvée par DefenseCorp. Son centre de contrôle n'avait pas été équipé. Vana aurait pu l'ouvrir d'une simple impulsion électrique depuis son bracelet, alors pourquoi s'embêter avec tous ces petits détails nécessaires à un fonctionnement permanent ?

Le levier manuel était prêt à l'emploi, sauf que personne ne s'était donné la peine de le préparer. L'attache en acier pendait sur le mécanisme de déverrouillage, empêchant le levier d'enclencher la cascade d'ouverture des portes. Dans n'importe quelle base normale, cela aurait été retiré, le déverrouillage manuel prêt à l'emploi.

Rovo rit, dégaina son pistolet et visa.

Peut-être avait-il bien un cerveau de Sever après tout.

Deux tirs à faible puissance sectionnèrent l'attache, et d'un geste de la main, Rovo repoussa le verrou.

— Faites tourner vos moteurs, dit Rovo en se levant. Cette porte va s'ouvrir rapidement.

Javelin commença à répondre, mais Rovo coupa la communication. Il la coupa parce qu'il vit quelque chose se refléter dans les vitres, une ombre dans la lumière orange projetée par le vaisseau Twilight Ranger. Les créatures en bas avaient appris à s'empiler pour monter sur le vaisseau.

Elles avaient fait la même chose pour entrer dans le bureau de Rovo.

Saisissant la faux au sol, Rovo fit un mouvement de balayage et frappa la première créature en travers de la poitrine, la projetant sur le côté. Deux autres suivirent, hurlant en se jetant sur lui. De sa main gauche, Rovo détacha la moitié inférieure de la faux, formant un bouclier circulaire. Le poussant comme un coup de poing, Rovo s'offrit une seconde de répit pour ranger la faux et agripper le levier.

Cette fois, il glissa avec un lourd *clang*. Cette fois, des engrenages grinçants suivirent la traction. Cette fois, les portes de la baie commencèrent à s'écarter en craquant.

Et cette fois, Rovo sentit des mains avides lui arracher son bouclier-faux. Jetant l'arme derrière elles, Rovo entendit le bruit métallique lorsque la faux disparut par le trou vers l'étage inférieur.

Pas que la perte de l'arme importait. Il n'avait de toute façon pas la place pour la manier.

Le dos contre les vitres, Rovo ne voyait rien d'autre que davantage de créatures se ruant sur lui, grimpant les unes sur les autres pour s'approcher, comme une vague montante.

Elles tiraient sur ses bras, s'agrippaient entre ses plaques d'armure, mordaient la visière de Rovo tandis que la pression le repoussait contre la vitre. Rovo essaya de bouger, de faire en sorte que sa combinaison crachotante frappe ou pousse, mais il avait épuisé son énergie cinétique pour monter jusqu'ici. L'armure motorisée, mise à mal par une longue mission, n'avait plus grand-chose à donner.

Il en allait de même pour les vitres.

Alors que les corps continuaient d'affluer, que Rovo tentait de trouver une issue entre tous ces crocs grinçants, ces mains griffantes, le verre dans son dos se fissura et vola en éclats. Tombant en arrière avec la vague, Rovo hurla avec tous les autres tandis qu'il plongeait dans une mer furieuse, désespérée et mourante.

Au moins, au-dessus et au-delà de tout cet enfer autour de lui, Rovo vit les étoiles.

31

APPÂT ET FEU

Lorsqu'Aurora et Vana atteignirent l'aire d'atterrissage, leurs combinaisons recouvertes de sable, elles remarquèrent toutes deux la silhouette qui s'éloignait. Une ombre difforme sprintait dans la lumière argentée vers une grande dune, l'agent et la soldate tentèrent d'analyser la forme.

— Elle se dirige vers l'autre hangar, dit Vana. Celui où séjournent tes amis mercenaires.

— Quels amis mercenaires ?

— Leur chef est une femme au tempérament de feu. Les Crépuscules quelque chose ? réfléchit Vana. Ils ont dit qu'ils te connaissaient, qu'ils pouvaient contrer tout ce que tu pourrais tenter. J'avais besoin d'une diversion au cas où tu arriverais, et ils n'étaient pas chers. Je suppose que tu t'es fait des ennemis ?

Tarla. Bien sûr qu'elle serait là. C'était peut-être pour ça qu'Aurora n'avait ni entendu ni vu le reste de son équipe depuis le début de cette mission. La main serrée sur la crosse du pistolet, Aurora envisagea, une fois de plus, de griller Vana sur place.

Mais l'agent pouvait encore être utile.

— Je croyais que tu voulais qu'on survive ? demanda Aurora. Engager un autre groupe pour nous tuer ne semble pas cohérent.

— Pas tuer. Retarder, distraire, égarer. Mes soldats devaient s'échapper, et c'est ce qu'ils ont fait. Vana pointa du doigt les éclairs au loin. Cette flotte ? Ils vont accepter leur destruction à bras ouverts. Des croiseurs entiers perdus à cause de l'orgueil de DefenseCorp. La galaxie ne le tolérera pas.

Aurora voulait dire que ça n'arriverait pas. Que Deepak et Sever l'arrêteraient. Elle ne put prononcer ces mots, car, bon sang, il semblait que Vana les avait tous manipulés pour gagner. La flotte là-haut serait détruite, et la galaxie apprendrait ce qui s'était passé ici.

Vana, cependant, avait encore une faille dans son plan. Elle voulait une mort propre ou une évasion à la fin. Ni l'un ni l'autre n'arriverait. DefenseCorp paierait pour ses crimes. L'agent aussi.

— Tu nous as amenés ici, dit Aurora, regardant l'aire d'atterrissage criblée. Alors que ses yeux balayaient la surface, des grains tremblèrent, et une légère secousse effleura ses pieds. Pourquoi ?

— Le laboratoire d'Anaskya se trouve sous nos pieds, dit Vana. Il n'y a que deux entrées et sorties qu'Anaskya peut utiliser, et vu ce que tes amis ont déjà fait à notre centrale électrique, elle passera par ici.

— Et une fois qu'on se sera débarrassé de la scientifique ?

— Alors il ne restera plus que toi et moi, Aurora. Comme tu le voulais.

Elles s'approchèrent du petit bâtiment cubique, sa porte ayant explosé. Vana fronça les sourcils devant l'ouverture, hésitante. Aurora donna à l'agent plusieurs secondes pour rassembler ses idées, puis agita le pistolet vers l'entrée.

— Pas ce à quoi tu t'attendais ? demanda Aurora.

— J'avais fait sceller le laboratoire, répondit Vana, passant en revue ses propres plans dans sa tête et à voix haute. Mes agents ont bloqué l'ascenseur de l'autre côté. Verrouillé cette porte. Nous avions trié les soldats. Tous ceux qui ne se qualifiaient pas, nous les avons laissés en bas, et ouvert l'entonnoir.

— L'entonnoir ?

Vana secoua la tête.

— Renard l'a commencé avant que je ne sois impliquée. Tous ces pauvres gens de Dynas. Nous avons testé les injections, et les avons gardés en bas, attendant qu'ils meurent ou survivent suffisamment forts pour obtenir une combinaison. La plupart ont langui.

— Tu n'as pas répondu à ma question, Vana.

— Tu finiras par comprendre.

L'agent fit un pas avant que des bruits montant du bâtiment ne la fassent s'arrêter. Le bruit sourd de pas martelant les marches, ponctué ici et là par un grincement métallique lorsque quelque chose heurtait les murs.

— Recule, dit Aurora, choisissant de laisser de côté l'entonnoir pour le moment. Vana n'avait pas d'arme, et l'agent ne pouvait pas mourir ici. Laisse-moi une ligne de tir.

Vana obtempéra, se déplaçant sur la gauche d'Aurora. Elle leva les mains, s'accroupissant légèrement. Prête à bondir dans une quelconque routine martiale, comme si cela pouvait arrêter une de ces créatures. Aurora aurait ri si elle n'avait pas gardé son attention focalisée sur l'embrasure sombre.

Une forme ensanglantée et déchirée surgit, la lame étincelant contre le cadre de la porte. Aurora aurait appuyé sur la gâchette si ce n'était pour l'épée, l'arc courbé du katana captant la lumière des étoiles. Elle connaissait trop bien la lame de Sai, elle sut instantanément que la forme déchiquetée et couverte de crasse devant elle devait être l'épéiste.

Ou quelqu'un qui avait volé son épée.

— Sai ? demanda Aurora, reculant prudemment tandis que l'homme, respirant difficilement, les fixait.

— Aurora ? répondit Sai, avant de reconnaître Vana. Lorsque Sai identifia le visage de l'agent, il leva son katana. Toi.

Vana afficha son sourire nonchalant caractéristique.

— Je vois que tu as rencontré notre scientifique.

Sai ne plaisanta pas, ne répondit pas. Il marcha vers Vana avec une détermination qu'Aurora ne connaissait que trop bien. Dans une seconde, la tête de l'agent reposerait dans le sable.

— Sai, arrête, dit Aurora, mais l'épéiste l'ignora. Le sourire de Vana s'effaça et l'agent commença à reculer. Elle n'est pas dangereuse.

— Tu te fous de moi, grogna Sai, levant la lame pour un coup à deux mains.

Aurora tira. Le trait bleu-blanc passa en sifflant entre l'agent et l'épéiste, coupant l'air de sa chaleur et, enfin, faisant s'arrêter Sai. L'épéiste fusilla Aurora du regard tandis que le sourire exaspérant de Vana réapparaissait.

— Qu'est-ce que tu fais ? dit Sai. Elle est...

— Elle est entre nos mains, interrompit Aurora. Nous avons besoin de ce qu'elle sait, et je ne la laisserai pas être exécutée ici. Ce serait une fin trop propre.

— Une fin trop propre ? répliqua Sai, pointant le katana vers l'agent. Chaque seconde où elle est en vie, elle prépare quelque chose de pire. Elle est la mission, Aurora. Juste là.

— Sai, regarde-toi. Aurora força le calme dans chacun

de ses mots. Vana a dit qu'Anaskya est en bas. Que nous devions l'arrêter avant que la scientifique ne fasse quelque chose de pire que ces soldats. Tu l'as vue ?

Sai secoua la tête. — La voir ? Anaskya est morte. Mais pas son foutu virus. Il dévore tout là-dessous. Je pense que les escaliers l'ont ralenti parce qu'ils sont en métal, mais il arrive, Aurora. Son katana se leva à nouveau, et Vana recula encore d'un pas, bien que son sourire ne faiblit pas cette fois. — Parce que Vana ici présente a donné à Anaskya tout ce qu'elle voulait.

— Pas tout, contra Vana. Juste assez pour que la galaxie voie comment-

— Tais-toi, coupa Aurora. N'ouvre pas la bouche à moins que je ne te le demande. Sai, baisse ton épée et parle-nous. Tu dis qu'il y en a plus en bas ?

Sai ne cacha pas son conflit intérieur, le katana tremblant dans ses mains, mais des années à suivre des ordres créent des habitudes qui ne meurent pas facilement. Avec un soupir, il laissa tomber la lame dans la poussière. Il s'assit après, un geste surprenant jusqu'à ce qu'Aurora examine plus attentivement l'épéiste. Sous la crasse, Sai avait des coupures et des contusions tout le long de sa combinaison déchirée. Des entailles le traversaient, ressemblant à des cicatrices suintantes sous la lumière des étoiles.

— C'est pire, dit Sai. Anaskya l'a modifié d'une manière ou d'une autre. Il est plus agressif maintenant, se propageant plus vite. Elle l'appelait son enfant.

Alors que Sai parlait, un autre tremblement parcourut la plateforme d'atterrissage. Vers le centre, le sable pilonné se déplaça, s'enfonçant dans une fosse grandissante. D'autres suivirent, s'ouvrant à travers la plateforme d'atterrissage comme une sorte de... maladie qui se répand.

Aurora dut abandonner ces comparaisons pendant un moment.

— Elle l'a fait, alors, dit Vana. Anaskya n'arrêtait pas de parler d'une meilleure formule, qu'elle utiliserait si on lui donnait plus de temps. Le sang de la fille l'a débloquée. Je lui ai dit non et j'ai essayé de la garder trop occupée.

— Tu as échoué, cracha Sai.

— C'est vrai, répondit Vana en haussant les épaules. Mais après nous avoir tués, que se passera-t-il ? Il ne quittera pas la planète.

— Pour l'instant, dit Aurora. Le sang n'était-il pas censé permettre à la maladie de vivre n'importe où ? De survivre dans n'importe quel environnement ? Pourrait-elle survivre dans le vide ?

— Tu demandes à la mauvaise personne, dit Vana. C'est pour ça que je voulais le tuer maintenant.

Sai marmonna quelque chose à propos d'être trop tard. Aurora, cependant, regarda à travers la plateforme d'atterrissage, au-delà de ces fosses vers ce qui ressemblait à un grand bâtiment en ruine de l'autre côté.

— Vana, est-ce la centrale électrique ? demanda Aurora.

— C'était, répondit Sai. Je l'ai fait exploser.

Aurora hocha la tête. — Et l'énergie venait d'où ? Je ne vois pas de panneaux solaires.

— Un tuyau, foré profondément, dit Sai. Beaucoup de chaleur de l'intérieur de la planète. Ça m'a cuit.

Les missions ne se déroulaient jamais comme prévu. Quelque chose tournait mal, quelque chose tournait trop bien. Il fallait s'adapter, lire l'environnement, ses propres ressources, et trouver comment accomplir l'objectif. À présent, Aurora en avait assez vu de la maladie d'Anaskya. À présent, elle avait besoin d'une arme capable de la détruire.

— Tu as dit que le virus t'a pourchassé ? demanda-t-elle à l'épéiste, ces fosses s'élargissant toujours plus. Une lueur rougeâtre teintait la lumière qui s'enfonçait dans ces trous. — Aveuglément ?

— C'est un virus, pas un animal, répondit Sai. Ouais, il m'a pourchassé aveuglément.

Si le monstre moléculaire d'Anaskya voulait de la nourriture, alors Aurora pensait qu'elle pouvait le faire travailler pour ça.

— Je vais le faire, dit Vana. Conduire le virus vers le feu ?

— Bonne idée, mauvaise personne, répliqua Aurora. Sai, tu surveilles Vana. Si elle fait un geste, fais ce que tu veux.

— Pas de raison de te mettre en danger, Aurora, dit Vana. Je suis déjà morte de toute façon, pourquoi-

— Tu n'es pas morte, et tu ne le seras pas. Aurora fit signe à Vana de passer devant Sai, au bord de la plateforme d'atterrissage et loin des fosses grandissantes. — Assieds-toi et attends comme une bonne prisonnière.

Vana lança un regard noir. Aurora l'ignora, regarda l'agent suivre les ordres, puis se tourna vers le problème à régler.

Le virus d'Anaskya, la créature vivante, quoi que ce soit, semblait éroder les fondations mêmes de la plateforme d'atterrissage. Les grondements constants s'accompagnaient maintenant d'un sifflement bouillonnant, avec des bouffées s'élevant des fosses alors que roche et sable disparaissaient dans une gueule indistincte.

— Fais attention, dit Sai alors qu'Aurora s'approchait du bord de la fosse et regardait en bas.

Avec la lumière des étoiles qui brillait, la fosse s'inclinait vers un centre plus petit. Là, bouillonnant alors que la terre continuait de tomber dans sa flaque, se trouvait la création d'Anaskya. D'un rouge vif, collant, et en mouvement constant, le virus ressemblait plus à un tas de créatures grouillant ensemble, les membres tous serrés et recouverts du film cerise.

En d'autres termes, plutôt dégoûtant.

Autour des bords de la flaque, alors que le sable s'effondrait et emportait le plafond du laboratoire avec lui, Aurora pouvait voir un couloir ouvert en dessous. Le virus ne semblait pas se répandre comme du gaz ou de l'eau : sans but et partout. Au lieu de cela, son élan le poussait vers Aurora et Sai, en dessous d'eux et vers l'escalier que Sai avait utilisé pour revenir à la surface.

— Il y a une ouverture, cria Aurora. J'y vais.

— Bonne chance, répondit Sai. Je la garderai fraîche pour toi.

— J'y compte.

Courant autour de l'extérieur de la fosse, Aurora alla dans la direction opposée à Sai et Vana. Elle regarda en arrière vers la centrale électrique, jeta un coup d'œil à l'intérieur de la fosse, et traça un chemin. Le couloir en dessous ne mènerait peut-être pas Aurora exactement là où elle devait aller, mais avec une direction générale en tête, la capitaine de Sever devait croire qu'elle pourrait y arriver.

Avec un dernier regard à Sai, captant le salut de l'épéiste avec sa lame, Aurora sauta.

Glissant sur le sable puis tombant les derniers mètres, Aurora éclaboussa dans la crasse noire, atterrissant sur ses mains et ses genoux. Maintenant au même niveau, elle regarda directement le virus, vit que l'impression de membres tourbillonnants n'était pas incorrecte : tout comme Felix et ses monstres étaient devenus des esclaves de la maladie, celui-ci semblait faire de même.

Mais malgré tous ses os et sa saumure, la chose n'avait pas encore remarqué Aurora. Cela devait changer.

Levant son pistolet, aussi couvert de crasse maintenant que le reste d'elle, Aurora prit une profonde inspiration, puis appuya sur la gâchette. Le rayon bleu-blanc jaillit, frappa sa cible, et alluma un feu dans le rouge bouillonnant. La créature ne fit pas de bruit, ne poussa pas de rugissement de douleur, elle bougea simplement.

Une vague rouge déferlante se dirigea vers Aurora, recouvrant le feu que son pistolet avait déclenché et étouffant les flammes avec son propre corps.

— On dirait que ça a marché, marmonna Aurora, pivotant sur ses talons et se mettant à sprinter.

Levant son bracelet pour que sa lumière puisse la guider, Aurora courut, dispersant la boue noire à chaque pas. Tirant avec son pistolet sans viser, la capitaine de Sever essaya de garder l'attention de la créature sur elle. Le bruit de broyage et de clapotis qui suivait ses pas semblait prouver qu'Aurora avait réussi.

Hourra.

Le couloir n'aida pas beaucoup, se terminant rapidement et forçant Aurora à faire un virage à droite. Une courte course l'amena à une immense pièce, nageant dans le virus. Le bracelet capta une lame rouge de l'autre côté de la pièce, s'attardant près de quelques rochers. Un mystère pour une autre fois : le chemin qu'elle devait suivre se trouvait à sa gauche, et Aurora se précipita dans cette direction alors que la créature surgissait derrière elle.

Chaque pas s'accompagnait d'un glissement ici, forçant Aurora à se déplacer avec son élan. Elle perdit le pistolet pour éviter de tomber, le lâchant alors qu'elle glissait au coin d'un virage et utilisait ses deux mains pour se stabiliser contre les murs. Prenant appui, elle continua d'avancer, toujours à l'écoute, toujours pleine d'espoir.

Jusqu'à ce qu'Aurora passe par une petite porte dans une pièce carrée au sol rembourré. La lumière venait d'en haut, une lueur orange, accompagnée d'une chaleur à couper le souffle. En levant les yeux, Aurora aperçut l'entaille dans le sol de l'ascenseur, supposant que Sai avait dû faire cette brèche.

Le plan avait fonctionné jusqu'ici, mais personne n'avait mentionné l'escalade d'un puits. Sans son armure de combat, Aurora n'avait pas de grappin. Pas de bottes pour la propulser. Sans son pistolet, la capitaine de Sever n'avait pas d'armes.

Secouant la tête, Aurora recula jusqu'au mur du fond de la pièce. Un puits aux parois lisses n'offrait aucune prise. Pas d'échelles de maintenance dans cet endroit bâclé.

— Espérons que tu es aussi bête que tu en as l'air, dit Aurora alors que la créature se glissait dans la pièce.

La masse épaisse tâtonnait vers elle, des tentacules arrondis serpentant dans sa direction alors que le rouge s'écoulait. Aurora fit un pas en avant et sauta. Les tentacules bougèrent, la suivant, cherchant à l'atteindre. Remerciant tous ces parcours d'agilité, Aurora posa un pied sur un tentacule, le sentit s'enfoncer, sentit qu'il touchait l'os. Posant son pied droit sur une autre excroissance, Aurora prit son élan, arracha ses pieds alors que le virus se précipitait dans la cage d'ascenseur.

Guidée par son bracelet, Aurora continua à bouger, utilisant les murs pour prendre appui et maintenir le virus à sa poursuite. Les tentacules s'élançaient, créant de nouveaux points d'appui. Chaque pas coûtait à Aurora un peu de peau, chaque pas laissait du virus sur ses jambes, ses bras, mais chaque mouvement lui faisait gagner du temps, la portait plus haut alors que le virus se déversait dans le puits.

D'un bond vers le haut, les bras d'Aurora agrippèrent le rebord dentelé tranché par l'épée de Sai. Elle sentit les coupures, les accepta en se hissant hors de la dernière étreinte de la créature. Debout dans l'ascenseur, en sueur, saignant, Aurora jeta son premier vrai regard sur les dégâts causés par Sai.

Il n'y avait pas de feu direct, pas exactement. Plutôt une chaleur aveuglante et suffocante émanant du dispositif brisé. Des flammes illuminaient l'air par intermittence, dévorant le peu d'oxygène qui pénétrait dans la chambre du tuyau.

Même avec le sang de Kaia, Aurora devait croire qu'une longue exposition à une telle chaleur fonctionnerait, mais le virus devait l'atteindre. Devrait envelopper le tuyau. Aurora jeta un coup d'œil en bas à travers l'ascenseur alors que le virus commençait à suinter par le trou de Sai. Elle pourrait se jeter dans les flammes et il la suivrait.

Aurora mourrait, et la créature brûlerait.

Puis elle leva les yeux vers le sommet de l'ascenseur et la trappe de sortie qui l'attendait. Fermée, brûlée, mais viable. Aurora donnerait une seconde chance à tout plan qui n'impliquait pas un sacrifice par le feu. Peut-être même une troisième.

Utilisant les côtés de l'ascenseur comme tremplin, Aurora se propulsa vers la trappe et tira le levier, la faisant s'ouvrir d'un coup. Les ressorts portèrent Aurora avec la porte qui s'ouvrait. Elle était dehors, elle allait être libre, elle avait réussi-

Un tentacule agrippa sa jambe, s'enroula autour de son pied alors qu'Aurora commençait à sortir. Un second tentacule se joignit au premier, tirant alors que le virus surgissait dans l'ascenseur sous elle. Au bord de la trappe, Aurora tira sur sa jambe gauche, essayant de la libérer tandis que le virus grimpait. Son slime piquant et mordant s'infiltrait dans ses blessures, nageait dans son sang.

Aurora n'avait rien pour couper, sinon elle aurait tranché net la jambe, prenant le risque de se vider de son sang sur place. Au lieu de cela, elle tirait, elle regardait le virus grimper au-delà de son genou jusqu'à sa cuisse. Alors qu'il atteignait sa taille, un tentacule rampa vers son visage.

Le virus frissonna. Un tremblement qu'Aurora sentit à travers son étreinte. Le frisson devint plus violent, et une nouvelle odeur emplit l'air suffocant, la puanteur atroce de chair brûlée. La fumée tourbillonnait à travers les fentes de la trappe, montant dans la cage d'ascenseur. Des crépitements aigus, des sifflements brûlants retentirent. Des bulles surchauffées qui éclataient.

D'une nouvelle secousse, Aurora libéra sa jambe. Le virus s'éloigna brusquement, redescendant dans l'ascenseur. Aurora se pencha et recula rapidement alors qu'une vague de feu manquait de lui roussir les cheveux. Des flammes orange remplirent la trappe, avant de descendre avec leur nouvelle nourriture. La lumière inonda l'ascenseur tandis qu'Aurora s'asseyait, le dos contre le mur du puits, et laissait la chaleur la submerger.

Elle transpirerait, mais elle vivrait.

Ce serait suffisant.

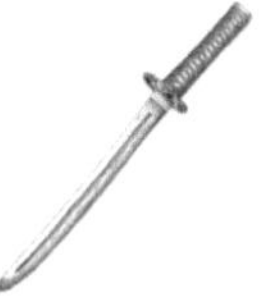

32

SUR LE FIL DU RASOIR

Sai observait Aurora descendre dans la fosse. Son chef d'escouade y entrait pendant qu'il attendait, les fesses dans le sable. Sa main droite serrait la poignée de son katana, bien que l'épée, elle aussi, reposât dans la poussière. Sur tout son corps, grains et saleté se mêlaient aux coupures et aux brûlures, blessures que les onguents et le temps avaient guéries par le passé, et que Sai devrait guérir à nouveau. Il démangeait, sa gorge le grattait de soif, et sa tête pulsait d'une douleur épuisée.

Tant de missions se terminaient ainsi, avec Sai suppliant pour un tour à l'infirmerie et quelques longues journées passées à ne rien faire du tout.

— Elle est courageuse, celle-là, dit Vana.

Sai tourna la tête, gardant Vana dans son champ de vision. L'agent, apparemment indemne, se tenait les bras croisés avec un air curieux, comme si elle attendait de voir si Sai partageait son opinion.

— Nous sommes tous courageux, répliqua Sai. Pas qu'un agent puisse comprendre.

— Oh, oui. Nous sommes tous des lâches parce que nous n'entrons pas armes au poing.

— Non. Sai étira le mot, rassemblant ses muscles tendus et les convainquant de se lever une fois de plus. Vous êtes des lâches parce que vous préférez fuir plutôt qu'assumer vos actes.

— C'est ce que ça a l'air d'être pour toi, fuir ?

Sai fit un geste avec son katana vers la zone d'atterrissage criblée derrière lui.

— Il y avait des agents partout ici il y a quelques heures. Vous dites que vous vouliez qu'Anaskya soit arrêtée. N'importe lequel d'entre eux aurait pu le faire.

Vana hocha la tête, abandonnant son sourire et rappelant à Sai, avec les rides qui parcouraient son visage et les cheveux gris éclairés par la lumière des étoiles, qu'elle n'était pas une novice facilement intimidée.

— Pourquoi Aurora est-elle revenue sans cesse pour toi et Rovo ? demanda Vana d'un ton professoral.

Sai, cependant, n'était pas non plus un néophyte à sa première sortie loin de chez lui.

— Tu ne me convaincras jamais que tu te soucies tellement de ces agents que tu voulais les sauver, rit Sai. Qu'as-tu fait sur Gillane Quatre ? Ah oui. Tu as injecté le poison d'Anaskya à ta propre équipe. Savais-tu ce qui leur arriverait ? Combien sont morts ?

— C'étaient les hommes de Renard, pas les miens, dit Vana, comme si cela excusait tout. Aurora sauve son escouade. Je sauve mes agents.

— Tu es une vraie sainte.

— La galaxie comprendra pourquoi j'ai fait ça, répliqua Vana. Je n'ai pas besoin que tu comprennes.

— La galaxie te verra comme le monstre que tu es.

Entre eux, le sable tourbillonnait, le vent fouettait, et un grondement s'élevait de la zone d'atterrissage. La quête d'Aurora pour la station électrique devait faire quelque chose, car Sai ne pouvait plus voir la lueur rouge du virus provenant de la fosse. Il s'était retiré après elle, poursuivant le chef d'escouade à travers le laboratoire souterrain.

Tout ça parce que Vana avait donné l'opportunité à Anaskya.

— Cette épée est tout ce que tu as ? demanda Vana.

Aiguisé par la suspicion, Sai fit face à l'agent, katana à niveau.

— C'est plus que suffisant.

— Tu es blessé. Fatigué et faible. Vana tapota son menton. Si je courais, pourrais-tu me rattraper ?

— Essaie et tu verras.

Les yeux de l'agent vagabondèrent, jaugeant l'espace de chaque côté de Sai. Derrière Vana, une dune s'élevait jusqu'à la base du bâtiment central. Une course difficile à faire. Où d'autre pourrait-elle aller ? Il ne restait aucun vaisseau sur la zone d'atterrissage à saisir, et chaque autre partie de la base semblait trop éloignée pour un sprint direct.

Ceci dit, c'était un agent.

Vana fit un pas sur sa gauche. Sai ne bougea pas. Elle en fit un autre.

Sai resta immobile.

— Tu me donnes une longueur d'avance ? dit Vana.

— Il n'y a rien par là.

— Que tu saches.

— Je suis trop fatigué pour les jeux, Vana. Si tu veux courir et me donner une excuse pour raccourcir ta vie, alors fais-le. Sinon, assieds-toi et attends qu'Aurora revienne.

Derrière Sai, la station électrique et son installation de fabrication de combinaisons grondèrent. Sai jeta un coup d'œil dans cette direction, voyant une fumée sombre s'élever dans le ciel. Et aucun signe d'Aurora.

— Elle pourrait avoir besoin d'aide, dit Vana. Tu ferais mieux d'aller voir.

— Alors tu viens avec moi.

Vana ne protesta pas. Sai laissa l'agent prendre la tête - toujours plus sûr derrière l'ennemi que devant - et les deux se dirigèrent vers la zone d'atterrissage. Vana courait avec une aisance sans effort, tandis que Sai haletait en traversant, donnant à l'agent l'occasion de lui lancer un rire par-dessus son épaule.

— Tu vas y arriver, soldat ? dit Vana. Aurora est peut-être en train de mourir en ce moment.

Sai saisit la pique, mais ne pouvait pas vraiment argumenter. Vana pouvait atteindre la station électrique plus vite que lui, serait capable de donner un coup de main à Aurora.

Ou de la tuer si le capitaine de Sever était blessée.

— Reste près, dit Sai. Elle survivra.

Pour une fois, Vana ne répondit pas avec un mépris ouvert. Au lieu de cela, s'arrêtant un moment pour que Sai puisse la rattraper, Vana l'évalua d'un regard direct.

— Maintenant, tu fais les bons choix, dit Vana, se mettant au rythme de Sai, qui essaya en vain de faire reprendre la tête à l'agent une seconde fois. Tu ne peux pas me laisser m'échapper, quel qu'en soit le coût.

— Tu parles beaucoup pour un agent, tu sais ça ?

Ces mots, au moins, tuèrent la voix de Vana jusqu'à ce que le duo atteigne la station électrique et le tunnel menant à l'intérieur.

Les portes explosées les laissèrent entrer, Vana soupirant en voyant ce que les mines de Sai avaient fait à l'assemblage des combinaisons. Les tapis roulants pendaient en lambeaux, les engrenages tournants censés les faire bouger se brisant avec l'arrêt soudain. Les sections effondrées du toit avaient aplati d'autres parties, projetant des débris partout. Une chaleur étouffante flottait dans l'air, sans aucune brise.

— Ça sent les corps qui brûlent, dit Vana alors qu'ils se tenaient à l'extrémité du tunnel, regardant le désordre.

— Une odeur que tu connais bien, répliqua Sai.

— Je ne vois pas Aurora. Vana ignora la pique de Sai. Peut-être qu'elle n'a pas survécu après tout.

— Viens par ici.

Sai conduisit l'agent vers les portes de l'ascenseur, fermées.

— Tu sais comment les ouvrir ?

— Sans électricité ? N'est-ce pas censé être ta spécialité ?

— Peut-être bien. Va te mettre là-bas.

Sai pointa du doigt sur sa droite, vers un coin.

Vana devrait passer devant Sai pour atteindre la sortie. Une petite assurance supplémentaire. L'agent, les bras croisés, s'adossa au mur et observa. Se stabilisant, Sai repoussa tous ses problèmes et souleva le katana. Les portes d'ascenseur n'étaient généralement pas si épaisses.

Espérons que celles-ci suivent la tendance.

Un premier coup fit jaillir des étincelles, laissant à peine plus qu'une égratignure à la surface. Un second n'alla pas beaucoup plus loin.

— Aurora va mourir de vieillesse avant que tu ne traverses cette porte, dit Vana. Ça te dérange si je jette un coup d'œil ?

Sai lança un regard noir à l'agent, mais la fierté ne pouvait pas faire obstacle aux résultats. Il recula, laissant Vana passer devant lui. Elle alla droit vers le panneau de contrôle de l'ascenseur, et plus précisément, une section sous le lecteur de badge.

— Regarde ça, dit Vana. Un déverrouillage d'urgence. C'est presque comme si les ascenseurs tombaient parfois en panne avec des gens coincés à l'intérieur ?

Un Sai plus frais aurait pu rire de sa propre erreur. Certes, être un Sever le mettait parfois dans un état d'esprit à voie unique, où chaque solution commençait et se terminait par la destruction. Mais là ? Sai était blessé, fatigué et associé à un agent qu'il méprisait.

La logique et la stratégie n'étaient pas vraiment les vedettes de son spectacle mental.

Une fois le verrou libéré, Vana fit signe à Sai d'avancer et ensemble, ils poussèrent les portes. Comme en ouvrant un four, une chaleur sèche les submergea, faisant travailler la peau déjà en sueur de Sai en surrégime.

— Et dire que pendant tout ce temps, la base avait un sauna et je ne le savais même pas, dit Vana alors qu'ils se tournaient pour regarder dans la cage d'ascenseur.

La lueur argentée d'un bracelet brillait plusieurs étages plus bas. Les yeux de Sai s'écarquillèrent.

— Aurora ? appela Sai.

Une toux rauque lui répondit, se transformant finalement en une réponse affirmative. Sai laissa le katana retomber à son côté tandis qu'il cherchait un moyen de descendre là-bas, pour aider Aurora à remonter. Pas de cordes, pas d'échelles de maintenance, mais-

La poussée fut rapide. Un coup violent, et Sai tomba dans la cage. Par réflexe, il tendit les mains, cherchant quelque chose à saisir. La lame du katana trouva la paroi de la cage, s'enfonçant dans le mince conteneur et illuminant la chute d'étincelles orange-blanc.

Illuminant et ralentissant.

Doublant sa prise, Sai s'agrippa à la lame. Le katana heurta quelque chose de dur, projetant Sai dans un choc violent contre le côté de la paroi de l'ascenseur, suffisamment fort pour brouiller sa vision et relâcher sa prise. Sai tomba librement, pour atterrir une seconde plus tard sur le toit de l'ascenseur, un bruit sourd résonnant dans toute la cage.

— Désolée pour ça ! cria Vana. Aurora, merci d'avoir pris soin du virus pour moi. Ça a été un vrai plaisir de travailler avec toi.

Sans un autre regard, l'agent tourna les talons et partit. Une évasion réalisée sans aucune chance d'être rattrapée.

— Quel sauvetage, murmura Aurora, sa voix rauque et tendue.

Sai se redressa en position assise, observant sa capitaine. Ensemble, ils formaient le duo le plus sale et le plus abîmé que Sai ait jamais vu. Leurs combinaisons étaient désormais plus en lambeaux qu'autre chose. Leurs mains et pieds portaient des égratignures sanglantes couvertes de crasse noire, avec des traînées de sueur dessinant de nouvelles lignes sur leurs visages couverts de saleté.

— J'ai connu mieux, répondit Sai.

Le toit de l'ascenseur n'offrait aucune option évidente pour sortir. Des murs lisses abondaient, et le katana de Sai se trouvait hors de portée.

— Des idées ? demanda le spadassin à Aurora. Ou allons-nous fondre ici ?

Aurora esquissa un faible sourire, ses dents formant un contraste nacré avec le reste de leurs corps. — J'étais en train de rassembler mon courage pour essayer quelque chose avant que tu ne débarques.

— Pas mon meilleur travail, je l'admets.

Sans contester l'affirmation de Sai, Aurora fit un geste

vers l'ouverture du toit de l'ascenseur. — Les signaux de communication ne semblent pas fonctionner ici, alors, on retourne à l'intérieur ?

— Là-dedans ? N'est-ce pas là que se trouve le virus ?

— Était, à moins que je me trompe complètement, dit Aurora. Je pense que la chose a eu une rencontre rapprochée avec ton conduit explosé.

Sai n'avait pas de meilleure idée, même s'il détestait celle-ci. Avec un dernier regard vers le katana, le spadassin suivit Aurora à travers le toit de l'ascenseur. Si la chaleur avait été intense au-dessus, elle leur coupa le souffle à l'intérieur de l'ascenseur. Les pieds de Sai se couvrirent de nouvelles cloques au contact de l'intérieur de l'ascenseur alors qu'ils effectuaient leur traversée rapide. Il ne regarda pas la lueur orange incandescente : chaque autre partie de son corps avait été brûlée, ses yeux n'avaient pas besoin de ce traitement.

La chute jusqu'au rez-de-chaussée ne les amena pas sur des coussins cette fois. À la place, un tas de cendres fumantes amortit leur chute, les deux Severs réagissant avec leur entraînement pour rouler sur le côté en touchant le sol. Ensemble, Aurora offrant une main secourable à Sai, ils sortirent de la fosse de la cage d'ascenseur, chassant les morceaux brûlants de leurs corps.

Le bracelet de Sai avait court-circuité dans la chute, son écran étant devenu une chose fondue et en fusion. Celui d'Aurora fonctionnait encore, clignotant à travers des flashs spasmodiques.

— Le pire est passé, dit Aurora.

— Tout est le pire, répliqua Sai. Vana s'est échappée. J'aurais dû en finir avec elle là-haut.

— Nous la retrouverons, Sai. C'est la mission. Aurora

commença à avancer dans le couloir. Elle ne peut pas s'échapper à chaque fois.

— Tu en es sûre ?

— Pas toi ?

Sai rit et se traîna dans le sillage d'Aurora. La capitaine avait raison. Tant que Sever survivrait, la mission continuerait.

Et l'escouade n'avait pas encore échoué.

[33]

REPÊCHÉ

près un certain temps, après avoir frôlé la mort à maintes reprises, Rovo ne s'attendait plus à passer de l'autre côté. Avec son armure assistée qui encaissait les coups et la nuée tout autour de lui, Rovo s'accrochait au ciel clair au-dessus de lui et attendait le miracle qui allait se produire.

Il faut dire qu'il avait des informations privilégiées.

Les cris joyeux de Javelin résonnèrent dans le communicateur de Rovo dès que la recrue atterrit sur le sol du hangar, ses exclamations ponctuées par les rebonds du vaisseau des Twilight Rangers. Le grondement, combiné aux mains agrippantes des infectés, offrit à Rovo un dernier massage avant son sauvetage, ou sa fin.

— Tu viens me chercher ? demanda Rovo en grimaçant alors qu'un autre poing couvert de crasse s'écrasait sur sa visière.

— Bien sûr, répondit Javelin. Où es-tu ?

— Cherche la frénésie et tu me trouveras.

— Mec, tout ça n'est que frénésie. Fais mieux.

Rovo donna l'ordre à son armure d'allumer les lumières

d'épaule. Malgré la masse grouillante, les rayons se projetèrent vers le ciel. Leurs balises dorées persistèrent une seconde, Rovo les signalant à Javelin, avant que l'essaim n'étouffe les lumières. Avant qu'ils n'étouffent Rovo aussi, obscurcissant les étoiles et tout le reste.

— Tu as une prise prête ? demanda Javelin.

— Je ne vois rien.

— C'est un non ?

La visière afficha une alarme. Quelque chose avait arraché une épaulière. D'autres doigts s'accrochaient aux plaques de poitrine de Rovo, les tirant. Ces choses ne semblaient pas très intelligentes, mais elles avaient compris que la chair se trouvait à l'intérieur de la coquille.

— Je dis que tu vas devoir me sortir de là à la dure.

— Tu veux le grand jeu ? Alors ferme les yeux.

Rovo n'obéit pas. La visière compensa les éclairs quand les Twilight Rangers transformèrent leur vaisseau en arme. L'obscurité autour de Rovo devint d'un blanc incandescent et orange, suivie de flammes lorsque les lasers tracèrent un cercle autour du combattant. Des morceaux de slime et de flaques de virus frétillantes s'accrochaient à Rovo tandis que la recrue se redressait, observant le cercle brûlant autour de lui.

— Efficace, dit Rovo.

— Content que ça te plaise. Attrape le câble et tirons-nous d'ici, répliqua Javelin.

La porte d'embarquement du vaisseau pendait ouverte au-dessus de Rovo tandis que la gourde illuminée d'orange planait au-dessus du hangar. Tandis que Javelin parlait, une longue corde de sauvetage, un mélange de noir et d'acier conçu autant pour les descentes en rappel que pour les sauvetages, se déroula vers Rovo.

— Attends une seconde, dit Rovo. Je ne suis pas venu seul.

— Quoi ?

— Retrouve-moi dehors à l'entrée, tu seras content de l'avoir fait. Rovo se retourna, vit la masse qui se conglutinait autour de lui. Et, euh, si tu pouvais me dégager un passage ?

L'angle n'était pas parfait, mais la cible n'était pas petite. Sanje ou Javelin — Rovo ne savait pas qui tirait — envoya des rafales incandescentes depuis les tourelles de leur vaisseau dans la masse sous le hall d'entrée. Comme les créatures qui attaquaient Rovo, comme Felix autrefois sur Dynas, les impacts frappèrent et enflammèrent les choses, les faisant fuir en hurlant ou les réduisant en cendres.

Prenant son envol, Rovo se précipita à travers la brèche enflammée. Chaque pas devenait plus difficile maintenant, des étincelles jaillissant des bottes de la recrue à chaque mouvement. Apparemment, ces créatures pouvaient causer des dégâts. Un frisson le parcourut à l'idée de ce que Rovo aurait affronté sans sauvetage.

Enfin, il le savait. Les preuves grouillaient tout autour de lui, grognant et sifflant et hurlant tandis que les créatures fuyaient les tirs des tourelles.

Courant le long du hall d'entrée, Rovo aperçut un éclair. Sa faux, tombée de son crochet au plafond, gisait au sol. Sans s'arrêter, la recrue se pencha et la ramassa, la séparant en deux et glissant les moitiés dans ses étuis tout en se déplaçant. Sai avait peut-être gagné l'arme pour Rovo sur Wexer, mais la recrue avait fini par apprécier la faux.

Un jour, il pourrait même apprendre à l'utiliser correctement.

Surgissant par les portes du rez-de-chaussée du hangar, Rovo vit Perro exactement là où la recrue l'avait laissé. À la fois réconfortant et inquiétant — Perro était-il toujours en vie ? — Rovo s'avança lourdement et souleva l'homme, prenant une pose héroïque. Derrière lui, les créatures avançaient, grondant en pénétrant dans l'entrée du hangar tandis que les Twilight Rangers survolaient la zone avec leur vaisseau.

— C'est qui ça ? demanda Javelin lorsque le vaisseau passa au-dessus d'eux, descendant et tournant ses tourelles pour noyer l'entrée sous un feu nourri. Il n'a pas l'air en forme.

— Il ne l'est pas, répondit Rovo, regardant le câble descendre. Dis-moi que vous avez du matériel médical dans cette tumeur que tu appelles un vaisseau.

— Sois gentil avec elle, ou je pourrais ne pas te laisser monter à bord.

Rovo leva les yeux au ciel, jeta Perro sur son épaule gauche et agrippa le câble de sa main droite. Javelin s'occupa de la manœuvre, rétractant le câble, et après quelques délicieuses secondes passées à laisser les créatures derrière eux, Rovo déposa Perro sur le pont froid du vaisseau de son escouade.

Javelin et Sanje, laissant le vaisseau en vol stationnaire, passèrent à l'action en voyant leur coéquipier. Pendant que Rovo s'asseyait sur le côté, retirant son armure assistée endommagée pièce par pièce — la séquence d'éjection avait été endommagée par ces maudites créatures — les deux Rangers badigeonnèrent Perro de baumes cicatrisants, le noyèrent presque avec de l'eau médicamentée, et le transportèrent jusqu'à ses quartiers.

Libéré de son armure, Rovo s'aventura dans le cockpit du vaisseau pendant que les deux autres Rangers s'occupaient de Perro. À travers le pare-brise, Rovo vit les créatures se déverser hors du hangar. Certaines, pas encore emmêlées, partaient dans des directions aléatoires, sprintant à travers les dunes à la recherche de nourriture. D'autres, enchevêtrées les unes aux autres, trébuchaient et titubaient au hasard.

Combien de temps ces choses survivraient-elles, n'ayant que le sable et leurs congénères à manger ?

Rovo observait le flot sortant, appliquant distraitement un baume sur certaines de ses propres coupures. Il aurait des infections à traiter, mais pour le moment, la recrue appréciait de pouvoir respirer sans craindre que chaque inspiration soit la dernière. Ils avaient essayé, tous ces monstres. Ils avaient essayé d'avoir Rovo, et ils avaient échoué.

Maintenant, ils fuyaient, perdus, et . . ..

La pensée s'estompa alors que Rovo cligna des yeux et regarda plus attentivement. Au début, les créatures partaient dans toutes les directions. Mais maintenant, elles semblaient se poursuivre les unes les autres. Les masses plus importantes poursuivaient les plus petites, toutes se dirigeant vers l'est, vers ce qui semblait être un désert ouvert. Rovo aurait voulu en voir davantage, mais le pare-brise du vaisseau ne lui offrait pas une vue complète.

Jetant un coup d'œil au manche de pilotage, Rovo tendit l'oreille pour entendre Javelin et Sanje. Aucun ne semblait proche, alors la recrue se pencha et donna une petite impulsion au manche. Il n'était pas pilote, mais tout soldat de DefenseCorp avait suffisamment de formation pour atterrir une navette de largage en cas de crise. L'impulsion fit tourner le vaisseau du Ranger vers la gauche, offrant à Rovo une meilleure vue.

Les créatures poursuivaient quelqu'un, une silhouette en fuite — les longs cheveux flottant au vent laissaient penser qu'il s'agissait peut-être d'une femme — qui escaladait une dune. Elle s'éloignait de la base, apparemment en direction du désert. Une direction suicidaire, étant donné les créatures infatigables qui la poursuivaient.

— Sanje ! appela Rovo. Il avait donné l'impulsion, mais toute tentative de sauvetage mettrait ses compétences limitées à rude épreuve. J'ai besoin d'un pilote !

— Besoin d'un pilote pour quoi ? dit Sanje en revenant en courant. Qu'est-ce que tu fais avec mon vaisseau ?

— Tu la vois ? Rovo pointa du doigt. Elle est en danger.

Une des créatures atteignit la femme au sommet de la dune. S'attendant à une mort rapide, les yeux de Rovo s'écarquillèrent quand la femme se mit en position de combat et décocha un coup de pied percutant qui envoya la créature dégringoler dans le sable. Sans attendre de voir le résultat, elle repartit en courant, disparaissant de l'autre côté de la dune.

— Elle n'a pas l'air en danger, dit Sanje.

— Ouais, un de moins, un million à venir, répliqua Rovo. Allons l'aider.

— Si elle voulait de l'aide, elle aurait pu appeler, dit Sanje, mais il glissa quand même dans le siège du pilote. Ce n'est pas une bonne affaire de secourir des inconnus. Surtout aujourd'hui.

— Considère ça comme une faveur pour Perro, alors.

Sanje ne contesta pas cette transaction. Il poussa la gourde volante en avant, au-dessus du défilé de créatures et de la crête de la dune. De l'autre côté, là où Rovo s'attendait à voir une étendue de sable sans fin, se trouvait un hangar trapu niché entre plusieurs autres dunes. Assez grand pour un chasseur, ou un petit transport de la taille du *Prisa*. La femme courait vers lui, d'autres créatures dévalant les dunes à sa poursuite.

— Cet endroit a trop de secrets, marmonna Sanje alors qu'ils s'approchaient du hangar. Que fait ce truc ici ?

— Si tu faisais des choses terribles à des gens qui pourraient vouloir se venger, dit Rovo, ce ne serait peut-être pas une mauvaise idée d'avoir une planque secrète.

— Qu'est-ce que tu veux dire ?

— Je crois que je sais qui ça pourrait être.

Rovo ne voulait pas s'interroger sur ce que signifiait la présence de Vana ici pour Aurora. Le capitaine de Sever ne laisserait jamais partir l'agent, donc soit Aurora était morte, soit quelque chose l'avait forcée à dévier de sa route. Dans tous les cas, Sever avait une mission, et son objectif foulait le sable juste en dessous d'eux.

— C'est Vana ? dit Sanje, se penchant vers le pare-brise. Elle est toujours en vie ?

— Fais exploser le hangar, dit Rovo. Je ne sais pas ce qui l'attend là-dedans, mais elle ne doit pas y arriver.

— Tarla a dit de vous aider tous, elle n'a rien dit sur le fait de tirer sur notre ancien employeur.

— Laisse-moi te dire ça autrement, dit Rovo alors que Vana remarquait enfin le vaisseau au-dessus d'elle, leur lançant un regard confus. DefenseCorp va être furieux après aujourd'hui. Ils voudront quelqu'un à qui faire porter le chapeau pour tout ça, et Vana est cette personne. Devine qui ils paieront pour leur livrer leur bouc émissaire ?

— Je comprends, mon pote, acquiesça Sanje. Je comprends.

Le Ranger tapa sur sa console, et la gourde lança ses deux tourelles jumelles, broyant le hangar de ses lasers. Les tirs mordirent et traversèrent la fine structure, frappant ce qui se trouvait derrière et l'anéantissant dans une magnifique boule de feu.

À cette vue, Rovo retourna au centre de la gourde et ouvrit la porte d'embarquement. Sanje fit descendre le vaisseau assez bas pour que Rovo puisse dérouler le câble, mais au lieu de cela, il regarda dehors et en bas vers la femme qui l'avait tenu en otage pendant bien trop longtemps.

Vana se tenait sur le sable, le vent fouettant ses cheveux sombres sur son visage. Les créatures et leurs rugissements sifflants s'entassaient de plus en plus près, chassant leur proie coincée. L'agent n'avait que quelques secondes pour faire un choix, un choix que Rovo n'avait même pas besoin d'articuler.

— Je ne viens pas avec vous, cria Vana. Ils me tueront de toute façon. DefenseCorp mérite de mourir pour ce qu'ils ont fait.

Laisser Vana se faire dévorer par des créatures de sa propre création semblait vraiment très tentant, mais l'agent pourrait savoir où Aurora avait fini. Pourrait savoir quelque chose qui pourrait arrêter ces créatures, ou empêcher de futures attaques. Tous les agents de Vana s'étaient dispersés, certains pourraient avoir le virus avec eux, attendant de le lâcher sur une planète sans méfiance.

La recrue devait à la galaxie de ramener Vana vivante, même si l'idée lui déplaisait.

— Tu crois que ta mort va les arrêter ? cria Rovo en retour. DefenseCorp va juste se servir de toi, et si tu es morte, tu ne pourras pas riposter. Ils vont étouffer ce qui s'est passé ici, et tu ne seras plus rien.

— J'avais prévu ça, Vana jeta un coup d'œil aux créatures qui approchaient, fronça les sourcils, puis retrouva sa détermination. J'ai des disques durs, j'ai envoyé des enregistrements. La galaxie connaîtra la vérité !

— Parce que c'est toi qui vas la lui dire !

Au lieu de cela, Vana se contenta de sourire, puis ferma les yeux. Rovo reconnut une pose de mort quand il en voyait une — merci encore, les films — et jura.

— Sanje, couvre-moi ! cria Rovo vers le cockpit.

Tenant le câble dans ses mains, Rovo sauta de la porte d'embarquement. Autour de lui, la gourde ouvrit à nouveau ses tourelles, établissant une ligne de tir. Contrairement à la baie, cependant, les créatures n'étaient pas ici confinées, et elles se dispersèrent et s'étalèrent, arrivant de tous les angles.

Rovo s'écrasa dans le sable à côté de Vana, ruinant son moment de sérénité. Elle se retourna, le regardant avec une surprise stupéfaite, un regard qui prit une tout autre tournure lorsque Rovo lui assena un coup de poing au visage. Le coup fit s'affaisser Vana, Rovo amortissant sa chute. Avec un autre cri à Sanje, le câble se rétracta, tirant Rovo vers le haut pour la deuxième fois en trop peu de minutes alors qu'une marée virale envahissait ses empreintes dans le sable.

Et Tarla l'avait traité d'inutile.

34

VERS LE CIEL

Aurora et Sai suivaient les braises, leurs pieds absorbant les vestiges brûlants tandis qu'ils traversaient le laboratoire souterrain dévasté. Les cendres jonchaient la demeure d'Anaskya, le virus en retraite laissant des flammes derrière lui, une force encore plus vorace que lui-même qui léchait la crasse sur les murs et les flaques dans les pièces. Le duo dut faire plusieurs virages serrés, trouvant le chemin direct vers les escaliers impraticable à cause des incendies qui faisaient encore rage.

— Le sang de Kaia n'était pas aussi puissant qu'on le pensait, médita Sai alors qu'ils traversaient une autre intersection parsemée d'étincelles, sa voix flétrie et sèche.

— Ça a fonctionné avec les gens, répondit Aurora, grimaçant à cause des égratignures que ses propres mots provoquaient en sortant. Ils avaient tous deux besoin d'un aller simple express vers l'infirmerie, et d'y rester longtemps. Ce qu'Anaskya a créé n'a peut-être pas la même composition.

— Ou peut-être qu'Aurum Trois est juste trop chaude.

— Ça aussi.

Lorsque les flammes diminuèrent, Sai utilisa son bracelet pour les guider. Après tous les coups et les brûlures, Aurora avait l'impression que cette errance éclairée d'argent à travers les passages carbonisés aurait pu être leur propre marche vers un au-delà lugubre. Son corps grinçait et gémissait, tandis que ce qui restait de son esprit luttait pour garder son sang-froid. Un sentiment qui venait souvent après la fin d'une mission, qu'Aurora préférait affronter avec un verre à la main et une longue nuit de sommeil en perspective.

— On ne peut pas laisser mon épée, dit Sai.

— Elle ne va nulle part, répondit Aurora. Il ne reste personne pour la prendre.

— Je réalise maintenant la chance que j'ai eue de garder cette lame si longtemps. Combien de fois avons-nous perdu nos armures assistées ? Nos fusils ?

— Gregor semble toujours finir par récupérer son marteau.

Sai n'avait pas de réponse toute prête, ce qui fit se demander à Aurora si l'homme voulait qu'elle engage un dialogue à propos du katana. Franchement, Aurora était stupéfaite. Elle était stupéfaite que l'Escouade Sever ait survécu à toute cette merde avec l'un d'entre eux en vie, et encore plus avec du matériel intact. Si parler ne lui donnait pas l'impression d'avoir des couteaux enfoncés dans la gorge, comme si ses poumons n'avaient pas été carbonisés, elle aurait peut-être donné à Sai les mots qu'il voulait.

Pour l'instant, cependant, la capitaine de Sever voulait juste marcher.

Ils émergèrent dans la nuit profonde après avoir gravi ces escaliers métalliques, des marches qui étaient bénies de fraîcheur pour leurs pieds brûlés. Au-dessus, le ciel parsemé d'étoiles semblait dépourvu de lasers, un signe que la flotte avait soit été entièrement prise par les envahisseurs de Vana, soit que ses amis du DefenseCorp avaient survécu. Elle n'avait pas l'énergie de s'investir dans l'un ou l'autre des résultats.

Au lieu de cela, elle suivit Sai qui se dirigeait vers la centrale électrique. Ensemble, ils traversèrent la piste d'atterrissage criblée, évitant les trous causés par le virus maraudeur.

— Tu crois que Vana s'est échappée ? demanda Sai.

— Elle a essayé de me propulser dans l'espace avec son ancien vaisseau, répondit Aurora.

— Quoi ?

Aurora raconta la poursuite, le combat, et le lecteur toujours dans sa poche. Elle tâta le petit bâtonnet, son plastique froid et le métal à l'intérieur espérant qu'il soit encore fonctionnel après cette rencontre enflammée.

— Quel plan ridicule, dit Sai alors qu'ils approchaient de l'entrée de la centrale. Combien d'étapes devaient réussir ?

— Elle y est arrivée, pourtant. Et s'est échappée.

— On la retrouvera, comme tu l'as dit, répondit Sai. La prochaine fois, elle n'aura pas un tas de civils infectés pour la protéger.

— Ça, c'est sûr.

Des lumières oranges interrompirent leur entrée dans la centrale électrique, un vaisseau bulbeux s'élevant au-dessus de la dune voisine et se dirigeant vers eux. Sa porte d'embarquement était ouverte, un visage familier leur faisant signe.

— C'est Rovo ? demanda Aurora.

— Je l'ai bien envoyé chercher de l'aide, dit Sai en secouant la tête. Apparemment, il en a trouvé.

— Vous ne croirez jamais qui j'ai ici ! cria Rovo alors que le vaisseau se stabilisait en vol stationnaire près de la centrale. Et aussi, il y a tout un tas de trucs affreux qui arrivent par ici, alors vous devriez monter à bord. Je suis trop fatigué pour me battre encore.

Sai refusa de partir sans le katana, mais avec l'aide de Rovo et le treuil du vaisseau des Twilight Rangers, le trio récupéra la lame et remonta à bord avant que la masse infectée ne les trouve. Pendant que Sai allait chercher le kit médical, Aurora suivit Rovo jusqu'à la cabine d'équipage qu'il avait transformée en cellule pour Vana.

La femme avait des regards noirs en quantité, mais après avoir confirmé que les menottes paralysantes étaient bien en place, que la porte était hermétiquement fermée et qu'aucun autre appareil à part le bracelet de l'agent n'attendait dans la pièce, Aurora laissa Vana à ses propres protestations.

— Beau travail, bleu, dit Aurora à Rovo dans le couloir à l'extérieur, affichant un sourire quand Rovo commença à protester contre le surnom.

De là, Aurora se soigna, prit une douche bien nécessaire, et trouva des vêtements de Tarla qui lui allaient. Sai fit de même pendant que Sanje emmenait le vaisseau dans l'espace, trouvant la flotte DefenseCorp dans un désarroi décroissant.

Les navettes de Vana et leurs équipages avaient été neutralisés, bien qu'avec plus d'une douzaine de vaisseaux perdus. Des petits, principalement, mais avec néanmoins de lourdes pertes. Pire encore, Aurora avait à peine commencé à se sentir à nouveau humaine avant que Deepak ne la contacte et ne déclare sa présence nécessaire, avec Vana, lors d'une réunion d'urgence sur le *Nautilus*.

Aurora balaya l'idée d'un geste, volant plutôt le contrôle des communications à Sanje. Elle avait des priorités plus importantes que de s'asseoir dans une pièce pendant que les nouveaux officiers de DefenseCorp essayaient de prendre le contrôle.

D'abord vint l'appel sur la fréquence de Sever, un cri dirigé vers le *Prisa*, un vaisseau qui jusqu'à présent ne s'affichait pas sur les scanners de Sanje. Suffisamment de débris flottaient parmi la flotte pour que le vaisseau de Sever puisse se trouver parmi les déchets, mais Aurora refusait de croire qu'Eponi aurait été victime de quelques lasers de navettes de débarquement.

— Capitaine ! s'exclama la voix d'Eponi, grésillant à la fois à cause de la faible puissance du signal et de sa joie. Je n'étais pas sûre de vous entendre à nouveau.

— Pourquoi n'étais-tu pas là pour nous récupérer ? demanda Aurora, réprimant son soulagement face à la survie apparente d'Eponi.

— Le *Prisa* n'est pas vraiment en état de voler dans l'atmosphère en ce moment, répondit Eponi, et Aurora se demanda pourquoi aucune gêne ne transparaissait dans cet aveu. Nous avons traversé beaucoup d'épreuves ici, et il va falloir faire quelques réparations.

— Tu as laissé notre vaisseau...

— Mon vaisseau, l'interrompit une nouvelle voix, semblant très proche d'Eponi. Mon vaisseau, Aurora. C'était le prix. Nous vous avons aidés, sauvé toutes vos vies de l'Escouade Sever, et en échange, nous obtenons ce vaisseau.

— Tarla, si tu touches à une seule chose sur le *Prisa*..., menaça Aurora.

— Du calme, capitaine, reprit Eponi. Elle a raison. Ils nous ont vraiment aidés. Après, je veux dire, avoir failli nous tuer, mais c'est parfois comme ça que ça se passe, tu sais ?

Aurora le savait-elle ?

— Eponi, ne la laisse pas prendre ce vaisseau avant que nous ayons une discussion sérieuse sur qui a sauvé qui, et lequel d'entre nous a décidé d'accepter un contrat d'un criminel, dit Aurora.

— Compris, capitaine.

— À plus tard, Aurora, ajouta Tarla. C'est tellement bon de savoir que tu as survécu. Je ne sais pas ce que je ferais si je n'avais plus personne à détester.

— Pareillement, Tarla. Pareillement.

Se rasseyant et coupant l'appel, Aurora jeta un coup d'œil vers Sanje. Le pilote des Twilight Rangers haussa les épaules en réponse à Aurora. Avant qu'elle ne puisse commencer à interroger Sanje pour plus de détails, un autre appel arriva. Celui-ci provenait d'une frégate à proximité. Le visage d'un capitaine suggérant de bien meilleurs jours que celui-ci grésilla sur l'écran de la console.

— L'Amiral Deepak a dit que c'était la bonne fréquence pour l'Escouade Sever ? commença le capitaine, et quand Aurora acquiesça, l'homme reprit confiance. Nous avons un membre de votre équipe à bord, et, eh bien, il aurait besoin d'aide.

Le vaisseau des Twilight Rangers se transforma en transport médical. Amarrés à la frégate, Aurora, Sai et Rovo – Javelin et Sanje étaient restés en arrière pour surveiller Vana – retrouvèrent Briany et un Gregor à l'agonie. Le colosse semblait si étranger dans le lit, la peau grise et couverte de sueur, les yeux fermés et sa poitrine massive se soulevant et s'abaissant à peine.

Ensemble, avec Rovo portant le marteau de Gregor, ils chargèrent le plus imposant membre de Sever sur le vaisseau en forme de gourde et mirent le cap sur le *Nautilus*. Là, ils le rejoignirent tous à l'infirmerie. Chacun y resta un certain temps, les nouvelles informations de Gillane Quatre aidant au traitement des infections virales.

Rovo et Eponi, avec le *Prisa* suffisamment réparé pour voler jusqu'au *Nautilus*, furent les premiers libérés pour errer dans le vaisseau. Aurora passa ses jours de convalescence à répondre aux demandes de Deepak de participer aux réunions continues entre les têtes pensantes de DefenseCorp, chacun manœuvrant pour garder ses nouveaux commandements et les contrats qui en découlaient.

Deepak tenta d'étouffer l'histoire de Vana, une tentative qui échoua lorsqu'elle trouva un substitut volontaire pour divulguer son récit. Le disque dur qu'elle avait donné à Aurora disparut également des affaires de la capitaine de Sever – Aurora soupçonnait Javelin, peut-être Tarla elle-même d'être le voleur – et son contenu fut diffusé à travers la galaxie. La tempête médiatique qui en résulta fit plus de dégâts à DefenseCorp que n'importe lequel des tueurs en costume de Vana. Aurora resta en périphérie, ne voulant pas et ne se souciant pas de la façon dont les factions de DefenseCorp géraient la soudaine suspicion de chaque planète civilisée.

Au lieu de cela, Aurora rassembla l'Escouade Sever une semaine après les événements sur Aurum Trois. Tout le monde avait de nouvelles cicatrices, et Gregor portait un patch spécial sur l'abdomen conçu pour maintenir ses entrailles en place pendant qu'elles guérissaient. Néanmoins, l'équipage entier semblait à peu près lui-même alors qu'ils s'asseyaient tous sur le pont d'observation du *Nautilus*, regardant la planète sablonneuse et son étoile blanche briller. Les équipes de nettoyage de DefenseCorp fouillaient la base là-bas, s'assurant qu'aucun infecté ne restait.

Aurora n'était pas du genre à pleurer, mais elle sentit

quelques larmes monter au bord de ses yeux alors que les cinq se rassemblaient autour d'une table. Rovo commanda les boissons pour tout le monde, se souvenant des préférences de chacun et les transmettant au robot barman sans se tromper. Les plaisanteries commencèrent, puis s'estompèrent lentement alors que les yeux de Sever se tournaient vers Aurora.

— Tu as un discours pour nous, Aurora ? demanda Sai, le père arborant un sourire décontracté. Quelque chose sur comment Sever va continuer à transformer la galaxie en sa tirelire personnelle ?

— En fait, dit Aurora, laissant son propre sourire discret s'effacer, je ne pense pas que c'est ce que nous allons faire, et je pense que vous le savez tous.

L'absence totale de surprise sur tous ces visages, avec Eponi hochant même la tête, confirma les propres conversations d'Aurora avec eux tous au cours des derniers jours.

— Sever a commencé comme une escouade d'élite pour une organisation qui, Aurora regarda autour d'elle, ne semble pas être sur le point de survivre beaucoup plus longtemps. Du moins, pas comme nous la connaissions. Il n'y a pas si longtemps, nous cinq avons voté pour quitter DefenseCorp et nous lancer à notre compte. Nous savons à quel point cela s'est bien passé.

— Ce n'était pas notre faute, intervint Rovo, et Gregor ajouta son propre hochement de tête.

— Même ainsi, poursuivit Aurora, nous avons mis nos comptes en banque en danger et gagné, à la place, beaucoup de danger pour peu de récompense. Le jeu des mercenaires n'est pas aussi facile que nous le pensions. Elle alla pour sa boisson, pensant prendre une longue gorgée, mais s'arrêta. Aurora n'avait pas besoin qu'un membre de l'escouade l'interrompe ici. Deepak m'a demandé de revenir. Avec tout ce qui se passe, il veut quelqu'un en qui il peut avoir confiance pour diriger ses soldats.

Cette fois, au moins, la surprise effleura quelques visages. Seul Sai garda son air entendu imperturbable.

— J'accepte, et pas seulement parce que Deepak va très bien me payer, Aurora afficha à nouveau son sourire, féroce cette fois. J'ai beaucoup appris de vous tous, des leçons que les soldats de ce vaisseau devraient apprendre eux-mêmes. Cela pourrait sauver des vies.

Une autre respiration, le discours arrivant maintenant à la partie qu'elle détestait le plus.

— Deepak m'a demandé de vous faire des offres à chacun d'entre vous également. Si vous êtes intéressés, nous vous trouverons une place, continua Aurora. Mais j'ai le sentiment que ce ne sera pas un problème.

Sever se regarda. Rovo toussa. Puis Gregor se pencha en avant, prit sa boisson et la leva haut.

— Un toast, gronda Gregor, à la meilleure fichue escouade que la galaxie ait jamais vue.

Cinq verres s'entrechoquèrent, mettant fin à une aventure et commençant une longue nuit à échanger des histoires que tout le monde avait déjà entendues, et que tout le monde se délectait d'entendre à nouveau.

35

L'ÉCHANGE

Le taxi ralentit pour se mettre en vol stationnaire au bout d'une allée, l'herbe bleue amortissant la descente de Sai lorsqu'il en sortit. L'air pinçait son nez sous un ciel vert marin. Des maisons modestes, gigantesques comparées aux cabines d'équipage du *Nautilus* ou du *Prisa*, décoraient le paysage dans des dispositions sinueuses conçues pour capter les eaux de pluie. Sa cible ?

Trois portes plus loin sur la droite. Une maison jaune, avec des jouets éparpillés dans le vaste jardin avant. Sai, un sac sur une épaule, le katana sur l'autre, portant un pull civil qui le démangeait, fixa pendant une longue seconde la piscine pour enfants et les jouets d'animaux dispersés autour. Il était parti quand ses enfants étaient déjà trop vieux pour ces choses. Avait-il la mauvaise adresse ?

Il vérifia son bracelet, le compara au numéro plaqué au-dessus de la porte d'entrée, encadré de fleurs artificielles. Non, c'était définitivement la bonne.

Sa fille ne ferait pas une erreur pareille.

Alors que Sai se dirigeait vers la porte, il lutta pour garder les yeux sur l'entrée plutôt que de scruter les alentours à la recherche de menaces. Être dehors sans un viseur fonctionnel provoquait des tics dans ses mains et ses jambes, et Sai se surprit à porter ses paumes vers des pistolets en étui qui n'existaient pas.

L'officiel de DefenseCorp chargé de traiter la démobilisation de Sai avait dit que son service apporterait avec lui des bagages que le temps devrait démêler. Il avait chargé le bracelet de Sai d'abonnements à des programmes conçus pour faciliter son retour à une vie non remplie de lasers, de missions, d'actes de violence aléatoires.

Le temps, répétait l'homme, résoudrait tous les problèmes, pour peu que Sai le laisse faire.

À la porte, Sai tendit la main vers la sonnette, un doux bouton bleu encastré dans la façade jaune pastel, puis remarqua que la porte était légèrement entrouverte. Sai posa son sac et écouta. Tout autour, Sai entendait le bruit de fond calme toujours présent dans des endroits comme celui-ci — des machines en marche, des gens s'appelant — mais de l'intérieur de la maison venait un son décisif.

La dernière fois qu'il avait entendu un enfant rire, Sai était avec Sever. Après Dynas et en route pour Wexer, Kaia jouait sur le vaisseau d'Anaskya. La foi restaurée, Sai poussa la porte en grand et entra.

Le rire de l'enfant continuait, attirant Sai le long d'un large couloir, où des photos étaient regroupées sur les murs. Il reconnut les visages dans ces cadres, sa famille grandissant au fil des années. Cela faisait un moment que Sai n'avait pas regardé une nouvelle transmission vidéo — les temps de transmission à travers les étoiles étaient si lents — mais le père n'oubliait pas ses enfants.

N'oubliait pas sa femme non plus.

Elle était passée d'une partenaire débrouillarde à une dirigeante royale, égalant et dépassant le propre rôle de Sai dans le maintien de la famille à flot. À en juger par la maison autour de lui, son doux sourire dans toutes ces photos, elle avait continué dans ce rôle.

Le couloir se terminait par une vaste étendue de verre s'ouvrant sur un grand jardin. Sai aperçut une longue et large table, dressée pour dix personnes, sur un patio pavé. Tout cela semblait, paraissait si domestique. Sai se sentait étourdi, comme un intrus dans une vie si éloignée de la sienne.

Mais le rire de l'enfant, un cri aigu cette fois, poussa Sai à faire un pas de plus. La porte du patio s'ouvrit sans effort, glissant sur le côté. En passant, Sai suivit les sons maintenant étouffés de l'enfant sur la gauche.

Là, disposés comme dans l'une des photos du couloir, se tenaient les personnes que Sai aimait plus que tout au monde. Les personnes qu'il avait laissées derrière lui en cherchant sa vraie maison. Une maison que Sai savait, maintenant, être juste ici.

— Salut papa, dit la fille de Sai, tenant le petit dans ses bras. Tu veux rencontrer ton petit-fils ?

— Je te propose un échange, répondit Sai, faisant glisser son épaule pour saisir la lame gainée. Le katana contre le petit.

Qui sait s'il échangerait jamais en retour.

NOUVEAU CONTRAT

Ils avaient suivi la piste de l'argent jusqu'à une planète que Gregor ne voulait plus jamais revoir. La masse noire grisâtre de Wexer se profilait à l'extérieur du pare-brise du *Prisa*, une vue que Gregor contempla pendant une longue minute avant de retourner à l'espace central pour ajuster son marteau et sa ceinture sur son gilet, ses protections de jambes et de poignets.

— Je parie que tu ne t'attendais pas à celle-là, dit Briany en branchant les batteries de son canon. L'arme était difficile à manœuvrer pour entrer et sortir du *Prisa*, mais la femme refusait de s'en séparer. Calico Max et les Talpa du même côté ?

Elle éclata de rire, un son magnifique et guttural qui entraîna Gregor. Quand Tarla avait annoncé le contrat, quelques jours à peine après avoir quitté le *Nautilus* dans la flotte de deux vaisseaux des Twilight Rangers, Gregor et Briany avaient ri de la même manière. Calico Max et ses amis extraterrestres exploitants de mines avaient besoin de sécurité après la fermeture de l'ancien bureau de Defense-

Corp, son ancien responsable s'étant autoproclamé propriétaire de la planète et réclamant son dû.

Ça ressemblait à une cible de choix pour le marteau de Gregor.

— Eponi, appela Gregor. Pose-nous directement sur leur base. Je veux que cet homme voie à quel point il est fichu.

— Ce n'est pas le plan de Tarla, répondit Eponi, installée dans le siège du pilote. Sanje pilotait le vaisseau en forme de gourde — il avait un nom, mais Gregor ne s'était jamais donné la peine de s'en souvenir — et, comme prévu, l'engin plus lent forçait les Rangers à adopter des stratégies fastidieuses. Tu veux aller à l'encontre de ses ordres ?

— Plus vite on se débarrasse de ce type, plus vite on est payés, dit Briany. Fais ça, et Tarla t'aimera pour toujours.

— J'espère que tu as raison. Le *Prisa* trembla lorsqu'Eponi injecta de l'énergie dans les moteurs, propulsant le *Prisa* devant son homologue. Parce que je te tiendrai pour responsable si elle se fâche.

— Mouais, répliqua Briany, comme si elle pouvait un jour être en colère contre sa chouchoute.

Eponi n'eut rien à répondre à cela, et les deux à l'arrière partagèrent un nouveau rire. Observer son amie naviguer dans un défi totalement nouveau avec Tarla avait procuré à Gregor plus de divertissement que tout ce qu'il avait vécu depuis qu'il avait démoli ces costumes au-dessus d'Aurum Trois. Jusqu'à présent, Eponi semblait gagner : elle avait conservé le droit de piloter le *Prisa* et avait fait transférer par Aurora le titre officiel du vaisseau à son nom, pas à celui de Tarla. Apparemment, Deepak avait accepté de retrouver et de dédommager les anciens propriétaires du vaisseau, évitant ainsi tout désagrément futur.

Une juste récompense pour avoir arrêté ce croiseur renégat.

Après avoir fini avec son marteau, Gregor s'adossa contre la paroi du *Prisa*. Il jeta un coup d'œil à son bracelet et trouva le dernier message transmis à son tag, arrivé rapidement après que Gregor eut envoyé son propre bonjour tardif. Long, sinueux et formidable à tous égards, Gregor se plongea dans les paragraphes que ses parents lui avaient envoyés, détaillant leur dernier projet, maintenant en tant que superviseurs plutôt que mineurs sur une nouvelle comète.

Le fait que les messages aient été échangés si rapidement signifiait quelque chose d'encore plus fantastique : la comète, et ses parents, étaient proches. Suffisamment proches pour qu'après avoir réduit cette nuisance à néant, Gregor puisse convaincre Tarla de faire un détour par le rocher.

Briany siffla en tapotant son canon laser, une préparation décontractée qui émerveilla Gregor. Sans les briefings méticuleux d'Aurora, l'armure motorisée, ou les rangs tacites, les Twilight Rangers représentaient quelque chose de nouveau, quelque chose de différent.

— Je t'avais dit que ce serait amusant, dit Briany en faisant un clin d'œil à Gregor.

Gregor ne pouvait qu'être d'accord.

CHANGEMENT DE CARRIÈRE

Le coup frappé à la porte détourna le regard de Rovo de la fenêtre et de la mer qui s'étendait sans fin au-delà et en contrebas. Un autre magnifique ciel bleu illuminait Gillane Quatre, la lumière du jour inondant le bureau de Rovo et mettant en évidence ses murs nus et un bureau épuré.

— Tu t'installes confortablement ? demanda Raquel en ouvrant la porte, rayonnante d'un sourire éclatant.

— On peut dire ça, répondit Rovo en désignant le bureau et le poste de travail éteint posé dessus. C'est un peu comme remonter le temps.

— Je pensais qu'on était à la pointe de la technologie ? dit Raquel.

— Ce ne sont pas les composants, dit Rovo, avant de baisser les yeux sur lui-même, mais le travail. La dernière fois que j'étais assis dans un bureau comme celui-ci, je voulais être n'importe où ailleurs.

Raquel croisa les bras et s'appuya contre le mur. Sans le stress constant d'une attaque d'agents, la chef de la sécurité de Salinity avait une nouvelle énergie, une motivation qui se reflétait dans ses yeux pétillants et ses vêtements destinés à une journée passée à accomplir des choses avec tous ceux qu'elle pouvait rassembler. Elle et Aurora avaient beaucoup en commun : il ne manquait à Raquel qu'un fusil et une armure motorisée pour que Rovo se sente comme chez lui.

— Tu ne vas pas faire de la paperasserie, dit Raquel. Après le déjeuner, on commence les entretiens. Tu vas pouvoir choisir ta propre escouade.

— C'est comme ça que tu l'appelles ? Une escouade ?

— À moins que tu préfères autre chose ?

Le voulait-il ?

Avec DefenseCorp qui se fragmentait en minuscules flottes et en sous-traitants mercenaires, Salinity avait décidé de prendre davantage en charge sa propre sécurité. Rovo allait pouvoir diriger une partie de cet effort, en formant spécifiquement les nouveaux et anciens officiers à réellement défendre un vaisseau, une plateforme, un peuple. Pour commencer, Rovo devait trouver l'équipe qui l'aiderait à le faire à travers une vaste galaxie.

— Une escouade, ça me va, mais maintenant il faut que je trouve un nom, dit Rovo.

— Tu peux y réfléchir pendant le déjeuner, dit Raquel.

— Tu crois que j'aurai le temps ?

— Très certainement. Allez, viens.

De toute façon, Rovo n'aurait pas dit non à Raquel. Un emploi n'avait pas été la seule raison pour laquelle la recrue voulait retourner sur Gillane Quatre.

La cafétéria de la tour de bureaux de Salinity n'avait rien à voir avec le cadre sobre et métallique du *Nautilus*, rappelant une fois de plus à Rovo qu'il travaillait maintenant pour une organisation qui ne jetait pas ses membres dans la gueule du loup jour après jour. Une musique décontractée flottait dans l'air tandis que le joyeux bavardage de midi rebondissait dans le vaste espace, les baies vitrées latérales apportant une lueur rafraîchissante.

Tout cela, cependant, s'estompa lorsqu'un cri étincelant s'éleva au-dessus du bruit. Rovo, à trois pas de l'ascenseur, s'accroupit pour recevoir l'étreinte impétueuse de Kaia. Derrière elle, pour une fois ne montrant pas de frustration évidente sur son visage, arriva Kashmal. La fillette semblait heureuse, rayonnante de santé, et quand Rovo lui dit qu'elle pouvait le voir n'importe quel jour, la lumière de Kaia balaya tous les doutes sur le fait d'avoir quitté DefenseCorp.

Non, le travail n'était définitivement pas la seule raison.

PÉNITENCE

Bien qu'elle passât la plupart de ses nuits sur le pont d'observation, Aurora ne se lassait pas des vues. Avec le *Nautilus* en route vers la périphérie — le terrain de jeu préféré de Deepak — le regard vers le cœur galactique offrait des couleurs éclatantes à travers le spectre, une beauté interstellaire glissant dans un ciel infini.

— Son histoire tient la route, dit Deepak, l'amiral rejoignant Aurora avec deux verres à la main. Tout ce que nous avons pu trouver concorde.

— Elle ne garde pas de secrets.

— Je n'arrive pas à comprendre le jeu de Vana, dit Deepak, imitant le regard d'Aurora vers le ciel. Je l'ai gardée ici avec la promesse de découvrir ce qu'elle voulait, et je ne sais toujours pas.

La boisson distillait une épice savoureuse avec le bourbon. Un bon mélange avec la température fraîche du pont.

— Tu es obsédé par elle, dit Aurora. Tu cherches des fantômes qui n'existent pas.

— Peut-être. Deepak porta le verre à ses lèvres, sans boire. Tu penses que je poursuis une chimère ?

Aurora avait écouté l'histoire directe de Vana comme tout le monde. L'agent, fatiguée et victorieuse, avait livré chaque réponse sans hésitation, sans calcul. Que Deepak et son équipe aient trouvé que Vana disait la vérité n'était pas une surprise.

— Elle a perdu sa maison parce que le mauvais camp a acheté nos services, dit Aurora. Il y en a des millions comme elle là-dehors, Vana a juste eu le cran de faire quelque chose.

— Nous déchirer de l'intérieur par dépit ?

— Et effrayer la galaxie pour qu'elle ne crée plus de monstres sans âme. Aurora ne jouait pas avec sa boisson, savourant la brûlure. Je trouverais ça noble si elle n'avait pas tué tant de gens pour y arriver.

Le silence remplit le vide tandis qu'une nébuleuse violet-blanc prenait le devant de la scène au-dessus. Des traînées éclataient, des lignes argentées mettant en valeur le passage de comètes, de débris, et même d'autres vaisseaux.

— Tu penses qu'elle avait raison ? demanda Deepak.

— Non, dit Aurora. Mais elle pense que oui, et c'est tout ce qu'il faut.

— Les familles qui ont perdu des proches à cause des expériences de Dynas et Anaskya veulent du sang, dit Deepak. Elles veulent sa mort, et de la manière traditionnelle.

— Pas de sas pour Vana ?

— Je ne peux pas. Elle a encore des agents là-dehors, qui pourraient avoir le virus. Tant qu'on ne les aura pas trouvés, je ne peux pas risquer plus de vies à cause d'elle.

— J'imagine que c'est dur d'être aux commandes.

Deepak soupira, jeta un coup d'œil à Aurora. — Quand tu es partie pour la surface d'Aurum Trois, tu avais l'intention de la tuer ?

— On pensait qu'elle allait déchaîner une armée invisible et invincible. Le but était de l'arrêter, Aurora croisa le regard de Deepak. Si mettre fin à la vie de Vana permettait d'y arriver, j'aurais appuyé sur la gâchette. Sans hésitation. Quand il est devenu clair que la mettre en terre n'arrêterait pas ce qui s'était passé, on a changé de mission.

— Et tu m'as laissé avec un gros mal de tête.

— Pauvre chou. Aurora agita son verre. Quelle vie difficile tu mènes.

Deepak rit. — Pas plus facile avec toi dedans.

— Pas plus facile ? Tes rangs étaient un vrai bazar ! Tes...

— Stop. Deepak leva les mains en signe de fausse reddition. Tu me raconteras tout ça demain matin, j'en suis sûr. Et Vana sera toujours là aussi. Laisse-moi avoir un moment de paix.

Ce moment passa. Les étoiles dehors s'y prêtaient.

— J'ai une idée pour Vana, dit Aurora, lentement, tâtant l'intuition à mesure qu'elle venait.

— Je t'écoute.

— DefenseCorp se démantèle. Ce sera le *Nautilus* et ses amis qui se battront avec tant d'autres factions pour des contrats, dit Aurora. Tu auras besoin de bienveillance après ce qui s'est passé, un moyen de mettre les planètes de ton côté.

— J'ai déjà dit qu'on ne ferait pas d'exécution publique.

— Non, autre chose. Aurora posa son verre, lança à Deepak le regard du chef d'escouade. Vana crée des mémoriaux. Elle raconte les histoires de tous ceux qui sont morts sur Dynas, sur Aurum Trois. On leur donne du lustre, on les envoie. Les agents de Vana peuvent l'aider à obtenir les informations dont elle a besoin pour les assembler, et on gagne l'amour dont on a tant besoin chaque fois qu'une planète, une ville, une famille peut dire au revoir.

Les rouages de Deepak tournaient. Contrairement à Rovo, ou même Sai, l'amiral ne s'inclinait jamais directement devant les paroles d'Aurora. Parfois frustrant.

— Vana ferait ça parce que... ? demanda Deepak.

— Parce que c'est ce qu'elle veut, répondit Aurora. Ça lui permet de raconter son histoire encore et encore, ce qui signifie que la galaxie n'oubliera jamais ce qui s'est passé ici. Les factions ne peuvent pas attendre quelques années que les gens passent à autre chose et reforment DefenseCorp. C'est l'héritage de Vana autant que n'importe quoi d'autre.

Ils méditèrent là-dessus pendant un verre et demi. La nébuleuse violette brillait de plus en plus à chaque gorgée. Aurora rejouait ses mots, trouvant de petites failles qui pourraient nécessiter une attention, mais rien qui ne ferait s'effondrer toute l'idée. Deepak mit la réflexion au grand jour, et ils échangèrent des pensées, construisant un plan comme des collègues, des amis, des amants le feraient.

— C'est ce que tu veux ? dit finalement Deepak, quand ils eurent suffisamment fait des allers-retours pour que les lignes deviennent aussi floues que leur vision. Que Vana reste dans les parages, à faire toutes ces choses ?

Le moment ou la mission.

— Si on la balance dans une étoile, on obtient une seconde de satisfaction, dit Aurora. Si on honore toutes ces vies perdues, on accomplit ce qu'on s'était fixé au début : sauver les gens sur Dynas.

— Cette mission était pour une seule personne et, si je me souviens bien de ton débriefing, c'était un ivrogne qui cherchait à faire un peu d'argent rapide.

Aurora sourit. — Ne laisse pas le parfait être l'ennemi du bien, amiral. Tu as besoin d'argent pour payer tes gens,

Vana a besoin de pénitence, et j'ai besoin de quelque chose pour inspirer mes soldats. Ça coche les trois cases.

Deepak médita sur ces paroles, secoua la tête et leva son verre pour le faire tinter contre celui d'Aurora.

— Tu sais ce que ça signifie ? dit Deepak.

— Quoi ?

— Je ne t'enverrai plus jamais en mission. Tu es trop précieuse.

Aurora rit.

— Tu sais, je crois que j'aurais bien besoin d'une pause.

De toute façon, il faudrait des semaines au *Nautilus* pour atteindre sa destination, un monde couvert de marécages qui avait besoin d'un nettoyage. En contemplant les étoiles, la nébuleuse, et même le visage de Deepak rougi par le bourbon, Aurora se dit qu'elle allait profiter du voyage.

———

Dans un lointain futur, un androïde en dormance s'éveille sur un immense vaisseau spatial pour découvrir que les derniers espoirs de l'humanité reposent sur lui.

Commencez une nouvelle aventure de science-fiction avec L'Étoile la Plus Lointaine, Les Horizons Lointains livre un.

REMERCIEMENTS

Ce roman est le fruit du refus de ma famille et de mes amis de laisser mourir un rêve. Ma femme Nicole, pour m'avoir permis d'écrire tôt le matin et pour s'être assurée que je ne meure pas de faim. Mes frères et mes parents pour leurs commentaires constants, leur soutien et leur enthousiasme.

Evan Aaseng, pour avoir été une caisse de résonance constante et m'avoir ramené sur terre chaque fois que mes idées allaient trop loin.

Et, bien sûr, vous, le lecteur, pour m'avoir donné une raison d'écrire.

À PROPOS DE L'AUTEUR

A.R. Knight tisse ses histoires dans une maison glaciale à Madison, dans le Wisconsin, principalement occupée par deux chats. Après avoir été aspiré dans l'engrenage du travail lors de la crise économique de 2008, il s'est retrouvé à s'envoler dans l'espace et à vivre de grandes aventures pendant des réunions ennuyeuses.

Finalement, après s'être essayé aux podcasts, aux scénarios, aux nouvelles et à d'autres romans, il a trouvé une histoire dans laquelle il pouvait se plonger et des personnages à la fois divertissants et pleins de cœur.

Après Escouade Sever, A.R. Knight prévoit de sauter vers d'autres mondes et de trouver de nouvelles histoires à raconter dans les frontières illimitées de notre imagination.

Merci, comme toujours, de nous lire !

Pour plus d'informations :
www.blackkeybooks.com

À Peter